MASTER DER BERGE

California Masters-Reihe: Buch 1

CHERISE SINCLAIR

VanScoy Publishing Group

Anmerkung der Autorin

An meine Leser/Leserinnen,

dieses Buch ist reine Fiktion. Und wie in den meisten Romanen wird die Liebesgeschichte in eine sehr, sehr kurze Zeitspanne hineingepresst.

Ihr, meine Lieben, lebt in der wirklichen Welt. Ihr werdet mehr Zeit brauchen als die Romanfiguren. Gute Doms wachsen nicht auf Bäumen und es gibt ein paar sehr seltsame Menschen dort draußen. Wenn ihr auf der Suche nach eurem eigenen Dom seid, hört auf euer Bauchgefühl und seid bitte vorsichtig.

Und wenn ihr ihn findet, dann nehmt zur Kenntnis, dass er nicht eure Gedanken lesen kann. Ja, so beängstigend das auch sein mag, ihr werdet euch ihm öffnen, mit ihm reden und auch ihm zuhören müssen. Teilt eure Hoffnungen und Ängste miteinander. Erzählt ihm, was ihr euch von ihm wünscht und wovor ihr abgrundtiefe Angst habt. Okay, er wird eure Grenzen etwas austesten – er ist schließlich ein Dom –, aber ihr habt ja euer Safeword. Nicht das Safeword vergessen, okay? Und passt auf euch auf. Verhütet. Vertraut euch einer Person in eurem Freundeskreis an. Teilt euch mit, kommuniziert.

Denkt dran: Safe, sane, consensual. (Sicher, vernünftig, einvernehmlich.)

Ich wünsche mir für euch, dass ihr diese besondere Person findet, die euch liebt, die eure Bedürfnisse versteht und euch im Herzen trägt.

Während ihr nach diesem besonderen Menschen Ausschau haltet, könnt ihr Zeit mit meinen California Masters verbringen.

Fühlt euch gedrückt,
Cherise

KAPITEL EINS

„**B**ist du bald soweit, Baby?", presste Matt heraus und stieß dann in sie hinein. „Willst du, dass ich dich noch irgendwo berühre?"

Die Frustration in ihr verfestigte sich wie kalter Haferbrei. Sie befand sich nicht mal in der Nähe eines Orgasmus. Und jedes Mal, wenn er sie fragte, was er anders machen könnte, entfernte sie sich weiter und weiter von einem befriedigenden Ende. Es hatte keinen Zweck mehr weiterzumachen. „Oooh", seufzte sie – hoffentlich überzeugend – und zuckte noch einmal mit den Hüften. Anschließend zog sie die Wände ihres Geschlechts um seinen Penis zusammen.

„Oh ja", stöhnte er erleichtert, und ein weiteres Mal, als er zur Erlösung fand.

Wirklich aufregend. Oder etwa nicht? Matt rollte sich mit einem befriedigten Stöhnen von ihr runter. Sie musste den Drang unterdrücken, ihn aus dem Bett zu treten. Das Problem: Es war nicht allein seine Schuld. Er gab sein Bestes. Er gab sich Mühe und fragte sie, ob diese Technik funktionierte, oder jene. Sie wünschte sich jedoch, dass er *wusste*, was zu tun war. Wie sollte sie ihm das verständlich machen?

Sie konnte ihm ja schlecht sagen, dass sie die Hälfte ihrer Orgasmen nur vortäuschte. Sie nahm es ihm übel, dass er es nicht alleine erkannte. Was ihm gegenüber wirklich nicht fair war. Sogar wenn sie kam, war es nicht gerade eine Erleuchtung. Mit ihm fühlte sich jeder Orgasmus wie ein Niesen an – nicht wie das Erdbeben, von dem ihre Freunde immer erzählten. Auf keinen Fall kam sie an die Lustschreie ihrer Nachbarn heran. Wie würde sich das anfühlen? Sich so in dem Moment des Aktes zu verlieren, dass man jegliche Kontrolle verlor und einfach losschrie?

Als könnte Matt ihre Gedanken lesen, sagte er: „Weißt du, Rebecca, du scheinst nicht sehr enthusiastisch zu sein, wenn es ums Vögeln geht. Und mal ehrlich: Meine Technik ist fantastisch."

Danke für die Info, Matt. Nun fühlte sie sich noch mehr wie eine Versagerin. *So ein Mist.* Sie hatten gerade erst einen gemeinsamen Mietvertrag unterzeichnet und waren vor ein paar Wochen zusammengezogen – und schon langweilte er sich mit ihr. Sie schluckte an dem Kloß in ihrem Hals vorbei. „Vielleicht passen wir doch nicht so gut zusammen." Sie rollte sich auf die Seite, schaute aus dem Schlafzimmerfenster und betrachtete den Apartmentkomplex auf der anderen Straßenseite. Die untergehende Sonne hatte die Gebäude in ein rosafarbenes Licht getaucht.

„Oh, sag doch nicht so was." Matt tätschelte ihre Schulter. „Wir passen großartig zusammen. Wo könnte ich sonst eine Frau finden, die bei Geschäftsessen so höflich ist? Und welcher Mann wäre bereit, ständig mit dir auf diese Kunstaustellungen in Santa Barbara zu rennen?"

„Auch wieder wahr." Sie hatte immer gedacht, dass sie das perfekte Paar waren. Sie hatte ihre pragmatische Mutter nachgeahmt und eine Liste mit allen Eigenschaften erstellt, die ihr idealer Mann mitbringen musste. Als sie Matt zum ersten Mal begegnete, war sie erstaunt gewesen, wie sehr er ihren Anforderungen entsprach. Er war ungezwungen und liebenswürdig. Er hatte ein Gespür für Mode und war immer gut gekleidet. Sie mochten dieselben Bücher, Filme und Freunde. Sie hatten beide gute Jobs und verdienten sogar gleich viel. Und er war eher Metro als Macho. Er konnte bei Kinothemen mitreden und er mochte chinesisches Essen.

Leider hatte sie guten Sex nicht auf ihrer Liste mit Bedingungen vermerkt. Damals, und das musste sie jetzt zugeben, hatte sie Sex auch nicht für besonders wichtig erachtet. Abgesehen von dieser Sex-Sache passten Matt und sie ausgezeichnet zusammen. Seufzend rollte sie sich auf die andere Seite und stützte ihren Kopf mit einer Hand ab. „Vielleicht hast du recht."

Matt lag auf dem Rücken und sie nutzte die Chance, um ihn zu betrachten: Er hatte ein gepflegtes Äußeres. Seine Haare entsprachen dem neuesten Trend. Seine Muskeln rührten von ausgiebigen Besuchen im Fitnessstudio und seine gebräunte Haut hatte er von seiner letzten Geschäftsreise nach San Diego mitgebracht. Morgen würde er aus dem Bett rollen, irgendein abartig gesundes Low-Fat-Frühstück zu sich nehmen und gut gelaunt zu seinem Job als Investmentbanker aufbrechen. Er war mit seinem Leben zufrieden.

Sie war genauso zufrieden. *Wirklich.* Schließlich dachte der Geschäftsführer in ihrer Werbeagentur darüber nach, ob er sie zum Senior Art Director machen sollte. Sie war auf der Überholspur des Lebens. Ein Windstoß brachte die Vorhänge zum Tanzen. Eine frische Brise wehte herein und brachte den Algen-Geruch aus der Bucht von San Francisco mit ins Schlafzimmer. Der nächste Windstoß kündigte einen Frühlingsschauer an. Sie lebte in der besten Stadt der Welt.

„Ich habe eine Idee, aber ich bezweifle, dass sie dir gefallen wird." Matt drehte sich zu ihr und stützte sich auf einen Ellbogen. „Ich gehöre dieser Gruppe an und über das Memorial Day-Wochenende wollen wir zusammen in die Berge fahren."

„Ich erinnere mich. Du meintest bereits, dass du nicht in der

3

Stadt sein wirst." Sie biss sich auf die Lippe. Vielleicht standen sie sich ja doch nicht so nahe, wie sie dachte. Bisher hatte er ihr nicht erzählt, dass er noch anderen Aktivitäten nachging als der Arbeit und dem Fitnessstudio. „Was für eine Gruppe ist das denn?"

„Ich bin Mitglied in einem Swingerclub."

„Wirklich witzig." Nur – er lächelte nicht. Das war kein Scherz. „Ernsthaft? Swinger? Wechselnde Partner und so?"

Er zuckte mit den Schultern, gleichermaßen beschämt und selbstzufrieden. „Korrekt. Alle paar Monate verbringen wir ein Wochenende zusammen ... Äh, das letzte Mal, als wir uns getroffen haben, warst du gerade in Chicago zu einem Seminar. Also, na ja, wir sind etwa zwanzig in dem Club und –"

„Willst du mir damit sagen, dass du mit zwanzig anderen Leuten rumgevögelt hast? Gott, Matthew, wie viele Geschlechtskrankheiten habe ich mir von dir eingefangen?"

Er hob seine Hand. „Krieg dich wieder ein, Baby. Wir benutzen Kondome und werden regelmäßig getestet. Mach dir keine Sorgen."

Die Faust, die sich um ihr Herz legte, verfestigte sich bei jedem weiteren Wort von ihm. „Wie beruhigend."

„Und schließlich haben wir nie gesagt, dass wir eine exklusive Beziehung führen, oder?"

„Stimmt." Nur weil sie nicht draußen herumlief und sich durch die Nachbarschaft vögelte, bedeutete das nicht, dass er das nicht konnte. Sie hatten sich beide darauf verständigt, ihre Beziehung offen zu gestalten. Aber ... *großer Gott!* Sicher, ihre ... Libido ... konnte es nicht mit seiner aufnehmen, aber wer hätte gedacht, dass er sich auf diese Weise den Ausgleich suchte.

Sie hatte angenommen, dass er seit seiner letzten Beziehung, Bindungsangst hatte. Sie hatte ihn nicht unter Druck setzen wollen. *Tja, Rebecca, wer hatte das vorhersehen können?* „Also fahrt ihr in die Berge, um eine Orgie zu veranstalten?"

Im dumpfen Licht, das vom Wohnzimmer durch den Flur ins Schlafzimmer schien, sah sie, wie er mit den Augen rollte. „Es ist keine Orgie. Wir tauschen die Partner und manchmal ergibt sich zwischen zwei Paaren ein Vierer. Das ist schon alles. Meistens." Er grinste.

„Oh, ach so. Na dann ist ja alles in Ordnung", sagte sie trocken.

„Gerade das Unbekannte ist so reizvoll. Begleite mich, Baby." Er nahm ihre Hand. „Wir fahren zu diesem tollen Ort in den Bergen: Rustikale Blockhäuser im Kiefernwald und wir sind die einzigen Gäste. Wir fahren am Freitag und verbringen dort das verlängerte Wochenende. Am Mittwoch fahren wir wieder nach Hause. Nette Leute, toller Sex. Du könntest sogar deine Malsachen mitbringen."

„Rustikale Blockhäuser?" Sie starrte ihn ungläubig an. Ihrer bescheidenen Meinung nach sollte man den Urlaub in der Sonne und in einem Hotel mit Zimmerservice verbringen – nicht, dass sie seit ihrer Collegezeit Urlaub genommen hatte. Sie schüttelte sich aus ihren Gedanken. Sie waren vom Thema abgekommen. Er hatte über Sex gesprochen. „Mit anderen Leuten ins Bett springen? Matt, das ist nichts für mich."

Das Lächeln auf seinem Gesicht erlosch. „Rebecca, wir müssen ein bisschen mehr Würze in unsere Beziehung bringen. Sie ist so ..."

Mangelhaft. Langweilig. Das Echo der Tür, die ihr Vater vor vierundzwanzig Jahren hinter sich zugeknallt hatte, hallte in ihren Ohren wider. *„Du bist langweilig und fett – genau wie das Kind. Ich verschwinde."* Ihr Brustkorb zog sich zusammen und quetschte ihre Lungen ein. Sie bekam keine Luft mehr und schüttelte ihren Kopf.

„Also", fügte Matt hinzu, „so funktioniert es einfach nicht für mich."

Was er meinte, war, dass *sie* nicht für ihn funktionierte. Wieso hatte sie das nicht kommen sehen? *Was ist mit meiner Liste und meinen Zukunftsplänen?* „Und was ist mit unserer Wohnung?", fragte sie mit tauben Lippen.

„Oh, immer schön langsam", sagte er leichthin. „Begleite

mich einfach dieses Wochenende. Du wirst schon sehen: Das ist gut für dich. Vielleicht lernst du dabei, deine Hemmungen fallen zu lassen."

Ihr erster Gedanke: *Auf keinen Fall!* Sie verbiss sich die Antwort und doch musste sie zugeben, dass er nicht ganz unrecht hatte: Ihrem Sexleben fehlte irgendetwas ... Nein, *ihr* fehlte irgendetwas. Aber mit einer ganzen Gruppe rummachen? Mit Fremden ins Bett springen? Sie konnte so was einfach nicht. „Matt ..."

„Nur für das eine Wochenende. Versuch's wenigstens. Gib der Sache eine Chance."

Eine Chance geben? Sie versuchte, es sich vorzustellen ... *Wahrscheinlich würde ein fremder Mann in ihr Zimmer kommen. Und vielleicht zögerte sie und weil sie zögerte, würde er sie packen, sie aufs Bett drücken und sie zum Mitmachen zwingen.* Ihre Klitoris kribbelte bei diesem verlockenden Gedankenspiel. „Also, vielleicht ..."

Ermutigend rieb er ihre Schulter. „Ich will wirklich, dass du mitkommst."

Und wenn sie nicht mitkam, bedeutete dies das Ende ihrer Beziehung. Das war nur allzu klar. *Langweiliger Sex ade.* „Toller Sex also? Na gut, einen Versuch ist es wert."

Das Auto holperte über den niemals endenden Pfad der Hölle. Rebecca hatte das Gefühl, dass jeder einzelne Knochen in ihrem Körper zu feinem Staub zermahlen wurde. Die Scheinwerfer des Autos bahnten sich ihren Weg durch die umstehenden Baumstämme, bevor sie schließlich dem bewachsenen Wald entkamen und eine Lichtung zum Vorschein kam.

Serenity Lodge. Endlich.

„Endlich." Matt gab ihre Gedanken wieder, als er das Auto zu einem kleinen Parkplatz steuerte, der hinter Büschen und Bäumen gut versteckt lag.

Sie war erleichtert, dass die Fahrt vorüber war und besorgt, was sie nun erwartete. „Was passiert jetzt?"

Matt tätschelte ihren Schenkel. „Heute passiert gar nichts. Wir checken ein, packen aus und gehen dann zeitig ins Bett."

„Guter Plan. Ich bin völlig erschöpft." Sie wollte nur noch in ihr Bett ... schwingen. Bevor sie aufgebrochen waren, hatte sie noch einiges an Arbeit erledigt: Sie hatte sich mit dem Buchhalter und dem Werbetexter des Unternehmens getroffen. Sie konnte es sich nicht leisten, im Zeitplan hinterherzuhinken. Schließlich stand sie unter Beobachtung ihres Chefs.

Sie stieg aus dem BMW Cabrio und atmete tief ein. Die kalte, frische Luft brannte in ihren Lungen. Sie hob den Blick zu den hoch aufragenden Kiefern und betrachtete die Sterne am Firmament. *Wow.* Außerhalb der Stadt war der Sternenhimmel beeindruckend. Hatte es bereits so viele Sterne gegeben, bevor ihre Mom und sie nach der Scheidung ihrer Eltern nach San Francisco gezogen waren? „Sind die Sterne nicht unglaublich?"

„Was hast du gesagt, Baby?", rief Matt. Sein Kopf steckte noch im Kofferraum.

„Nichts."

Nachdem er zwei Koffer rausgeholt hatte, knallte er die Kofferraumklappe zu und händigte ihr den Koffer aus.

Sie überquerten die Lichtung und kamen zu einer massiven, zweistöckigen Lodge. Rebecca zog ihren Koffer über die breite Veranda und folgte Matt ins Foyer. Ledersofas, große Sessel mit roter Polsterung und Teppiche in kräftigen Farben schufen gemütliche Sitzgruppen. An der linken Wandseite knisterte ein Feuer in einem gemauerten Kamin, der von gut gefüllten Bücherregalen umgeben war. Weiter hinten spielten vier Männer Karten.

Eine Frau, die am Feuer stand, begrüßte Matt lauthals und plötzlich schienen von überall her Leute zu kommen.

Matt strahlte und schüttelte den Männern die Hände. Mit den Frauen tauschte er Umarmungen aus. „Rebecca, das sind Paul und Amy."

Rebecca nickte und lächelte. Sie versuchte, die Namen den Gesichtern zuzuordnen. Paul und Amy: ein großer Mann mit schütterem Haar und eine schlanke Brünette mit einem dunklen Teint. Ginger und Mel: eine rothaarige Frau und ein stämmiger Mann. Serena und Greg: blonde Frau, der Mann ein Nerd mit Brille.

Dann verlor sie den Anschluss und verinnerlichte stattdessen die unterschiedlichen Formen und Größen der Männer. Die Frauen sahen alle gleich aus: gebräunt und schlank. Falls das ein Kriterium für die Akzeptanz in der Gruppe war, konnte sie gleich wieder nach Hause fahren. Ein leichtes Ziehen machte sich in ihrem Bauch breit. Es hatte wehgetan, immer die letzte Person gewesen zu sein, die im Sportunterricht gewählt wurde. Würde es hier bei diesen Sexakrobaten genauso sein?

„Schön, euch alle kennenzulernen", sagte sie. Ihr fiel auf, dass alle lässige Sweatshirts, T-Shirts und Jeanshosen trugen. Sehr zwanglos. Warum hatte Matt den Dresscode nicht erwähnt? Sie trug immer noch ein Kostüm aus einem Blazer und einem Rock. Wenn sie die Sache realistisch betrachtete, hatte sie auch keine andere Wahl gehabt. Abgesehen von ihren zwei Ralph-Lauren-Jeanshosen besaß sie nur Businessklamotten, Sweatshirts und dann noch mehr Sweatshirts, die alle mit Farbe bekleckert waren.

„Lass uns einchecken, dann können wir unsere Sachen zu unserem Blockhaus bringen", sagte Matt und zog sie zur Rezeption.

Ein lautes Knurren ließ sie abrupt stoppen. *Ein Hund.* Ihr Koffer fiel zu Boden, als sie panisch einen Schritt zurücktrat. Ihr Herz schlug ihr bis zum Hals und sie kämpfte gegen den Drang an, aus der Tür zu rennen. Hunde, denen es erlaubt war, ins Haus zu kommen, konnten nicht gefährlich sein, richtig? Das klang logisch.

„Komm her, Rebecca. Du musst dich einschreiben." Matt warf ihr einen ungeduldigen Blick zu.

„Okay." Einen Schritt nach dem anderen. Wo war der Hund?

Während der Mann an der Rezeption Matt die Hand schüttelte, ließ Rebecca den Blick über den Fußboden schweifen. *Gefunden.* Gleich neben dem Mann stand ein riesiges Biest mit dunkelbraunem Fell und einer noch dunkleren Schnauze. Das Tier starrte sie an und sie hörte ein Knurren.

„Thor", knurrte der Mann als Antwort dem Vierbeiner zu. „Platz."

Der Hund legte sich auf den Fußboden, ohne Rebecca aus den Augen zu lassen.

„Rebecca, das ist Logan Hunt. Ihm gehört die Anlage", sagte Matt.

„Hey, Matt!", rief eine der Frauen von der Eingangstür. „Wir überlegen gerade, was wir morgen unternehmen wollen. Hast du eine Idee?"

„Ich bin gleich bei euch", rief er zurück und tätschelte Rebeccas Arm. „Mach du schon mal weiter und trag dich ein. Ich bin derweil mit Paul und Amy auf der Veranda."

Sie nickte, ohne den Blick von dem Hund abzuwenden.

„Rebecca, sieh mich an." Die tiefe, raue Stimme riss sie los und sie hob den Blick zum Besitzer. Er sah genauso gemein aus wie sein Hund: Stahlblaue Augen blitzten aus einem gebräunten Gesicht hervor, Stoppeln dekorierten sein Kinn und auf seinem linken Wangenknochen war eine Narbe zu erkennen. Er überreichte ihr einen Stift und tippte fordernd auf das Buch vor sich. „Name und Adresse. Unterschrift auf der Einverständniserklärung."

„Einverständniserklärung?"

Seine Lippen verzogen sich. „Dass du mich nicht verklagen kannst, wenn du den Berg herunterfällst und dir den Hals brichst."

Ach so. Nachdem sie den Papierkram ausgefüllt hatte, schnappte sie sich ihre Reisetasche und hielt sie sich vor die Brust – nur für den Fall, dass sich der Hund bewegte.

Doch nicht der Hund bewegte sich, sondern der Besitzer: Er ging einen Schritt zurück. Er war mindestens einen Meter neunzig groß und hatte Muskeln, die sich unter seinem dunkel-roten Flanellhemd anspannten. Die hochgerollten Ärmel enthüllten erregende Unterarme mit Adern und große Hände, die noch mehr Narben zeigten. Was musste einem passieren, um Narben wie diese davonzutragen?

„Ich werde euch jetzt zu eurer Blockhütte bringen." Er kam zu ihr. Als der Hund ihm folgte, erstarrte sie. Das Tier würde ihr Blut vergießen und sie zerfetzen ...

„Beruhige dich, Süße." Ein amüsiertes Glitzern zeigte sich in seinen Augen. Er hatte die Hand nach ihrer Tasche ausgestreckt.

„Tut mir leid", flüsterte sie. Matt war bereits auf und davon. Er hatte sie mit dem Hund zurückgelassen. Der Hund, der sie noch immer anstarrte und warnende Laute von sich gab.

„Thor, sei brav", fuhr der Mann ihn an.

Der Hund beruhigte sich und trotzdem: Rebecca war sich hundertprozentig sicher, dass er sie noch immer in Stücke reißen wollte.

„Er fühlt, dass du Angst hast, also spielt er den starken Macker." Der Mann trat so nah an sie heran, dass sie den Kopf heben musste, um ihm ins Gesicht zu sehen. Nicht nur sein Hund spielte den starken Macker. Als sich ihre Blicke trafen, wusste sie mit absoluter Sicherheit, dass er nicht zulassen würde, dass sie verletzt wurde.

Er legte seine Hand auf ihren Rücken und schob sie zur Tür.

Wirklich sehr hübsch die Kleine, dachte Logan. Er konnte den Blick kaum von ihren wunderschönen, grünen Augen nehmen. Augen, angefüllt mit Emotionen, und jetzt spiegelte sich die Angst darin wider. Was hatte so ein schüchternes Mäuschen bloß zwischen dieser Herde aus kinky Yuppies zu suchen?

Die Krallen seines Hundes klickten über den Fußboden und er wandte sich seinem treuen Gefährten zu. „Thor. Bleib hier."

Nach einer langen Pause und einem *Das kann doch nicht dein*

Ernst sein-Blick ging Thor langsam zum Tresen zurück und legte sich seufzend hin.

Der übergroße Köter konnte eine ganz schöne Dramaqueen sein. Logan grinste und dann folgte er dem grauen Mäuschen namens Rebecca zur Tür hinaus.

Wirklich interessant, dass ihre Schüchternheit in der Sekunde verschwand, in der sie feststellte, dass Thor zurückgeblieben war. Ihre Körperhaltung veränderte sich: Sie drückte die Schultern durch und hob stolz das Kinn. Jetzt sah sie wie eine professionelle Geschäftsfrau aus, wie es der strenge Dutt und ihr dunkelblaues Kostüm vorgaukelten. Offensichtlich eine erfolgreiche Frau, denn das maßgeschneiderte Kostüm vermochte es, die besten Attribute einer Frau zu verstecken. *Wirklich eine Schande.* So ein toller Körper sollte richtig in Szene gesetzt werden! Es sollte verboten werden, einen Körper wie diesen unter unförmiger Kleidung zu verbergen. Und Make-up oder nicht: Die Sommersprossen auf ihrer Nase und auf ihrer Wange konnte sie nicht verstecken.

Sie warteten beide darauf, dass Matt sich von den zwei Clubmitgliedern losriss. Logan lehnte gegen einen Verandapfosten. *Verdammt*, er war so müde. Die zwei Albträume in der letzten Nacht hatten ihn völlig ausgelaugt. Vor allem der letzte hatte ihm den Schlaf geraubt. Er rieb sich mit einer Hand übers Gesicht. Gewehrkugeln, Raketen: Das war nicht so schlimm. Aber der Traum mit der Sprengfalle ... wie seine Kameraden in Stücke gerissen wurden ... *Scheiße*. Was für eine Nacht. Wie er es hasste.

Als Matt sich schließlich zu ihnen gesellte, konnte es losgehen. Sie liefen durch eine Allee aus Blockhütten. Die Hütten auf der linken Seite waren bereits belegt. Serenity Lodge war nicht sehr groß, aber wenn alle Blockhütten vermietet waren, konnten sich Logan und sein Bruder gut über Wasser halten.

Logan trat in die Hütte und betätigte den Lichtschalter. Sein Blick fiel auf die junge Frau und er beobachtete, wie sie den Wohnbereich in sich aufnahm. Das riesige Bett leuchtete in Blau und Gold. Das Muster des Quilts sollte einen Texasstern darstellen, wenn er sich recht erinnerte. Zwei Nachttische und ein Schrank. Ein kleiner Holzofen in der Ecke. Zwei Lehnsessel mit Leselampen. Ein kleiner runder Tisch unter dem hinteren Fenster. Ein blau-grüner Teppich, den Tante Marge gehäkelt hatte. Wieder schaute er zu dem Stadtmädchen.

Sie blinzelte ein bisschen verdutzt, dann ging sie zum Bett und streifte mit der Hand über den Quilt. „Erstaunlich. Die Farben passen eigentlich nicht zusammen, aber hier tun sie es. Wer auch immer diesen Quilt angefertigt hat, hat ein Auge für Farben."

„Ich werd's meiner Tante Laverne ausrichten."

Matt schlenderte zur Tür herein, stellte seinen Koffer neben der Tür ab und gesellte sich zu Rebecca. Er schlang einen Arm um ihre Schultern und streichelte ihren Hals. „Komm, leiste uns Gesellschaft, Baby."

Sie erstarrte und schaute zu Logan, als würde die Berührung von anderen, Unbehagen in ihr auslösen.

Er unterdrückte ein Grinsen. Sie war definitiv mit den falschen Leuten unterwegs.

Sie befreite sich aus Matts Umarmung. „Ich bin ganz schön erledigt."

Matt zögerte. Sehnsüchtig blickte er zur Tür. „Wenn du dir sicher bist ..."

„Ich bin mir sicher."

„Okay." Er ging einen Schritt auf den Ausgang zu. „Oh, der Holzofen ..."

„Ich werd's ihr zeigen", sagte Logan. Er stellte ihren Koffer neben den anderen.

„Danke, Logan. Ich werde nicht lange weg sein, Babe." Matt eilte aus der Tür, als hätte er Angst, sie würde ihn aufhalten.

Jemand hatte es eilig, mit dem Swingen zu beginnen. Mit einem zynischen Lächeln schob er den verlassenen Unschuldsengel zum eisernen Ofen, kniete sich hin und nahm Holz aus dem danebenstehenden Korb. Sie stand ihm nah genug, so dass ihre Hüfte seine Schulter streifte – eine runde, weiche Hüfte. Während er das Feuer entzündete und die Abluftklappe einstellte, umhüllte ihn ihr Duft. Das Duschgel, das sie benutzte, roch einladend, doch es war der Duft darunter, der pure Weiblichkeit verströmte. Dieser Duft war es, der das Bedürfnis in ihm auslöste, sie von ihrer Kleidung zu befreien und zu testen, ob sie so unschuldig schmeckte, wie sie aussah. Er räusperte sich und rückte ein Stückchen von ihr weg. „Alles verstanden?"

Sie runzelte die Stirn und studierte den Ofen wie ein Puzzle, das es zu lösen galt. Dann nickte sie. „Ich denke ja. Danke." Zu seiner Erleichterung und Enttäuschung ging sie zu dem kleinen Bücherregal neben dem Bett. Er richtete sich gerade auf, als er ihren entzückten Aufschrei vernahm. „*Little Women!* Das Buch habe ich seit der Grundschule nicht mehr gelesen."

Ihre Augen strahlten und sie verlor ihr steifes Auftreten. *Sie war wunderschön*, dachte er bei sich. Zu schön. Diese rosafarbenen Lippen waren weit mehr als annehmbar; sie waren sinnlich und verlockend.

„Wie lange kann ich schlafen? Gibt es bestimmte Essenszeiten?", fragte sie, während sie das Buch wie einen kostbaren Schatz gegen ihre Brust drückte.

„Eure Gruppe wechselt sich mit der Vorbereitung der Mahlzeiten ab. Was du immer in der Küche finden kannst, sind Kaffee und Snacks."

„Mich wirst du sicher immer als Erste in der Küche antreffen. Ich brauche meinen Kaffee, um wach zu werden." Sie kräuselte die Nase, was seine Aufmerksamkeit auf ihre tanzenden Sommersprossen lenkte. „Ich bin koffeinsüchtig."

„Dann sehen wir uns morgen in aller Frühe." Logan erreichte die Tür und stoppte abrupt. Schöne Frauen waren der Tod für den Denkprozess eines Mannes. Er schüttelte den Kopf und drehte sich zu ihr um. „Hier ist dein Schlüssel. Matt werde ich in der Lodge seinen Schlüssel geben."

Sie durchquerte den Raum zu ihm. Dann nahm sie ihm den Schlüssel ab und sein Blick erkundete erneut ihre Sommersprossen. „Geht klar. Dieser Ort ist wirklich etwas Besonderes, Mr. Hunt."

„Nenn mich Logan", sagte er sanft. Dann tat er etwas, was er wahrscheinlich lassen sollte: Er strich mit dem Daumen über ihre Wange. Ihre Haut war genauso weich, wie er es sich vorgestellt hatte. *Verdammt.* „Genieße deine Zeit bei uns."

KAPITEL ZWEI

Am nächsten Morgen folgte Rebecca Matt über den kleinen Pfad zur Lodge hinunter. Das Echo ihrer Schritte hallte auf dem frostigen Grund wider und ihr Atem erzeugte kleine Wölkchen. Sie zitterte und schlang ihre Arme um den Körper. War es denn nicht schon fast Sommer? Auf der Lichtung hielt sie an und hob den Kopf. Unter einem tiefblauen Himmel türmten sich nicht weit von hier die Berge. Die Gipfel waren schneebedeckt. Nebel wallte die Hänge hinunter und vereinzelt ließen sich Wolken vom Wind treiben. Abgesehen von den Stimmen, die aus der Lodge zu hören waren und dem Bach wenige Meter von ihr entfernt, herrschte Stille. Keine Autos, keine quietschenden Bremsen, keine Flugzeuge, kein Geschrei, keine Musik.

„Komm, Baby." Matt stand auf der Veranda, die Hand auf der Türklinke. „Lass uns reingehen."

„Ah. Tut mir leid." Sie trottete los und betrat die Veranda. Zusammen durchquerten sie den leeren Eingangsbereich und suchten sich ihren Weg zum Speisesaal, wo die Clubmitglieder an langen Tischen saßen.

„Warte eine Minute", sagte Matt zu ihr und legte seinen Arm um ihre Hüfte. Er stoppte sie, als sie gerade im Begriff war, die

Türschwelle zu übertreten. „Hey, alle zusammen", sagte Matt laut und wartete, bis sich der Lärm ein bisschen legte. „Die meisten von euch haben Rebecca ja schon letzte Nacht kennengelernt. Sie ist neu in der Szene. Lasst ihr ein bisschen Zeit, sich an uns zu gewöhnen."

Alle Augen lasteten auf ihr. Rebecca nickte höflich und betrat an Matts Seite den Raum. Während sie ihre Plätze am Tisch einnahmen, versuchte sie, die abschätzenden Blicke der Männer zu ignorieren. Wie zum Teufel sollte sie jedoch die Tatsache ignorieren, dass völlig Fremde sie daraufhin abschätzten, wann sie endlich Sex mit ihr haben würden. Eine Art und Weise, die nichts mit der Situation in einem Tanzclub zu tun hatte. Diese Männer wussten ganz genau, dass sie in dieser Umgebung zum Zug kommen würden.

Okay, Rebecca, sagte sie zu sich selbst. *Halt dich an den Plan.* Sie hatte eine Beziehung zu retten und Hemmungen zu verlieren. Ihr Bauch krampfte sich zusammen und sie machte gedanklich einen Schritt zurück. Ihr Ziel für den Anfang? Sich kennenlernen und Spaß haben. *Freunde gewinnen, Spaß haben. Ein Kinderspiel.*

Die Männer wandten sich wieder ihren Gesprächen zu und Rebecca nutzte die Gelegenheit, um sich einen Kaffee einzuschenken. Niemand sollte zu sozialen Aktivitäten gezwungen werden, bevor er nicht mindestens einen Kaffee intus hatte. Das war einfach grausam. Sie nahm einen Schluck und ließ ihren Blick über die Menschen schweifen. Es waren ein paar süße Typen dabei. Einer mit schwarzem Haar, intensiven braunen Augen und einem getrimmten Schnurrbart. Es gab auch einen, der sich wie ein College-Professor benahm. Sich mit ihm zu unterhalten, könnte interessant werden. Hauptsächlich waren es Paare, aber ... es gab auch ein Dreiergespann, bestehend aus zwei Frauen und einem Mann. *Interessant.*

Eine schwarzhaarige Frau in den Dreißigern reichte Rebecca eine Schüssel. Sie nahm sich von dem Rührei, den Würstchen und gönnte sich einen herzhaften Bissen.

Matt fragte nach der Schale mit Obst. Er schaute auf Rebeccas Teller und lehnte sich näher an sie heran. „Willst du nicht lieber etwas Leichteres zu dir nehmen, Schatz? Wolltest du nicht besser auf dein Gewicht achten?"

Vor Monaten, nachdem sie von ihrer Mutter mal wieder darüber belehrt worden war, was für ein entsetzliches Schicksal eine füllige Frau in einer Beziehung erwartete, hatte Rebecca diese Bemerkung gemacht. Er hatte es nicht vergessen. Während die Eier in ihrem Mund den Geschmack verloren, griff sie nach ihrem kalorienfreien Kaffee. Sicher, sie konnte sich einreden, dass sie zufrieden mit ihrem Körper war, doch wem wollte sie etwas vormachen? Sie war fett – woraufhin sie Matt nur zu gerne hinwies.

Natürlich sagte er niemals das F-Wort. Er sorgte sich lediglich um ihre Gesundheit: Weniger essen, mehr trainieren und so dünn werden, wie all die Frauen hier am Tisch. Aber sie trainierte schon fast mit religiöser Hingabe und aß auch nicht viel. Sie musste der Tatsache ins Auge blicken: Ihre Vorfahren waren rund, ihr Körper war rund und solange sie nicht wie ihre Mutter zu Schönheitschirurgen ging oder Hunger leiden wollte, würde sie auch rund bleiben.

Wie würde er reagieren, wenn sie ihm sagte, dass sein Schwanz zu klein war?

Sie schob den Teller von sich weg; der Appetit war ihr vergangen. Als sie den Kopf hob, kollidierten ihre Augen mit Logans. Auf der Türschwelle zur Küche lehnte er gegen den Türrahmen und betrachtete sie wie eine seltene Spezies in einer Petrischale. Wahrscheinlich fragte er sich, was sie unter diesen anonymen Fitnessaposteln zu suchen hatte.

Eine lebhafte Blondine sprang von ihrem Stuhl auf und klatschte in die Hände. „Alle mal herhören! Ich bin Ashley. Wir wollen heute zum Rainbow Lake wandern. Serena und Mitchel machen Sandwiches für uns. Die Wanderung wird eine Zeit dauern, also tragt ordentliches Schuhwerk, packt alles Nötige ein und vergesst die Sonnencreme nicht."

Eine Wanderung, das könnte Spaß machen. Die Grünflächen in San Francisco waren enttäuschend und hier, in den Bergen, war die Schönheit der Natur nur allzu deutlich.

Ashley fuhr fort. „Jenna und Brandy werden heute Abend kochen und ihre Männer waschen ab. Danach werden wir eine Vorstellungsrunde machen. Wir spielen ein paar Spiele, um uns besser kennenzulernen und schauen dann, wie der Abend so weitergeht." Die Blondine leckte über ihre vollen Lippen und schenkte jedem einen eindeutigen Blick. Die Menge antwortete mit freudigem Gepfeife und beschwingtem Gejohle.

Warum zur Hölle ist *Jake noch nicht wieder aus San Francisco zurückgekehrt?*, fragte sich Logan. Das Geschnatter der Leute ging ihm bereits jetzt auf den Sack. Er knirschte mit den Zähnen. Noch zwei Meilen bis zum Rainbow Lake. Zu dumm, dass er sie nicht zum Joggen bewegen konnte. Vielleicht könnte er aber etwas Tempo zulegen. Dann kämen sie vielleicht außer Atem und könnten sich nicht mehr unterhalten.

Normalerweise kümmerte sich Jake um die sozialen Aktivitäten und er, Logan, war für Reparaturen und die Instandhaltung verantwortlich. Menschen in kleinen Gruppen konnten ja ganz nett sein, aber solche Menschenmassen? Innerlich stöhnte er. *Bitte erschieß mich.* Er strich mit dem Finger über die Narbe auf seinem Gesicht und schnaubte voller Selbstironie.

Er stieg auf einen Granitfelsblock und beobachtete, wie die Swinger den Serpentinenweg hoch stapften. Wenigstens gab es keine Nachzügler. Die Gruppe schien in guter Verfassung zu sein. Sogar Rebecca in ihrer Designerjeans und dem formlosen Top konnte mithalten.

Tatsächlich machte sie sogar mehr, als nur Schritt zu halten. Während sie neben ihrem Freund herlief, funkelten ihre Augen vor Wunder und sie zeigte sich offen für alles, was der Wald zu bieten hatte. Logan hatte beobachten können, wie sehr sie von

der Natur fasziniert war: Ein erstarrtes Reh, ein Falke im Sturz-
flug und eine kleine Hirschmaus waren nur einige der bisherigen
Attraktionen gewesen. Bei jedem Tier zeigte sich offenkundige
Freude auf ihrem Gesicht. Diese Wertschätzung erfreute ihn
und er musste feststellen, dass er es nicht schaffte, die Augen von
der Gruppe – von ihr – zu nehmen. Er sehnte sich nach ihren
Reaktionen.

Die Sonne stand inzwischen hoch am Himmel und es war für
die Jahreszeit ungewöhnlich warm. Nach einer Weile ließen sie
den Schutz der Bäume hinter sich. Logan führte die Gruppe
über eine Wiese mit Wildblumen und zu einem kleinen Bergsee,
der klar, blau und verdammt kalt war. Granitblöcke ragten
zwischen den Wildblumen auf und glitzerten in der Sonne. Mit
einem Freudenschrei legten die Leute ihre Rucksäcke ab und
zogen sich aus.

Logan erfreute sich am Anblick der nackten Ärsche und
Brüste, als die Swinger wie eine Herde Lemminge ins Wasser
stürzten und auf das kalte Wasser mit einem Quietschkonzert
reagierten. Er lehnte sich gegen einen Felsen und bemerkte,
dass nur noch eine Person angezogen war. Das Stadtmädchen.
Man könnte meinen, dass sie sich die Eigenarten des Rehs
abgeschaut hatte, denn sie starrte die Gruppe mit weit aufgeris-
senen Augen an. Er bezweifelte, dass sie noch Jungfrau war.
Schließlich schlief sie mit Matt in einem Bett. Trotzdem war
ihre Unschuld in Bezug auf alternative Sexpraktiken unver-
kennbar.

Ihr Freund war bereits splitternackt in den See eingetaucht
und rief ihr zu: „Komm rein, Baby! Das Wasser ist toll!" Er
wartete nicht auf ihre Antwort, sondern watete tiefer und
näherte sich einer Blondine, die ihre Brüste wie Cheerleader-
Pompons einsetzte.

Rebecca schaute vom Wasser zum Weg und wieder zum
Wasser, wo Matt sich mit Ashley kabbelte, bevor sie den Blick
erneut abwandte.

Logan konnte den exakten Moment ausmachen, in dem sie

beschloss, die Flucht zu ergreifen. Er reagierte schnell, lief zu ihr und blockierte ihren Weg.

„Darf ich bitte vorbei?", sagte sie höflich.

„Nein."

Röte stieg ihr in die Wangen und ihre Augen verengten sich, als sie ihn anfunkelte. Rotgoldenes Haar. Sommersprossen. Eine voluminöse Figur. Es machte den Anschein, als hätte sie irische Vorfahren und das dazu passende Temperament. Sie trat nach rechts. Mit den Händen in den Taschen versperrte er ihr den Weg erneut und wartete darauf, dass sie explodierte.

„Hören Sie, Mr. Hunt –"

„Logan", unterbrach er sie. Logan gab alles, um nicht zu grinsen.

Sie presste die Lippen genervt aufeinander. „Wie auch immer. Ich gehe jetzt zurück in mein Blockhaus. Bitte bewegen Sie Ihren ... Bitte treten Sie zur Seite."

„Es tut mir leid, Süße, aber niemand wandert hier allein herum. Das ist eine Sicherheitsregel, die ich sehr ernst nehme." Er schaute nach den Swingern. „Ich kann die Anderen nicht alleine lassen, und du kannst nicht alleine umherwandern. Daraus folgt: Du wirst dich nicht vom Fleck bewegen."

Sie schloss ihre Augen und er konnte sehen, welch eiserne Kontrolle sie über ihre Emotionen ausübte.

Der Dom in ihm fragte sich, wie schnell er sie dazu bringen könnte, ihre Kontrolle abzugeben. Er wollte die Frau im Inneren kennenlernen. Er wollte sie fesseln, sie necken und betören. Er wollte beobachten, wie sie sich weigerte, ihrem Verlangen nach-zugeben ... *Zur Hölle nochmal*, das waren mehr als unpassende Gedanken.

Er holte tief Luft. Er brauchte eine Abkühlung. Es war zu verdammt heiß hier und das lag nicht nur an seinen heißen Gedanken. Jetzt war er sich sicher, dass es die Klimaerwärmung gab. Er runzelte die Stirn, als er ihr schweißbedecktes Gesicht bemerkte. Über ihren Ausschnitt tropfte der Schweiß und bahnte sich einen Pfad unter ihre langärmlige Bluse. Nicht gut. Die Frau musste dringend ihre Temperatur runterkriegen.

Hinter der Wiese lag der Wald. Die Baumkronen würden Schatten spenden. Er könnte sie zum Abkühlen dorthin schicken. Es gab nur ein Problem: Dann wäre sie aus seinem Blickfeld. Gerade wegen ihres eigensinnigen Ausdrucks lag die Vermutung nahe, dass sie sich trotz seines Befehls auf den Rückweg machen würde.

Schultern angespannt, Kinn trotzig in die Höhe gestreckt, Füße fest auf dem Boden. Er unterdrückte ein Grinsen. Sie war eine kleine Rebellin. Genau der Typ Frau, der seine dominante Natur anheizte. Oh, es würde ihm gefallen, ihr einen Befehl zu geben! Denn er wusste, dass sie sich diesem Befehl zunächst widersetzen würde. Das hatte zur Folge, dass er ihren hinreißenden Arsch mit einem Paddel bearbeiten dürfte, und sich daran erfreuen konnte. Leider gehörte sie nicht ihm. Er hatte nicht das Recht, sie zu bestrafen. *Wirklich eine Schande.* Dieses Jüngelchen wusste doch gar nicht, was er mit einer Frau wie ihr anstellen sollte.

Und schon wieder war er abgeschweift.

Mit einem Seufzen kehrte er zu dem eigentlichen Problem zurück: Sie musste hierbleiben, damit er ein Auge auf alle Clubmitglieder hatte. Dennoch war eine Abkühlung unumgänglich.

„Wenn du dich nicht komplett ausziehen willst, solltest du zumindest ein paar Kleidungsstücke ablegen und die Füße ins Wasser halten", sagte er. „Ich will nicht, dass du dich überhitzt."

„Danke, mir geht es gut", sagte sie steif.

„Nein, geht's dir nicht." Er trat näher an sie heran und sofort konnte er die Wärme spüren, die von ihrem Körper ausging. Sie lebte in San Francisco und war diese trockene Hitze nicht gewohnt. „Entweder du ziehst dich aus, kleine Rebellin, oder ich schmeiße dich mit voller Montur in den See."

Ihr Mund klappte auf.

. . .

Das würde er nicht wagen, oder? Rebecca starrte in die erbarmungslosen, kalten Augen. Er strahlte Selbstvertrauen aus. *Oh nein*, er bluffte nicht.

Na gut, er konnte sie anstarren, so lange er wollte. Sie wollte verdammt sein, wenn sie ihre Kleidung auszöge und ihm ihre klobigen, narbigen Beine entblößte. Sie schüttelte den Kopf und trat einen Schritt zurück. Wenn es sein musste, dann würde sie rennen.

Schneller als sie blinzeln konnte, packte er ihren Arm.

Sie versuchte, sich aus seinem erbarmungslosen Griff zu befreien. Zwecklos. „Sie können doch nicht einfach –"

Mit einer Hand knöpfte er ihre Bluse auf. Ihre Versuche, ihn daran zu hindern, störten ihn nicht im Geringsten. Eine Minute später öffnete sich die Bluse und gab ihren BH und ihren rundlichen Bauch frei. „Verdammt."

Sie richtete den Blick auf den See und hoffte, dass Matt ihr zu Hilfe eilen würde. Stattdessen musste sie mit ansehen, wie er die quietschfidele Ashley küsste. Sie erstarrte. Es handelte sich nicht nur um einen kleinen, unbedeutenden Schmatzer, sondern um einen richtigen Kuss, bei dem auch ihre Zungen einen Auftritt hatten. Schockiert beobachtete Rebecca das Schauspiel. Auf den Schock folgte eine Welle der Erniedrigung. Wie konnte er nur ... Ihr Atem beschleunigte sich und sie riss den Blick weg. Tränen kündigten sich in ihren Augen an. Warum war sie nur hergekommen?

„Oh, Süße, nein." Logan zog sie in seine Arme. Er ignorierte ihren schwachen Protest. Seine Arme hielten sie fest an seine Brust gedrückt, die so hart wie die Granitblöcke um sie herum war. Er drehte sie vom See weg und streichelte ihr sanft über den Rücken, während sie versuchte, wieder ihre Fassung zu erlangen.

Matthew und Ashley werden Sex miteinander haben. Bald. Erst jetzt wurde ihr das Ausmaß dieser Reise bewusst. Schließlich war sie mit Swingern unterwegs. Aber jetzt, wo sie erkannt hatte, was passieren würde ... Sie atmete zittrig ein und presste die Lippen aufeinander. *Also gut.*

Und wenn Logan darauf bestand, dass sie sich bis auf BH und Höschen auszog, dann war das auch gut. Was machte es schon, wenn diese Leute ihre riesigen Oberschenkel und ihre hässlichen Narben sahen? Sie würde diese Menschen in ihrem ganzen Leben nie wieder zu Gesicht bekommen. Nie wieder.

Einen Moment lang genoss sie noch die tröstende Wärme von Logans Armen. Dann schob sie ihn von sich.

Er erlaubte ihr, dass sie einen Schritt zurücktrat. Dann wickelte er die Finger um ihre Oberarme und hielt sie an Ort und Stelle.

Sie errötete und wandte den Blick ab. *Gott, wie peinlich.* Sie hatte gerade vor einem völlig Fremden die Fassung verloren und hatte ihn sehen lassen, wie unsicher sie war. Trotzdem musste sie zugeben: Es war nett, dass er sie getröstet hatte. Sie schuldete ihm ein Dankeschön. „Danke für die ... äh ... Schulter."

Er schob einen Zeigefinger unter ihr Kinn und hob ihren Blick zu seinem. „Es hat mir gefallen, dich in meinem Armen zu halten, Rebecca. Zögere nicht, zu mir zu kommen, wenn du jemanden zum Anlehnen brauchst." Er strich mit dem Finger oberhalb ihres BHs über ihre Haut. Die Fingerspitze war schwielig und sandte ein unerwartetes Kribbeln durch ihren Körper. „Kann ich dich dazu überreden, den hier auch auszuziehen?"

Der Gedanke daran, ohne BH herumzulaufen, erweckte die Vorstellung in ihr, wie sich seine großen Hände auf ihren Brüsten anfühlen würden ... *Gott, krieg dich wieder ein, Rebecca.* Sie schüttelte den Kopf und machte hastig einen Schritt zurück.

Er betrachtete sie aufmerksam und sein Blick brannte heißer als die Mittagssonne. „Ich erwarte, dass du dich wenigstens bis auf BH und Slip auszieht." Sein Mundwinkel zuckte. „Wenn du es nicht machst, dann werde ich nachhelfen. Und eins kannst du mir glauben: Ich werde jede Sekunde genießen."

Ihr Inneres hatte sich in geschmolzene Lava verwandelt. Wie konnte sie seine Drohung gleichermaßen entsetzen und erregen?

„Also gut, aber ich ziehe meine Sachen selbst aus", sagte sie mit ausgetrockneten Lippen. Sie begann mit der Bluse.

„Schade", murmelte er. Dann hob er eine Hand und zog an einer Strähne ihres Haares. Schließlich schlenderte er davon. Am Wasser angekommen, widmete er sich seinem Dienst als Bademeister und wandte ihr den Rücken zu. *Gott sei Dank.*

Mit tollpatschigen Fingern schaffte sie es, ihre Stiefel und ihre Jeans auszuziehen. Sie holte tief Luft und rannte, gekleidet in ihrem rosafarbenen Unterwäscheset, ins Wasser. Dabei kam sie an ihm vorbei und sie war sich nur allzu bewusst, wie das Licht der Sonne jede Unreinheit, jede Fettrolle und jede Narbe hervorhob.

Das Wasser war eisig, doch davon ließ sie sich nicht aufhalten: Sie watete so tief in den See, bis ihr das Wasser bis zum Hals stand und ihren Körper vollkommen bedeckte.

„Hey, Rebecca hat sich zu uns gesellt!" Die Gruppe umkreiste sie und hieß sie willkommen. Da sie vom Wasser fast vollständig bedeckt war, konnte sie sich entspannen und die Zeit genießen. Sie planschte und tauchte mit dem Rest. Nach den ersten Berührungen schaffte sie es, die wandernden Hände der Männer zu ignorieren. Unglücklicherweise zeigte sich bei ihr keine Erregung. Vielleicht weil die Männer sie gar nicht kannten. Für sie waren Rebecca nur eine weitere verfügbare Frau – ein Stück Fleisch mit einem Paar Brüsten und einem Hintern.

Logan hatte sie wenigstens angesehen. Und der Blick, den er auf sie gerichtet hatte, vermochte es, sie mehr zu erregen als diese stümperhaften Berührungen. Sie konnte nicht anders; sie schaute über ihre Schulter. Er stand immer noch gegen den Felsen gelehnt, mit den Armen vor der Brust verschränkt. Sein Blick war kühl. Unpersönlich.

Gut. Das war gut. Kein Interesse in seinem Blick. Gut. Sie drehte sich um und wich Pauls Hand aus.

Das eisige Wasser verhinderte langes Schwimmen. Während einige in ihren Rucksäcken nach Essen kramten, zog sich Rebecca ihre Klamotten wieder über und wandte sich dann ihren eigenen Snacks zu. Um sie herum wurde geredet und gelacht, als sich alle zum Essen auf die warmen Steine setzten. Matt gesellte sich zu Rebecca und legte einen Arm um ihre Taille, als ob nichts gewesen wäre. Sie diskutierten die Rolle der Frau zu Zeiten des Goldrausches. Es waren Unterhaltungen wie diese, die ihr in Erinnerung riefen, was sie an Matt hatte: Er war klug, höflich, charmant und verdammt gutaussehend, besonders jetzt, wo die Sonne in seinem blonden Haar glitzerte und seine blauen Augen strahlten. Der perfekte Mann. Sie kriegten das bestimmt wieder hin. Ja, sie würden –

„Hey, ihr zwei. Ich habe euch Nachtisch mitgebracht." Einen Teller balancierend nahm Ashley auf der anderen Seite von Matt auf dem Felsen Platz. „Hier, das musst du probieren." Sie fütterte Matt mit einem Stückchen Schokoladenkuchen und kicherte, als er an ihrem Finger knabberte.

Rebeccas rechte Hand ballte sich zur Faust. Ein guter Schlag und die großbusige Blondine würde auf dem Arsch landen und aus allen Löchern pfeifen. Leider machte Ashley ja bloß das, wofür sie an diesen Ort gekommen waren. Rebecca drehte ihren Kopf weg und gab vor, sich auf das Gespräch von Amy und Paul zu konzentrieren. Sie versuchte einfach alles, um bei Matts heiserem Lachen nicht das Gesicht zu verziehen. Ihr Herz schmerzte. Es war ihr unmöglich, zu schlucken, weshalb sie ihr Sandwich wieder einpackte.

Sie stand auf und ging zu ihrem Rucksack, um ihr Essen zu verstauen. Gleichzeitig konnte sie auf diese Weise der Situation mit Matt und Ashley entkommen. Sie zog ihren Skizzenblock heraus. Eine super Entschuldigung, um etwas abseits Platz zu nehmen.

Es dauerte nicht lange, bis die Magie des Zeichnens sie in den Bann zog. Über dem subtilen Spiel aus Linien, Schatten und Kurven vergaß sie sich selbst. Sie skizzierte Brandys nackte Zehen, die in den Sand eintauchten, und die Wanderschuhe und die Socken, die gleich daneben lagen. Dann noch eine schnelle Skizze, wie Christopher auf einem Granitblock ruhte. Sie erinnerte sich an die Kunstkurse zurück, als sie Models zum Zeichnen hatten und lachte.

Nach einer Weile schaute sie zu Matt rüber und sah, wie Ashleys Hand ihm zwischen die Schenkel gefahren war. *Okay, na dann. So geht's hier eben zu.* Sie wandte ihren Blick ab und ihre Augen landeten auf Logan.

Leicht abseits der Gruppe sitzend, lehnte er an einem Stein und aß sein Mittagessen. Er hatte sein Hemd ausgezogen. Und, *guter Gott*, hier in der Lodge zu arbeiten, tat ihm gut! Sein Oberkörper war muskulös: Das braune Haar auf seiner Brust war ein bisschen dunkler als seine Haut und näherte sich in der Form eines auf dem kopfstehenden und auslaufenden Dreiecks seinem Intimbereich. Sie konnte an seinen Oberarmen keine Bräunungsstreifen erkennen: Entweder er arbeitete ohne Hemd oder er sonnte sich nackt. Was für ein Gedanke das war! Ihr Blick streifte von seinem Sixpack zum Bund seiner Jeans. Auch dort konnte sie keine Bräunungsstreifen sehen, was bedeutete, dass ... *Ooops.* Leuchtend blaue Augen in einem gebräunten Gesicht trafen auf die ihren. Sie erstarrte. Dieser Blick ... sein Blick ließ in ihr das Gefühl aufkommen, dass sie wieder ein Teenager war. Jung, unsicher, aber auch mutig.

Als seine Augen schließlich von ihr abließen, atmete sie zittrig aus: *Was ist hier gerade passiert?*

KAPITEL DREI

Nach dem Abendessen gingen die Clubmitglieder in den Gemeinschaftsraum und rückten Stühle und Sofas in einen Kreis. Als Matt sich hinsetzte und Rebecca neben sich zog, schaute sie ihn missmutig an. Obwohl er auf dem Rückweg aufmerksam gewesen war, hegte sie noch immer einen Groll.

Komm drüber weg, Mädchen. Er hat schließlich nichts falsch gemacht. Swinger, du erinnerst dich? Sie waren hergekommen, um andere Leute zu vögeln, und sie musste sich an den Plan halten. Aus den Augenwinkeln betrachtete sie ihn. Vielleicht sollte sie auch einfach alles, was nicht bei Drei auf dem Baum war, vögeln? Sie zwang sich ein Lächeln aufs Gesicht und fragte: „So, und was jetzt?"

Er tätschelte ihre Hand. „Es gibt eine Vorstellungsrunde, bei der wir Spiele spielen, um das Eis zu brechen."

Sie lehnte sich auf dem Sofa zurück und nippte an ihrem Wein. *Okay, gut.* Das klang nicht so schwierig. Schließlich hatte sie in ihrem Beruf schon diverse Teambuilding-Seminare hinter sich gebracht. Wahrscheinlich würden sie damit anfangen, dass sich jeder vorstellte.

„Rebecca", sagte Mel und unterbrach ihre Gedanken. Das T-

Shirt spannte sich über seinem runden Bauch, als er auf sie zeigte. „Steh doch mal auf und erzähl uns was von dir."

Alle drehten sich zu ihr und sie stand auf. *Sehe es einfach als Präsentation für einen Kunden*, dachte sie. „Mein Name ist Rebecca und ich arbeite in einer Werbeagentur. Ich bin das erste Mal auf einer Swinger-Veranstaltung. Ich muss zugeben, dass ich mich etwas verloren fühle."

Auf den Gesichtern der Gruppe spiegelte sich Sympathie wider. Das tat ihr gut. Die Leute schienen nett zu sein. Wirklich. Bedeutete das, dass sie vielleicht doch zu prüde war? Behielt Matt recht? Vielleicht sollte sie sich öffnen und der Sache einfach eine Chance geben. Genau deswegen war sie schließlich hergekommen, richtig? Um ihre Sexualität zu erkunden und Kontakt mit ihrem inneren Vamp herzustellen. Und um ihre Beziehung zu retten, die auf dem Papier so perfekt aussah.

Nach dem förmlichen Teil wurden Paare getrennt und mit anderen Mitgliedern zusammengebracht. Matt wählte eine Gruppe, die Twister spielte. Rebecca schaute ein paar Minuten zu. Jeder der vornüber fiel, musste ein Kleidungsstück abgeben. Eine zierliche Brünette verlor mindestens zweimal absichtlich das Gleichgewicht.

„Rebecca, komm zu uns." Brandon nahm sie bei der Hand und zog sie vom Sofa hoch. Auf der anderen Seite des Raumes saß Ginger neben dem Collegeprofessor Paul und Christopher neben Serena. Rebecca setzte sich neben Brandon.

Ginger ging zu einem Couchtisch auf dem ein Spielbrett mit Würfeln und ein Kartenstapel lagen und sagte: „Okay, Leute. Würfelt und bewegt eure Spielfigur. Tut dann, was das Feld sagt, auf dem ihr gelandet seid. Gewinnt ihr eine Karte, könnte ihr sie an eine Person weiterreichen, die daraufhin tun muss, was darauf geschrieben steht. Würfelt ihr einen Pasch, müsst ihr euch eines Kleidungsstückes entledigen." Sie warf einen ernsten Blick in die Runde und sagte: „Schmuck zählt nicht als Kleidung."

„Juhu!", rief Brandon. „Lasst uns mit dem Spaß beginnen!"

Rebecca atmete tief ein. Sie würde das schaffen.

Als das Spiel seinen Lauf nahm, musste Ginger ihre Bluse und ihren BH ausziehen. Christopher verlor seine Schuhe, Paul seine Socken.

Rebecca landete auf einem Feld und las die Aufforderung vor. „Oh Gott." Paul lachte und füllte ihr Weinglas. Sie trank es in einem Zug leer und zog ihre Bluse aus. Das war bereits das zweite Mal an diesem Tag, dass sie sich ihres Oberteils hatte entledigen müssen. Jetzt war Brandon an der Reihe. Er zog eine Karte und überreichte sie ihr. „Lies laut vor."

„Steh auf und gib der Person einen Zungenkuss. Alle Körperteile müssen sich berühren." *Heilige Scheiße.*

Er stand auf und lockte sie mit seinem Zeigefinger zu sich.

Ich schaff das – ihr persönliches Mantra, zumindest an *diesem* Ort. Rebecca legte ihre Hände auf seine Schultern. Nicht sehr muskulös. Nettes Eau de Cologne. Seine Hände spreizten sich über ihrem nackten Rücken. Er zog sie näher an sich und ihre Brüste pressten sich gegen seine Brust. Sie küsste ihn. Sein Mund war nass, sein Schnurrbart kitzelte und seiner Zungentechnik fehlte die Finesse. Sie schlang ihre Arme enger um ihn und versuchte, erotische Gedanken zu initiieren. Kritik während eines heißen Kusses zu äußern, war sicher nicht besonders intelligent.

Leider war dieser Kuss alles andere als heiß. In der Vergangenheit war es immer mal wieder vorgekommen, dass sie in einer Gruppe aus Betrunkenen die einzige Nüchterne gewesen war. Heute war sie die einzige Frigide in einer Gruppe, die nur aus notgeilen Swingern bestand.

Sie trank mehr Wein.

Gesichter röteten sich. Stimmen wurden lauter und schriller. Ein Paar ging zu einer Couch weiter hinten im Raum, um rumzumachen. Michelle und Greg hatten aufgehört, Twister zu spielen, und zogen sich vor dem Kamin aus. Binnen einer Minute lag Greg flach auf dem Boden. Michelle hatte ihn bestiegen und sie führte seinen Penis in sich ein.

Oh Gott! Rebecca wandte den Blick ab. Die Dynamiken hatten sich verändert und sie konnte Matt nirgendwo finden.

Sie war mit Würfeln an der Reihe. Sie warf einen Pasch. Ginger kicherte und die drei Männer lehnten sich erwartungsvoll nach vorne, um von der ersten Reihe aus zu beobachten, was sie ausziehen würde.

„Zieh deinen BH aus, Rebecca." Brandon legte seine Hände auf ihre Brüste, als ob sie schwer von Begriff wäre.

War das Leidenschaft, was sie fühlte? *Rebeccas innerer Vamp hatte das Gebäude verlassen.* Sie stellte das Weinglas ab, griff ihre Bluse und stand auf. „Tut mir leid, Leute, ich bin einfach kein Swinger. Ich gehe ins Bett." Als Brandon aufstand und sie begehrlich ansah, fügte sie mit einem kalten Blick hinzu: „Allein."

Einige verließen das Hauptgebäude zu zweit oder zu dritt und machten sich Richtung Blockhütten auf. Rebecca trat nach draußen und wagte einen letzten Blick über ihre Schulter: Zu dem Paar vorm Kamin hatten sich zwei weitere Personen gesellt. *Wow*, eine Menge nackter Körperteile. *Gott*, sie hätte nicht herkommen sollen. Allerdings hätte sie niemals wissen können, dass es nichts für sie war, ohne es vorher ausprobiert zu haben, richtig? Offensichtlich gab es Leute – Matt eingeschlossen –, denen solche ... Praktiken ... zusagten.

Regentropfen landeten auf ihren Schultern, als sie von der Veranda trat. Wind peitschte ihr die Haare ins Gesicht. Sie zog sich ihre Bluse über und eilte den Pfad zu ihrer Hütte hoch. Mit einem erleichterten Seufzen schloss sie die Tür auf und knipste das Licht an.

„Hey!" Matts Stimme. Er lag nackt auf dem Bett. Ashley kniete zwischen seinen Beinen und ihr Mund hielt seinen Schwanz umschlossen.

Rebecca schnappte nach Luft. Bei dem Anblick blies sich ein Ballon in ihrem Kopf auf und zerplatzte. Sie wusste nicht, was sie sagen sollte. Sie war vollkommen sprachlos.

Ashley ließ ihn nicht los, schaute nur zu ihr rüber und grinste. Ihr Kopf bewegte sich langsam auf und ab.

„Komm, Baby", sagte Matt und winkte sie mit einer Hand heran. Die andere lag auf Ashleys Brust. „Du kannst bei uns mitmachen; ich treibe es gerne mit zwei Frauen gleichzeitig."

Rebecca trat einen Schritt zurück und fand ihre Stimme wieder. „Ich glaube nicht, dass mir das Spaß macht. Tut mir leid, Matt. Die Unterbrechung tut mir auch leid." Sie ging noch einen Schritt zurück. Innerlich sagte sie zu sich selbst: *Zeig ihm nicht, wie wütend du bist, indem du die Tür zuknallst.*

Sie knallte die Tür so laut hinter sich zu, dass von der nächsten Kiefer die Zapfen runterfielen.

Na gut, das war wohl nichts. Aber schließlich war das in der Blockhütte ihr perfekter Lebensgefährte. Ihr perfekter Lebensgefährte, der von Ashley und ihren Schlauchbootlippen einen geblasen bekam. Die Treppe der Veranda verschwamm vor ihren Augen und Rebecca fiel hin. Sie landete auf ihren Händen und Knien. Kieselsteine bohrten sich in ihre Handflächen und ihre Augen brannten von den Tränen. Sie blinzelte. *Verdammt*, sie wollte nicht weinen.

Sie stolperte wieder auf die Füße. Ihr Kopf drehte sich. Sie hatte in dem Versuch, locker zu werden, zu viel Alkohol getrunken. Und es hatte nicht mal funktioniert. Sie stand im Regen und wischte sich die Tränen aus dem Gesicht, die sich mit den Regentropfen vermischten. „Verdammt, verdammt, verdammt." Wo sollte sie heute Nacht schlafen? Es fühlte sich an, als säße sie auf einem Kettenkarussell fest. Sie lief zurück zur Lodge. Einmal dort angekommen, warf sie einen Blick ins Innere. Vor dem Kamin hatten sich die Leute zu einem großen Tier verbunden, das unendlich viele Gliedmaßen besaß. Schnell wich sie zurück.

Hier konnte sie sicher nicht schlafen. Vielleicht in der Küche? Nein. Der Idiot, der diesen übergroßen Durchgang zum Speisezimmer und zur Küche entworfen hatte, musste vergessen haben, Türen einzuplanen. Bei ihrem Glück würde sie über einen Mann stolpern, der es auf einen ... Snack abgesehen hatte. Das konnte und wollte sie nicht riskieren.

Sie beobachtete den Pfad zwischen den Blockhütten. Reges Treiben, das an einen Bahnhof erinnerte. Es handelte sich um die schlüpfrige Version der Stuhlpolonaise. *Blockhüttenpolonaise?* Mal wieder war sie die Verliererin. Sie hatte keinen Stuhl abbekommen. Kein Bett. *Also gut. Wer braucht schon ein Bett?*

Sie machte ein verdrießliches Gesicht und lief zur Hollywoodschaukel. Sie zog ihre Bluse enger um ihren Körper und kuschelte sich in die feuchten Kissen. Hier auf der Veranda, im Schatten, würde sie keiner sehen. Vielleicht war ihr kalt, aber zumindest entkam sie auf diese Weise den grapschenden Händen und den nassen Lippen der Swinger.

Sie erschauerte und schnitt den Gedankengang ab. Hatte sie ihre Beziehung mit Matt wirklich so verzweifelt retten wollen?

Der Psychologen-Ehemann ihrer Mutter würde das wahrscheinlich eine Lektion fürs Leben nennen. *Und was für eine.*

Logan öffnete die Eingangstür zur Lodge. Er wollte gerade über die Schwelle treten, als sein Hund winselte. Hatte sich eine Maus oder eine Ratte unter der Veranda eingenistet? „Was hast du, Junge?"

Der Hund streckte seine Nase Richtung Verandaschaukel. „Was zur Hölle!" Zitternd lag Rebecca auf den Kissen und hatte sich zu einem Ball zusammengerollt. Vor seiner abendlichen Runde übers Grundstück hatte er bereits gemerkt, wie viel Wein sie sich erlaubte. War sie betrunken?

Er berührte ihren Hals und zuckte zusammen. Sie war eiskalt. Besorgt spitzte er die Lippen. „Hach, Süße, du machst es mir nicht gerade einfacher", murmelte er und hob sie in seine Arme.

Er trug sie zu der Tür, die zu seiner Dachgeschosswohnung führte. Aus den Augenwinkeln erkannte er, warum sie nicht reingegangen war. Diese Swinger ließen nichts anbrennen. Anerkennend bemerkte er, wie gelenkig die Brünette war. Die nackte Pussy der Blondine war auch nicht zu verachten.

Nachdem er einen Code in das Tastenfeld eingegeben hatte, kletterte er die Treppe zu seiner Wohnung hoch und öffnete mit dem Stadtmädchen sicher in seinen Armen die Tür. Dafür verdiente er wirklich eine Belohnung. Er bezweifelte jedoch, dass ihn die bewusstlose Frau in seinen Armen belohnen würde. Jedenfalls nicht heute Nacht.

Er knipste das Licht an, lief durchs Wohnzimmer, durchquerte seine kleine Küche und betrat sein Schlafzimmer. Grinsend legte er sie auf sein Bett. Anscheinend kam er doch noch in den Genuss, ihr die Kleidung auszuziehen.

Ihr die Bluse über den Kopf zu ziehen, war einfach. Widerwillig ließ er ihr das Bralette aus königsblauer Spitze. Schöne Unterwäsche. Jedoch sehnte er sich danach, das, was diese Unterwäsche verpackte, in seinen Händen zu halten: volle und perfekte Brüste. Er hielt sich zurück. Richtig gehört: Ritterlichkeit war noch nicht ganz ausgestorben.

Das Ausziehen ihrer nassen Bluse hatte ihr wieder Leben eingehaucht: Als er sich ihrer Jeans zuwandte, schlug sie mit der rechten Hand nach seinen Fingern. Der Alkohol und die Kälte hatten sie jedoch geschwächt. *Nicht gut.* Ihre durchweichte Jeans landete mit einem *Klatschen* auf dem Dielenfußboden. Logan stöhnte, als das dämmrige Licht aus dem Wohnzimmer auf ihre blassen Schenkel fiel und die dunkelrote Decke unter ihr seinen erotischen Traum anfachte. *Verdammt*, er wollte diese Schenkel um seine Hüfte wickeln und ... *Aufhören, Junge. Reiß dich zusammen.* Mit einem Finger strich er über die verblassten Narben auf ihren Schienbeinen. Er runzelte die Stirn, schüttelte sich aber schnell aus seinen Gedanken. Er musste sie zudecken. Sie brauchte Wärme.

Er betrachtete sie, eingemummelt in seinen Quilt. Ein heißes Getränk wäre auch nicht schlecht.

Sie erwachte und trank ein wenig von dem Kakao. Besonders

freundlich war sie dabei nicht. Das Stadtmädchen hatte ein Mundwerk, das seines Gleichen suchte. Er wusste genau, was zu tun war: Er musste dringend ihre Körpertemperatur erhöhen. Also stellte er die Tasse auf dem Nachttisch ab, zog sich aus und legte sich zu ihr ins Bett. Er wickelte den Arm um ihre Hüfte, zog sie an sich, so dass sich ihr Rücken gegen seine Brust presste. Haut an Haut. Mit der Körperwärme einer anderen Person würde sie sich schnell aufwärmen. *Gott*, wie gut sie sich anfühlte.

Sie entließ einen heiseren, tiefen Seufzer.

Gott möge ihm beistehen ... Er konnte sich nur zu gut vorstellen, dass sie den gleichen Laut von sich gab, wenn ein Mann in sie eindrang. Ihr weicher Arsch ruhte an seinem Schoß und drückte sich gegen seinen Schwanz, der so hart war, dass selbst ihre kalte Haut ihn nicht abkühlen konnte. Er konnte nicht widerstehen: Er presste seine Lippen auf ihre Schulter. Er atmete tief ein. Sie roch nach Seife und Frau. Ausgehend von ihrer Vorliebe für Designerkleidung hatte er ein teures Parfum auf ihrer Haut erwartet.

Und was genau hatte Miss Sittsamkeit unter einer Gruppe aus Swingern zu suchen? Die kleine Rebellin machte keinen Sinn. Er hatte so viele Fragen. Natürlich würde er sich seine Antworten holen. Schon bald. Jetzt vergrub er erst einmal sein Gesicht in ihrem seidigen Haar und umschloss ihre Brust mit seiner Hand. Eine kleine Belohnung stand ihm zu. Immerhin hatte er sie gerettet. Zumal ihre Anwesenheit in seinem Bett bedeutete, dass er wach bleiben musste. Gott stand ihnen bei, falls er einschlafen sollte.

Mitten in der Nacht erwachte Rebecca. Sie hatte es sich auf Matt bequem gemacht. Es war ihr wohlig warm und sie war vollkommen ... verwirrt. Wann war sie denn zur Blockhütte zurückgekehrt? Sie konnte sich noch ganz klar daran erinnern, wie sie frierend auf der Hollywoodschaukel gelegen hatte. War er zurückgekommen und hatte sie ins Bett gebracht? Sie verfluchte sich dafür, dass sie so viel getrunken hatte.

Sie bewegte sich testend und erstarrte. Ihre Wange ruhte auf der Schulter eines Mannes und es handelte sich um eine außergewöhnlich muskulöse Schulter. Ihr Arm lag über einer Brust, die breiter war als Matts, und ihre Finger berührten Brusthaar. Matts Brust war so glatt wie ein Babypopo.

Zudem konnte sie kein teures Eau de Cologne an ihm riechen – nur den sauberen Geruch von Seife und Kiefern und ... Mann. Ein unnachgiebiger Arm lag um ihren Rücken und die Hand auf ihrer Schulter hatte schwielige Finger.

Das ist nicht Matthew.

War sie so betrunken gewesen, dass sie im Bett eines Swingers gelandet war? Nein, das glaubte sie nicht. Seit ihren Collegetagen, als sie den Sex entdeckt hatte, war sie nicht mehr so bescheuert und unvorsichtig gewesen.

„Bist du wach, Süße?"

Ihr Mund klappte auf. Die tiefe, raue Stimme konnte nur zu einem Mann gehören. „Mr. Hunt."

Sein Lachen rumpelte durch seine Brust wie ein kleines Erdbeben. „Wenn man deine Position bedenkt, solltest du mich vielleicht lieber Logan nennen."

Ihr Bein steckte zwischen seinen Schenkeln, ihr Knie presste gegen seine Scham und ihre Hüfte berührte ... *Oh, mein Gott*, seine Brust war nicht der einzige Körperteil, der größer war als bei Matt, und er war voll erigiert. Eine Hitzewelle durchfuhr sie – sicher vor Verlegenheit und nicht vor Erregung. „Wie bin ich ...? Wir haben doch nicht ...?"

Wieder lachte er. „Nein, haben wir nicht. Ich habe dich auf der Verandaschaukel gefunden. Hätte ich dich nicht entdeckt, wärst du erfroren. Ich habe dich dann hier hochgebracht, um dich aufzuwärmen." Seine Hand streichelte über ihren Oberarm. „Ich hätte nichts dagegen, das Aufwärmen aufs nächste Level zu bringen."

„Nein, danke." Sie versuchte, sich von ihm zu lösen.

Der Arm um ihre Hüfte festigte sich. „Na aber. Deine Körpertemperatur ist immer noch erschreckend niedrig. Wehe, du ruinierst meine harte Arbeit, indem du wieder in die Kälte stürmst."

„Ich will nur in meine Hütte zurück ..." *Und dann?* Gott allein wusste, wer gerade auf ihrer Seite des Bettes lag. Die Erinnerung an Matt und Ashley verrottete in ihr wie Obst auf einem Komposthaufen. Mit einem Seufzen lenkte sie ein. „Okay. Ich bleibe hier."

„Gute Entscheidung. Und keine Bange, ich werde nichts mit dir anstellen. Jedenfalls nicht jetzt. Ich bevorzuge es, wenn meine Sexualpartner im Vollbesitz ihrer geistigen Kräfte sind." Sie spürte, dass er sie auf den Kopf küsste. „Aber morgen könntest du in Schwierigkeiten sein."

Memo an mich selbst: Vor der Morgendämmerung aufstehen und verschwinden. Die Anspannung wich aus ihren Muskeln. Sie war erleichtert, dass er keinen Annäherungsversuch startete. Sie hatte ihre Unterwäsche noch an. Das bedeutete, dass er die Situation nicht ausgenutzt hatte. Sie spürte, wie er mit den Fingerspitzen über ihre Haut strich und sie ließ sich von seinen regelmäßigen Atemzügen einlullen.

Logan wartete, bis ihre Atmung gleichmäßiger wurde, ihre Muskeln erschlafften und sie langsam in den Schlaf trieb. Zeit für die Fragerunde, Vanilla-Style. Zwar würde es mit Fesseln mehr Spaß machen, aber dazu war sie noch nicht bereit. „Warum machst du bei den Swingern mit?"

Schlaftrunken rieb sie ihre Wange an seiner Brust. Diese kleine Geste machte ihn so hart, dass es schmerzte. „Matt wollte, dass ich mitkomme. Er dachte, dass das Wochenende unser Sexleben ..." Ihre Worte endeten in einem Gähnen.

Der Gedanke, dass ihr Freund nicht wusste, wie er ihrem Verlangen nachkommen sollte, zauberte ein Grinsen auf Logans

Gesicht. „Und es macht dir nichts aus, dass er mit anderen Frauen Sex hat?"

Das Wimmern, das auf seine Frage folgte, brach ihm das Herz. Es machte ihr etwas aus. Ihre Finger spielten mit seinen Brusthaaren, bevor sie schließlich auf seiner Brust erschlafften. Ihr Verstand schaltete sich langsam ab. Eine Frage noch.

„Er ist also ein Mistkerl?"

„Er ist perfekt. Es ist nur ... ich ... bin kein Swinger." Ihre andere Hand streichelte träge über seine Schulter. „... mag meinen Körper nicht."

„Mmmph." Logan musste sich zurückhalten, damit er sich nicht über sie rollte und in den Körper eindrang, an dem Matt kein Interesse hatte. Es gab nicht viel, das ihm die Kontrolle entziehen konnte. Eine wohlgeformte, warme Frau in seinen Armen schaffte dies alle Mal. „Nicht jeder mag knochige Frauen, Becca."

„Mein Dad schon."

Logan runzelte die Stirn. Die Gesellschaft hatte merkwürdige Vorstellungen. Wieso würdigten so wenige die Existenz von üppig geformten Frauen? Es machte keinen Sinn. Die Kleine in seinem Bett hätte vor ein paar Jahrzehnten geboren werden sollen. Dann hätte sie Marylin Monroe Konkurrenz machen können.

Ihre Atmung verlangsamte sich. Sie war eingeschlafen. *Schade.* Er hatte sich gerade gefragt, wie er diese schläfrigen Finger dazu kriegen konnte, ein bisschen weiter unten auf Erkundungstour zu gehen. Mit seiner freien Hand strich er mit den Fingerknöcheln über ihre weiche Wange.

Matt war ein Idiot.

KAPITEL VIER

Rebeccas **innerer Alarm** weckte sie noch vor Sonnenaufgang. Als sie die Augen öffnete, stellte sie fest, dass sich ihre Positionen in der Nacht geändert hatten. Sie lag jetzt auf dem Rücken und Logan presste sich an ihre Seite. Eine seiner Hände lag auf ihrer rechten Brust und selbst durch die Bralette hindurch verursachten seine Finger bei ihr einen Lustschauer. Wie verrückt. Wie unpassend. Sie verurteilte Matts Verhalten, fragte sich aber, wie es wäre, mit Logan Sex zu haben.

Heuchlerin. Andererseits: Sie bezweifelte stark, dass ihre Beziehung mit Matt dieses Wochenende überleben würde. Der Gedanke schmerzte. Sie sollte das Bett verlassen. *Gute Idee.* Ganz vorsichtig entfernte sie Logans Hand und machte sich dann an die Mission, aus dem Bett zu rutschen.

„Ich bin wach, Süße. Deine Manöver sind also wirkungslos." Seine Hand glitt zurück und nahm erneut den Platz auf ihrer Brust ein. Diesmal schoben sich seine Finger ins Körbchen und kamen mit ihrer nackten Haut in Kontakt. Von der rauen Liebkosung seiner Finger zogen sich ihre Nippel zusammen und ein Schwall purer Erregung schoss direkt zu ihrem Geschlecht.

„Sieh mal einer an", murmelte er und umkreiste mit dem Daumen ihren Nippel.

„Ich will nicht –"

„Dein Problem ist, dass du sehr wohl *willst*." Er schob sich über sie und presste sie mit seinem Gewicht in die Matratze. Und *oh*, er fühlte sich unglaublich gut an. Sie konnte fühlen, wie ihr Höschen feucht wurde. Er spreizte ihre Schenkel und fand sich zwischen ihren Beinen ein.

„Logan", flüsterte sie. „Nein." Sie drückte gegen seine unnachgiebige Brust, um ihm ihren Unwillen zu demonstrieren.

„Du schuldest mir zumindest einen Guten-Morgen-Kuss." In einer gespielt ernsten Stimme fügte er hinzu: „Schließlich habe ich dein Leben gerettet. Du hättest dort draußen sterben können."

Das schwache Licht aus dem angrenzenden Zimmer umspielte sein Kinn, das durch seinen Bart im Verborgenen lag. Die Falten in seinen Augenwinkeln vertieften sich. Er ließ Rebecca nicht aus den Augen. Seine Erektion presste sich gegen ihren Intimbereich und die einzige Barriere, die ihr jetzt noch blieb, war ihr hauchdünnes Höschen. Unter ihren Handflächen spürte sie seine Brusthaare, die seine muskulöse Brust nicht verbergen konnten.

Sein Körper vermochte es, dass sie sich feminin und zart fühlte. Sie fühlte sich zu ihm hingezogen, keine Frage. „Ein Kuss? Nicht mehr."

„Das wäre ein Anfang." Er senkte den Kopf auf ihren Hals. Der erregende Kontrast zwischen seinen samtweichen Lippen und seinen kratzigen Stoppeln weckten die Schmetterlinge in ihrem Bauch.

Sie krallte sich an seinen breiten Schultern fest. Rebecca wusste nicht, was sie tun sollte: Ihn von sich schieben oder ihn näher an sich ziehen? Sie sollte das nicht tun.

Er nahm ihr die Entscheidung ab, indem er sich mit den Lippen ihrem Mund näherte. Ein tiefes Lachen ertönte, als ihre Lippen unbeweglich blieben. Er reagierte und biss sie sanft in die Unterlippe. Sie schnappte nach Luft und seine Zunge tauchte in ihren Mund. Sein Kuss war meisterlich, erfahren ... und umwerfend.

Der sinnliche Vorstoß seiner Zunge ließ sie an andere Stellen denken, an denen er abtauchen könnte. Bei jeder Bewegung seiner Hüften rieb er seinen Schwanz gegen ihre Pussy und jedes Mal war es wie ein Feuerwerk der Empfindungen. Inzwischen bohrten sich ihre Fingernägel in seine Schultern und sie versuchte alles, um nicht vollends die Fassung zu verlieren.

Seine Hand streichelte ihre Brust. Seine Handfläche so groß, dass er sie komplett umschloss. Als er ihre Zunge in seinen Mund saugte, fuhr brennendes Verlangen durch ihren Körper. Er küsste sie ausgiebig und schien nicht genug von ihrem Mund zu bekommen. Eine Ewigkeit später hob er den Kopf und sie musste feststellen, dass sie während des Kusses seine Haare gepackt hatte.

Er stützte sich auf einen Ellbogen und streichelte ihre Brust. „Seitdem du heute am See deine Bluse ausgezogen hast, möchte ich dich berühren", murmelte er. Er umkreiste ihren Nippel und zwickte mit Daumen und Zeigefinger in die empfindliche Knospe. Seine Augen blieben auf ihr Gesicht gerichtet, dann erhöhte er den Druck und wartete, bis die ersten Funken zu ihrem Geschlecht sprangen. Das sanfte Streicheln seines Daumens linderte das Pochen in ihrem Nippel. Gleich darauf wandte er sich ihrer anderen Brust zu.

Oh Gott, er wusste genau, was er tat. Er war der Maler und sie seine Leinwand. Jeder Pinselstrich vertiefte die Intensität. „Logan", flüsterte sie. Sie bebte am ganzen Leib; die unbekannten Empfindungen, die er in ihr auslöste, waren einfach zu viel für sie.

Seine Hand erstarrte, presste sich gegen ihre Brust und verweilte. „Zu viel?", fragte er sanft.

„Ich kann nicht ..." *Gott*, was war nur mit ihrem Körper los? Sie wollte seine Hände überall auf sich spüren! Sie wollte ihn in sich spüren! Sie sehnte sich so verzweifelt danach, dass sie sich selbst nicht wiedererkannte.

Nein. Sie hatte keinen Sex mit Fremden. Sie atmete tief ein und erneut raubte sein Duft ihr den Verstand.

„Ganz ruhig, Becca." Sein nächster Kuss war sanfter – weniger besitzergreifend – und seine Hand an ihrer Brust schien weniger bestrafend. Langsam erlangte sie die Kontrolle über ihren eigenen Körper zurück und das brennende Verlangen verebbte. Sie war erleichtert, aber auch ein bisschen enttäuscht.

Er lehnte sich zurück und betrachtete sie mit seinen stahlblauen Augen. Unter seiner Begutachtung fühlte sie sich verletzlich. Sie wollte sich aufsetzen.

Er unterband diesen kläglichen Versuch, indem er seine Hand gegen ihre Brust presste. Bei seiner groben Behandlung schoss ihr Puls durch die Decke. Ein Schauer jagte durch ihren Körper. Seine Augen verengten sich. „Interessant. Doch nicht so Vanilla unsere Süße." Ohne die Hand wegzunehmen, musterte er ihre Reaktion.

Ihre Stimme zitterte, als sie fragte: „Was meinst du damit?"

Sein Grinsen ließ ihren Herzschlag stocken: Er lag noch immer zwischen ihren Beinen. Er umfasste ihre Handgelenke mit einer Hand und führte die Arme über ihren Kopf.

„Hey! Was soll das werden?" Sie versuchte loszukommen und sich aus seinem Griff zu befreien. Ein Entkommen war unmöglich: Die Arme waren über ihrem Kopf ausgestreckt und sein Gewicht lastete auf ihrem Körper ... Angst machte sich in ihr breit. Doch diese Angst war begleitet von einem Lustschauer.

„Lass mich los." Ihre Stimme klang heiser.

„Willst du das wirklich?" Mit seiner freien Hand schob er ihr Bralette nach oben und das elastische Bündchen blieb an ihren aufgerichteten Nippeln hängen. Sie stöhnte. Sein Zeigefinger umkreiste zunächst die linke Knospe, dann die rechte. Wie schaffte er es nur, diese Gefühle in ihr auszulösen? Sie hätte nicht gedacht, dass es möglich war, und doch wurden ihre Nippel noch härter. Die nächste Welle der Begierde brach über ihr zusammen. Sie schnappte verzweifelt nach Luft.

Seine Finger spielten mit ihren Brüsten, während seine

blauen Augen sie und ihre Reaktionen weiter beobachteten. „Schau dich nur an", murmelte er. „Gleichermaßen erregt und verwirrt." Seine Stimme wurde tiefer. „Soll ich dir etwas verraten, kleine Rebellin? Wenn deine Hände so gefesselt sind, dann kann ich mit dir machen, was ich will."

Instinktiv wehrte sie sich gegen ihn. Es hatte keinen Zweck. Sie war ihm völlig ausgeliefert. Und bei jedem Befreiungsversuch brach eine neue Welle der Erregung über sie herein. Mittlerweile verzehrte sich ihre Pussy nach ihm. Schwer atmend fand sie seinen intensiven Blick.

Er lachte wissend und senkte den Mund auf ihre harten Nippel. Abwechselnd nahm er sie in den Mund, heiß und feucht waren seine Lippen, erbarmungslos seine Zähne.

Sie stöhnte. Der Klang schockierte sie. Was machte sie hier? Sie kannte ihn doch gar nicht. Er war ein Fremder für sie!

Jetzt biss er in ihren Nippel. Der Schmerz schoss direkt zu ihrer Klitoris und traf sie so hart, dass sie wimmerte. *Oh Gott.* Sie ertrank in Empfindungen und verbrannte innerlich.

Er leckte über die harte Knospe, seine Zunge heiß. Nur sein Atem konnte sie kurzzeitig abkühlen. Dann biss er wieder zu und sie streckte ihm ihre Brüste unverblümt entgegen.

„Sehr schön, kleine Rebellin", murmelte er anerkennend und wechselte zur anderen Brust, bis beide Nippel geschwollen waren und feucht glitzerten. Er setzte sich zurück und ließ den Blick über ihren Körper schweifen. Sie war froh, dass kaum Licht ins Zimmer strömte. Leider konnte selbst das gedämpfte Licht ihre breiten Hüften nicht verstecken.

„Ich schulde dir ein Höschen", sagte er und unterbrach damit ihre Gedanken. Sie runzelte die Stirn. Was schuldete er ihr? Eine Sekunde später packte er ihr Höschen, riss es ihr vom Leib und warf es von sich.

„Hey!", sagte sie empört – trotz des Lustschauers, der bei dieser Aktion durch ihren Körper schoss. Erst jetzt bemerkte sie: Wenn seine Hände dort unten beschäftigt waren, konnte er sie nicht festhalten. Sie senkte die Arme und versuchte erneut, sich aufzusetzen. Er reagierte sofort, legte eine Hand flach zwischen ihre Brüste und drückte sie wieder auf die Matratze. Blitzschnell umfasste er mit der anderen Hand ihre Handgelenke und presste sie gegen ihren Bauch.

Er musterte sie für einen Moment, während seine freie Hand ihre Brust streichelte. „Du bist noch nicht bereit für meinen Schwanz, also mach dir keine Sorgen", sagte er. „Trotzdem sind wir noch nicht ganz fertig."

Er fixierte ihre Hände auf ihrem Bauch und rutschte an ihrem Körper herunter, bis er ihre Mitte erreichte. Dabei lehnte er sich seitwärts, klemmte ihr linkes Bein unter seiner Hüfte ein und schob ihr rechtes Bein mit seinem Knie nach außen. Er stützte sich auf dem Ellbogen ab und benutzte die Hand dieses Armes, um ihre Handgelenke zu fixieren.

„Was soll das werden?" Sie wackelte unter ihm und war sich ihrer Position, den gespreizten Beinen, nur allzu bewusst. Ihre Unterwäsche war verschwunden und ihre Pussy war ihm vollkommen ausgeliefert.

„Ich mache mir eine Freude, Süße. Ich mag es, eine Frau gespreizt und verletzlich vor mir zu haben", sagte er. Sein Blick schweifte über ihren Körper und hielt an ihrem Intimbereich inne. „Wenn du aber kein Interesse daran hast, weiterzumachen, höre ich sofort auf."

Seine Hand glitt zu ihrem Venushügel, zu ihren Schamlippen und fand ihre verräterische Nässe. *Oh Gott.* Sie konnte dem belustigten Ausdruck auf seinem Gesicht nicht standhalten und schloss die Augen.

„Das fühlt sich für mich wie Interesse an", murmelte er. Sein Finger strich über ihre Spalte – von links nach rechts, von oben nach unten. Er umkreiste ihre Klitoris und mit jeder Runde verstärkte sich das Pochen in dem empfindlichen Nervenbündel. Rebecca fühlte, wie ihre Klitoris vor Erregung anschwoll. Seine Finger wurden weder schneller noch langsamer. Niemals berührte er den Ort, der nach seiner Berührung schrie.

Ein Winseln entrang ihr und sie hob ihm ihr Becken entgegen.

„Du kannst mich nicht dazu bringen, schneller zu machen, meine Kleine." Ein verführerisches Lachen von ihm folgte. „Wenn wir es genau nehmen, kannst du gar nichts tun. Ich werde dich jetzt mit meinen Fingern ficken, bis du kommst."

Ihr Atem stockte, als sie die Worte verarbeitete und sie sich ihrer Hilflosigkeit bewusst machte. Sie kämpfte gegen seinen machtvollen Griff an. Ihre Unfähigkeit, sich zu bewegen, löste erneut einen Lustschauer in ihr aus. Sie hasste es, wenn Matt sie fragte, wie er sie berühren sollte. Dieser Mann fragte nicht, er machte einfach. Er erlaubte ihr noch nicht einmal, sich zu bewegen. Genau diese Verletzlichkeit, diese Ungewissheit entzündete in ihr einen Funken. Einen Funken, der mittlerweile zu einem Feuer herangewachsen war.

„Nein", flüsterte sie. Das war nicht richtig.

„Ja", flüsterte er zurück. Wieder wehrte sie sich gegen seinen Griff und er nutzte den Moment, um mit einem Finger in sie einzudringen. Sie schnappte nach Luft. Der übermächtige Sturm der Lust raubte ihr die Sinne. Ihr Kopf drehte sich. Ihre geschwollenen, rosafarbenen Schamlippen pulsierten und er verschaffte sich mit seinen Fingern erbarmungslos Zugang. Ihr Geschlecht reagierte, indem sich die Wände um seinen Finger zusammenzogen und den Eindringling fest umklammerten.

Er hörte nicht auf.

Ein weiterer Finger folgte: Sie stöhnte. Die Lust verstärkte sich und Druck baute sich auf. Die Intensität ihrer Empfindungen ängstigte sie. Ihre Reaktionen ängstigten sie. Sie hob ihm ihre Hüften entgegen, bettelte ihn wortlos nach mehr an. Ihre Beine zitterten und pressten sich gegen seinen mächtigen Körper.

Jedes Mal, wenn sich sein Finger in ihr verlor, strich sein Daumen über ihre Klitoris. Einmal, zweimal und ihr Körper spannte sich an. Die süße Folter würde niemals enden.

Er stoppte und sie versuchte, sich zu bewegen, sich zu

befreien. Ihre Handgelenke hielt er jedoch noch immer in einem unnachgiebigen Griff gefangen. Sie konnte nichts tun. Sie war vollkommen hilflos.

Im nächsten Augenblick schnellte er mit dem Daumen über ihre empfindliche Klitoris und ihre Sinne explodierten in ihr wie ein Feuerwerk in der Dunkelheit – blendend und ohrenbetäubend rollte der Orgasmus über sie hinweg. Ihre Hüften zuckten unkontrolliert und ein Strudel aus Lust hatte sie fest im Griff.

Seine Finger zogen ihre Erlösung in die Länge: Jede Berührung ihrer Klitoris sandte einen neuen Sturm der Ekstase durch sie hindurch, bis sie es nicht mehr ertragen konnte.

„Hör auf." Sie hob den Kopf und er presste seine Finger tiefer in sie hinein. Ihr Kopf fiel aufs Kissen zurück. „Oh Gott."

„Noch nicht", sagte er. „Ein oder zwei Lustschauer hast du noch in dir." Federleicht strich er mit dem Daumen über ihre überempfindliche Klitoris. Ihr Geschlecht reagierte und die Wände zogen sich erneut um seine Finger zusammen.

Er hatte es tatsächlich geschafft.

„Gott", stöhnte sie.

Er lachte und zog seine Finger aus ihrer Hitze zurück. Sogar dieser Rückzug löste einen Schauer in ihr aus. Er ließ sich neben sie auf die Matratze fallen, ohne den Griff um ihre Handgelenke zu lockern. „Sehr schön. Dieser lustvolle Nebel in deinen Augen gefällt mir." Er fuhr mit seiner Hand über ihren Kiefer, neigte ihren Kopf und drückte ihr einen leidenschaftlichen Kuss auf die Lippen. Wie schaffte er das nur? Ihr Kopf drehte sich und ihr wurde wieder heiß.

Und plötzlich waren ihre Hände frei. Sie blinzelte und schaute ihm in sein hartes Gesicht.

Seine Lippen formten sich zu einem zufriedenen Lächeln und er streichelte mit dem Daumen über ihre Wange. „Verdammt, du bist so verführerisch." Seufzend rollte er sich von ihr weg und verließ das Bett.

Ohne die Wärme seines Körpers fiel Kälte über sie herein. Sie fühlte sich entblößt. Nicht nur äußerlich, sondern auch innerlich – als hätte er ihr das Selbstvertrauen gestohlen. Was hatte sie nur getan? Sie kannte ihn nicht und hatte ihm dennoch erlaubt, sie auf diese Weise zu berühren und zu dominieren.

Eines musste sie aber zugeben: Noch nie war sie so heftig gekommen. Sie schloss ihre Augen und atmete mehrmals tief ein. *Denk nicht darüber nach.* Die Nacht war interessant gewesen. Sie hatte ein wenig Spaß gehabt; das war alles. Und nun graute der Morgen und der Moment war vorüber.

Sie senkte den Blick auf ihre Beine. Sie runzelte die Stirn und zog die Decke bis unter ihr Kinn. Sie betete, dass er ihre Narben nicht gesehen hatte. Sie setzte sich auf und ignorierte ihre brennenden Muskeln.

Vollkommen unbeeindruckt von seiner Nacktheit stand Logan vor einer Kommode und nahm sich eine Jeans und ein Hemd heraus. Ohne Kleidung wirkte er sogar noch größer. Es musste an den kraftvollen Muskeln und seiner beeindruckenden Erektion liegen, dachte Rebecca.

Schuldgefühle suchten sie heim. Er hatte ihr den Orgasmus geschenkt, von dem sie immer geträumt hatte. Und was hatte sie ihm gegeben? Rein gar nichts. Der Gedanke an seine Hände auf ihrer Haut ließ sie erröten. Ihre Nervosität schoss in ungeahnte Höhen. Aufgeregt. *Beunruhigt.* Wie weit würde er gehen, wenn er sie das nächste Mal berührte? Sie schüttelte diese Gedanken ab und wandte sich einem anderen Problem zu. Sie war gekommen und er nicht. Um fair zu bleiben, fragte sie: „Was ist mit dir?"

Ihm entging ihr Blick auf seinen erigierten Schwanz nicht. Er lächelte und kam zurück zum Bett. „Du hast ein weiches Herz. Für heute sind wir fertig. Wir haben dich an deine Grenzen gebracht und wollen es nicht überstürzen, okay?"

Nach diesen Worten drehte sich Logan um und ließ sie mit ihren Gedanken allein. Es war gut, dass er sich wieder seiner Kommode zuwandte, denn sie hatte keine Ahnung, was sie darauf antworten sollte. Sie war sprachlos.

Er zog die Jeans an und warf sich ein blaues Flanellhemd über. „Ich muss mit Thor Gassi gehen und eine schnelle Runde auf dem Gelände drehen. Du kannst in der Zeit bei mir duschen, wenn du willst. Es wird noch dauern, bis sich die ersten Gäste aus den Federn wagen."

Sie wusste, dass er ihr das Angebot nur machte, damit sie nicht in ihre eigene Blockhütte gehen musste, wo sich Ashley und Matt die ganze Nacht amüsiert hatten. Die Rücksichtnahme trieb ihr Tränen in die Augen. „Danke. Das ist sehr nett von dir."

Sein Grinsen war umwerfend. „Ich bin ja schon vieles genannt worden, aber ‚nett' war noch nie dabei. Und dann siehst du so hinreißend aus, wie du dort in meinem Bett sitzt. Ich brauche dringend eine Abkühlung, sonst komme ich zurück ins Bett und nehme dich auf jede erdenkliche Art, die mir in den Sinn kommt. Also gehe ich jetzt lieber, solange ich noch kann."

Seine Worte und ihre Vorstellungskraft taten das Übrige. Ihr Körper erwärmte sich bei dem Gedanken, wie er in sie eindringen würde. *Oh Gott*, sie hatte das Gefühl in einer Sauna zu sitzen. Er legte eine Hand in ihren Nacken, hob ihren Kopf zu seinem und nahm ihren Mund in Besitz. Er küsste sie. Tief. Ausgiebig. Leidenschaftlich.

Plötzlich entriss er ihr seine Lippen und verschwand durch die Tür, bevor sie wieder zu Atem kam.

Mit Thor an seiner Seite stapfte Logan über die Pfade und an den Blockhütten vorbei. Die eiskalte Bergluft trieb ihn an. Dass er trotz seiner mächtigen Erektion eine Jeans angezogen hatte, bereute er jetzt. Es schmerzte. Er hätte sie nicht nochmal küssen sollen.

Diesem Drang zu widerstehen, war unmöglich gewesen. Ihr Versuch, sich mit der Decke zu bedecken, hatte ihre Brüste auf eine aufreizende Weise zusammengeschoben. Nicht zu vergessen: diese verdammt verführerischen Sommersprossen und ihr rosafarbener Mund, feucht und geschwollen von seinen Küssen.

Gott, wie sich diese Lippen wohl um seinen Schwanz anfühlen würden?

Zur Hölle. Er trat einen Ast aus dem Weg und beschleunigte seine Schritte. *Denk nicht mal daran, mit ihr Sex zu haben.*

Sie ist vergeben.

Kein wirklich gutes Argument, wie er feststellen musste. Es war geradezu verlockend, sie diesem Idioten auszuspannen. Logan brauchte einen besseren Grund, um von ihr auf Abstand zu gehen.

Sie war ein Stadtmädchen. Das ging schon mal gar nicht. Die Klamotten allein. Man stellte sich diesen Rock und einen Blazer in dieser Umgebung vor. Das Gleiche traf auf ihre Designerjeans zu. Sie besaß noch nicht mal Wanderschuhe. Nach dem Ausdruck auf ihrem Gesicht gestern war das ihr erster Besuch in den Bergen. *Zur Hölle*, sie trainierte wahrscheinlich lieber in einem klimatisierten Fitnessstudio, anstatt sich in die Natur zu wagen.

Sie lebte in der Stadt und er musste in den Bergen bleiben. Seine Albträume ließen ihm keine andere Wahl. Er musste allein schlafen und allein bleiben. Der Schlafmangel der letzten beiden Nächte zehrte an ihm.

Abgesehen von der körperlichen Anziehung hatten sie nichts gemein.

Sein Mund verzog sich zu einem ironischen Grinsen. Alles Ausreden. Wenn er bedachte, wie ausgiebig er sich bei einem Besuch im Dark Haven-Club in San Francisco mit dem Stadtmädchen vergnügen könnte! Zumal: Er war ein Mann. Er hatte es sehr genossen, ihren weichen, kurvigen Körper die ganze Nacht in den Armen zu halten. Er hätte kein Problem damit, das zu wiederholen. Nicht einmal sein Schlafentzug würde ihn davon abhalten können.

Unglücklicherweise würde er es nicht dabei belassen, sie nur zu halten ... Nicht, nachdem er seine Finger in dieser kleinen, feuchten Pussy gehabt hatte. Er schüttelte seinen Kopf und erinnerte sich an den Blick in ihren tannengrünen Augen, als er sich angezogen hatte. Sie hatte ihn ,nett' genannt. *Zur Hölle nochmal*, wenn sie wüsste, was er gerne mit ihr anstellen würde. Sie sollte vor ihm die Flucht ergreifen. Das sollte sie wirklich.

Er schnaubte bei dem Gedanken an die Fesseln am Kopf- und Fußende seines Bettes, versteckt unter seiner Matratze. Wäre sie bei dem Anblick in Panik verfallen? Wahrscheinlich.

Viele Frauen genossen es, wenn Gewaltfantasien – ähnlich dieser von heute Morgen – in die Tat umgesetzt wurden. Am Ende schreckten sie aber vor wirklicher Unterwerfung zurück.

War Rebecca anders? Traute sie sich mehr? Vor seinem inneren Auge sah er sie vor sich, wie er ihre Arme über ihrem Kopf fixierte, die Fesseln fest angezogen, damit sich ihm ihre Brüste anboten. Er würde ihre empfindlichen Nippel foltern, bis sie ... Die scheue, sittsame Rebecca? *Wohl kaum.*

Er hatte Vanilla-Sex immer mal wieder ausprobiert, aber er wusste, dass er mehr brauchte. Er hatte noch nie Probleme damit gehabt, an mehr zu kommen. Einem kompetenten Dom fehlte es niemals an willigen Partnern. Dummerweise wollte ihm Rebecca nicht aus dem Kopf gehen. Was würde sie für Laute von sich geben, wenn er sie fesselte und sie auf sinnliche Weise folterte? Würde sie ihn um Erlösung anflehen?

Missmutig verzog er das Gesicht. Sie sollte sich von ihm fernhalten. Das wäre das Beste. Wenn sie das nicht tat, würde er ihr eine Welt zeigen, von der die Swinger noch nicht mal träumten.

Rebecca duschte, zog sich an und rümpfte beim Blick auf die Sachen von gestern die Nase. Hoffentlich sorgte Matt dafür, dass die Blondine bis zum Frühstück verschwunden war. Sonst würde sie die Tür eintreten, um an frische Kleidung zu kommen.

Kaffee. Sie brauchte Kaffee, bevor sie ihr Gehirn anknipsen konnte. Auch brauchte sie das Koffein, um über letzte Nacht und heute Morgen nachdenken zu können. Über Matthew. Logan. Sex.

Brauche Kaffee ...

Sie verließ Logans Wohnung und ging in die Lodge. Jemand – wahrscheinlich Logan – hatte im Kamin Feuer gemacht. Die Wärme breitete sich im Gemeinschaftsraum aus. Sie sah nur drei Leute. Sie lagen auf der großen Couch, nebeneinander und ineinander verschlungen. Bei Rebeccas Schritten hob der Mann den Kopf und betrachtete die beiden Frauen neben sich. „Seid ihr beiden nicht mit der Zubereitung des Frühstücks an der Reihe?", fragte er seine Spielgefährtinnen.

„Zur Hölle damit. Ich schlafe noch", sagte eine der Frauen.

„Wenn ich kochen muss, werde ich verdammt nochmal kotzen", wimmerte die andere. „Warum hast du mich letzte Nacht so viel trinken lassen?"

„Als hätte ich dich aufhalten können." Der Kopf des Mannes fiel zurück auf die Sofalehne. Seufzen, Murren und dann Stille.

Kopfschüttelnd ging Rebecca in die menschenleere Küche. Sie machte die Kaffeemaschine an. Bis ihre Tasse gefüllt war, stützte sie sich voller Erwartung auf der Arbeitsfläche ab. Gierig nahm sie den ersten Schluck und verbrannte sich prompt den Mund. Als die Wirkung des Koffeins endlich einsetzte, sah sie die Welt in einem neuen Licht. Heller, strahlender. Dumpfe Farben verwandelten sich in ein leuchtendes Spektrum und ihr Gehirn erwachte. Sie seufzte zufrieden. *Ah, Kaffee.* Ohne Kaffee war sie nicht lebensfähig.

Sie trank eine zweite Tasse und sah sich dann in der Küche um. Was könnte sie zum Frühstück machen? Der Kühlschrank war gefüllt mit Bacon, Eiern und Butter. Auch Kartoffeln fand sie in einem Eimer neben dem Kühlschrank. Mehl und Salz im Küchenschrank. Seit ihrem Job im College hatte sie nicht mehr für mehr als zwei Leute gekocht, aber niemand vergaß, wie man Rührei zubereitete. Auf die Weise konnte sie sich nützlich machen.

Auch hatte es den Vorteil, dass sie nicht über letzte Nacht

nachdenken musste. Die Erinnerung an Logans starken Körper schien sich für alle Zeit in ihren Verstand eingebrannt zu haben. Sie schrubbte die Kartoffeln und erinnerte sich, wie er sie gegen die Matratze gepresst und sie geküsst hatte, wie er seinen Schwanz an ihrem Bauch gerieben hatte. Hätte sie Sex mit ihm gehabt, wenn er es versucht hätte?

Ihrer aufkeimenden Erregung versuchte sie entgegenzuwirken, indem sie die Schenkel zusammenpresste. Warum war sie nicht mutiger gewesen? *Oder weniger mutig?* Wäre sie standhaft geblieben, dann hätte er sie nicht bedrängt und sie würde sich nicht so ... dreckig und beschämt fühlen. Und erregt.

Verdammt, warum konnte sie nicht stattdessen an einem Swinger interessiert sein? Die waren lange nicht so unheimlich wie Logan. Was er mit ihr gemacht hatte, wie er ihre Arme festgehalten, wie er mit ihr gesprochen und sie angesehen hatte! Sie atmete bei diesen Erinnerungen zittrig aus.

Mit den Fingern ficken. Was für ein Ausdruck. Mehr hatte er nicht mit ihr gemacht und dennoch zog sich alles in ihr zusammen, als sie daran dachte. Seine schwieligen Männerhände an ihrer feuchten Spalte; das Gefühl, als er in sie eingetaucht war; ihre Erregung, die nur ihm gegolten hatte. Noch nie in ihrem Leben war sie so hart gekommen. *„Hör auf!"*, hatte sie zu ihm gesagt. *„Noch nicht"*, hatte er geantwortet. Er hatte einfach weiter gemacht und ihrem Körper diese irrsinnigen Reaktionen entlockt.

Matts andauernde Fragen, was sie im Bett wollte, hatten sie genervt. Logan fragte nicht. Das liebte sie, aber es war auch beängstigend. Es hatte ihr gefallen. Sie hatte sich nie für eine besonders leidenschaftliche Frau gehalten oder für jemanden, den man leicht herumbekam. Nur bei ihm hatte sie bisher diese Reaktion gezeigt. Was sagte das über sie aus?

Der Sex ... sie musste es zugeben, war absolut großartig gewesen. Der Mann ... hinreißend. Die möglichen Konsequenzen ... noch nicht definierbar. Kein Rummachen mehr mit

Logan. Wenn sie sich ausleben wollte, dann sollte sie das mit einem der Swinger tun.

Sie legte die Kartoffel zurück ins Waschbecken und starrte aus dem Fenster und auf den Wald. Die Swinger waren verfügbar, wiederholte sie innerlich. Verfügbar und nur zu gerne bereit, jede Frau im Umkreis von zehn Kilometern zu vögeln. Und weil sie das wusste, ging jede Anziehungskraft flöten. Sie schnaubte, nahm die Kartoffel wieder in die Hand und schrubbte, was das Zeug hielt. *Monogam war die Devise.*

Kopfschüttelnd erinnerte sie sich an die Fantasie, die sie vor diesem Wochenende gehabt hatte. In ihrer Fantasie hatte es nie mehrere Männer gegeben. *Ein Mann würde in ihr Zimmer kommen. Zuerst würde sie zögern, doch er würde sie packen, sie auf die Matratze werfen und ihr keine Wahl lassen.* Sie runzelte die Stirn. Das klang wie der Morgen mit Logan. *Verdammt nochmal,* was sagte das über sie aus?

Sie wollte keine Partnerwechsel. Wollte sie stattdessen rumkommandiert werden? Sie biss sich auf die Unterlippe. Das klang politisch unkorrekt, besonders für eine Feministin, wie sie eine war.

Während sie die Kartoffeln raspelte, überdachte sie ihre Optionen für den Rest des Wochenendes und kam zu einem Entschluss: Matt musste sie nach Hause fahren. Eine weitere Nacht würde sie nicht ertragen. Sie wollte nicht zusehen, wie Matt mit anderen Frauen rummachte, während sie Männer abwimmeln musste. Dieses Wochenende war ein riesiger Fehler gewesen.

Sie verzog die Lippen. Der heutige Morgen hatte vieles wieder wettgemacht. Natürlich hatte sie die Erfahrung auch beunruhigt und verwirrt. Schließlich hatte er ihre Hände festgehalten. Warum nur hatte sie das so scharf gemacht?

Es ist Zeit, nach Hause zu fahren, Rebecca. Ihre Schuldgefühle kämpften sich wieder an die Front. Die Fahrt war lang. Wenn Matt sie nach Hause fuhr und sofort wieder aufbrach, wäre er vor dem Abend nicht zurück.

Trotzdem.

Sie schwenkte die Rösti in der Pfanne und zauberte aus Milch, Mehl und Backpulver kleine Brötchen, bevor sie den Bacon in den Ofen schob. Sie lächelte, als der Duft den Raum erfüllte.

Serena und Greg kamen gut gelaunt in die Küche.

„Ich bin am Verhungern", sagte Greg und schob seine Nickelbrille die Nase hoch. „Ich dachte, das Essen wäre schon fertig. Waren nicht Ginger und Amy für heute eingeteilt?"

„Sie sind noch ein bisschen durch den Wind", sagte Rebecca leichthin. „Und ich bin sowieso ein Frühaufsteher." Sie schob die Brötchen in den Ofen und empfand eine Befriedigung, die sie seit langem nicht mehr gespürt hatte. Nur für sich selbst zu kochen, war den Aufwand niemals wert.

Sie wendete die Rösti ein zweites Mal und schlug dann Eier auf. Beim leisen Mitzählen konnte sie nicht länger das Kratzen an der Hintertür ignorieren, gefolgt von einem Winseln. Eine Eierschale zerplatzte in ihrer Hand.

Greg eilte zur Hintertür.

„Nein!" Rebeccas Puls galoppierte los. „Keine Hunde in der Küche!"

„Er sitzt immer gleich neben der Tür", sagte Greg. „Er kommt rein und –"

„Auf gar keinen Fall." Rebecca starrte ihn nieder, bis er aufgab.

„Woher weißt du, wie viel du machen musst?", fragte Serena. „Ich habe noch nie für mehr als vier Leute Frühstück gemacht."

Rebecca wischte sich ihre Hände an einem Handtuch ab und fügte zu der Eiermischung ein wenig Milch hinzu. „Ich habe mir im College etwas Geld dazu verdient, indem ich im Verbindungshaus gekocht habe. Die Küchenchefin ist in Texas aufgewachsen. Sie hat mir ihre deftige Küche beigebracht." *Danke, Maybelle.* Sie würzte die Eier und runzelte die Stirn. „Gibt es Käse im Kühlschrank?"

Eine Sekunde später erschien neben ihr ein Block Käse auf

der Arbeitsplatte. „Da –" Das Wort blieb ihr im Hals stecken, als sie erkannte, zu wem die Hand gehörte. Dunkel gebräunt, Narben an den Knöcheln. Kraftvoll und stark. Sie wusste genau, wie leicht es diesen Händen fiel, eine Frau festzuhalten. In ihrem Bauch kribbelte es. Sie schluckte schwer. „Danke." Sie nahm einen tiefen Atemzug und hob dann den Blick.

Ein schwaches Grinsen zeigte sich auf seinen Lippen. Vor allem in seinen Augen konnte sie sehen, wie sehr ihn diese Situation amüsierte. „Gern geschehen. Es riecht gut."

Sicherlich rührte die aufkeimende Hitze in ihrem Gesicht vom Ofen her, richtig?

Logan strich mit seinem Finger über ihre Wange. Er trat näher, bis seine Brust die ihre streifte. Ihre Nippel stellten sich auf, als sie sich an seine Berührungen erinnerten. Ihr Körper lechzte nach mehr.

Er lehnte sich vor und flüsterte an ihrem Ohr: „Wenn ich mir deine roten Wangen so ansehe, kleine Rebellin, frage ich mich, was dir gerade durch den Kopf geht."

Bevor sie ihm eine Antwort geben konnte, zog er sanft an einer Haarsträhne und verließ die Küche.

KAPITEL FÜNF

„**Ich werde dich** nicht nach Hause fahren." Matt fuhr mit dem Rasierer über sein Kinn und fand ihren Blick im beschlagenen Spiegel ihrer Blockhütte.

Nach dem Frühstück hatte sie ihn endlich ausfindig machen können, und jetzt sah er sie noch nicht mal an. Rebecca betrachtete ihn mit einem finsteren Blick und verschränkte ihre Arme über der Brust. „Matthew, ich will nicht –"

„Tut mir leid, Baby", unterbrach er sie. „Aber ich freue mich schon seit Monaten auf dieses Wochenende. Und nur weil du zu verklemmt bist, hast du nicht das Recht, mir das Wochenende zu versauen."

„Ich bin nicht verklemmt", flüsterte sie. „Ich mag es einfach nicht, wenn Fremde mich begrapschen. Es tut mir leid; an diesen Ort zu kommen, war ein Fehler."

„Nicht mein Fehler", sagte er. Er wusch sich den Rasierschaum vom Gesicht und richtete sich auf. „Du kannst das Auto haben, wenn du willst. Ich kann mich auf dem Weg nach Hause von jemandem mitnehmen lassen."

„Du weißt genau, dass ich mit Schaltgetriebe nicht fahren kann."

„Richtig, das habe ich vergessen. Das bedeutet wohl, dass du bis Mittwoch hier festhängst." Er drehte ihr den Rücken zu und fuhr fort: „Logans Bruder will uns heute Nachmittag zu den Wasserfällen im Yosemite-Nationalpark bringen. Die wolltest du doch schon immer sehen."

„Das stimmt." Sie ballte die Hände zu Fäusten, bis ihre Finger knackten. „Überlässt du mir zumindest die Hütte? Du hast doch bestimmt die Möglichkeit, bei jemandem unterzukommen."

„Nein." Er trocknete sich das Gesicht ab. „Aus Erfahrung wissen wir, dass es besser funktioniert, wenn die Männer in den Hütten bleiben und die Frauen umherwandern. Die einzige Ausnahme: Wenn es um eine Gruppenaktivität geht. In dem Fall gehen wir in die Lodge und nutzen den Gemeinschaftsraum. Ich brauche die Blockhütte. Rausschmeißen möchte ich dich nicht; du kannst gerne bleiben. Viele der anwesenden Frauen genießen einen Dreier."

Ganz bestimmt nicht. „Das möchte ich nicht, Matt."

Er entließ ein erschöpftes Seufzen. „An sich ist es nicht mein Problem, aber ich werde mit Logan reden und sehen, ob sie noch eine freie Hütte haben. Fragen kostet nichts, aber ich bezweifle es ganz stark."

„Danke." *Überanstreng dich bloß nicht.* Sie nickte ihm steif zu und ging. Matt sollte mal schön mit Logan reden. Wenn sie das machte, würde sie nur wieder in seinem Bett landen. Sie runzelte die Stirn. Letzte Nacht war nicht wirklich ihre Entscheidung gewesen und sie hatten ja auch gar nicht ... wirklich ... so viel gemacht. Nur wusste sie genau, dass es beim nächsten Mal zu Sex führen würde. Sie presste eine Hand gegen ihr Zwerchfell, wo ihre angeblich nicht existente Libido gerade Purzelbäume schlug. *Verdammt.*

Vielleicht war Matt an diesem Ort in seinem Element. Sie war das ganz sicher nicht. Sie hatte kein Interesse an multiplen Liebhabern. Und wenn sie mit Logan ins Bett stieg und mit ihm Liebe machte, würde das bedeuten, dass sie mit ihrer Beziehung zu Matt abgeschlossen hatte. Sie stoppte und lehnte sich gegen einen Baum. Könnte sie jemals über den Anblick hinwegkommen, den Matt und Ashley ihr geboten hatten?

Aber sie waren doch wie füreinander bestimmt. Er selbst sagte ihr das immer wieder.

Ob er jemals den Swingerclub aufgeben würde? *Sehr unwahrscheinlich, Rebecca.* Was würde sie dann tun? Die Beziehung mit ihm beenden, den Mietvertrag kündigen und ins Singleleben eintauchen? Dann wäre sie wieder allein.

Sie atmete zittrig aus und presste die Lippen fest aufeinander. *Es ist, wie es ist.* Sie musste sich der Realität stellen: Eine monogame Frau passte nicht zu einem Mann, der eine Vielzahl von Frauen wollte. Sie seufzte. Dass er andere Frauen brauchte, wenn er doch sie hatte, sagte sehr viel über ihre Unzulänglichkeiten aus. Sicher, sie konnte sich einreden, dass er nur am Swingen interessiert war. Trotzdem schlich sich das Gefühl in ihr ein, dass sie seinen Ansprüchen nicht genügte. *Zu groß, zu fett, zu langweilig.*

Mit einem Seufzen machte sie sich wieder auf den Weg zum Haupthaus. Sie umrundete die Blockhütte und blieb plötzlich wie angewurzelt stehen. Der Hund. Er saß mitten auf dem Pfad und starrte sie an. *Oh Gott, oh Gott, oh Gott, oh Gott.*

Sie trat einen Schritt zurück. Mit angelegten Ohren stand er auf und folgte ihr.

Er kam näher und näher, bis er nur wenige Zentimeter von ihr entfernt war. Ihr Herz pochte gegen ihren Brustkorb. *Nicht rennen.* Wer rannte, der wurde gebissen und …

Er schnüffelte an ihrer Jeans. Sie konnte ein ängstliches Wimmern nicht unterdrücken. Er hob seinen mächtigen Hundekopf und betrachtete sie.

„Thor." Logan stand nicht weit von ihr entfernt auf dem Pfad. „Komm her."

Erleichterung durchfuhr sie und dennoch konnte sie sich nicht bewegen.

Der Hund knurrte ein letztes Mal und lief an die Seite seines Besitzers.

Logan erreichte Rebecca genau in dem Moment, als die Beine unter ihr nachgaben. Er fing sie auf und wickelte seine Arme um ihre Taille. „Ganz ruhig." Er setzte sich auf einen umgestürzten Baum am Wegrand, platzierte sie auf seinem Schoß und wiegte sie wie ein Kleinkind in den Armen. Sein Duft hüllte sie ein und sie schaffte es nur unter großer Anstrengung, tief Luft zu holen.

Sicher. Sie war sicher.

Schweigend hielt er sie in seinen Armen. Sie versuchte, über die Panikattacke hinwegzukommen, indem sie sich enger an seine Brust schmiegte. Bald fühlte sie, wie sich ihr Körper allmählich beruhigte. Ihr fiel auf, dass er über ihren Rücken streichelte. In der Tat handelte es sich nicht nur um ein aufgesetztes Tätscheln, sondern um eine aufrichtige Berührung. Die Bewegungen seiner Hand, so warm und stark, trösteten sie: Langsam passte sich ihre Atmung der seinen an.

Schließlich, als sie es nicht länger hinauszögern konnte, rührte sie sich. Sie gab alles, um zu verheimlichen, wie peinlich ihr dieser Moment war. Sie hatte sich zum Idioten gemacht. Direkt vor seinen Augen. Gestern und heute schon wieder.

Seine Arme lockerten sich und sie setzte sich auf. „Danke, Logan." Sie nahm sich zusammen und schaute ihm ins Gesicht. Sie erwartete Mitleid, vielleicht sogar Verachtung.

Rebecca war überrascht, als sie Mitgefühl in seinen Augen erkennen konnte. Und Neugierde. „Thors Größe kann einschüchternd sein, aber Panik ist mir neu. Woran liegt es?"

Sie glitt von seinem Schoß und setzte sich neben ihn auf den Baumstamm. Erst dann bemerkte sie, dass der Hund zwei Meter neben ihr Platz genommen hatte. Nur mit Mühe unterdrückte sie den Drang, wieder auf Logans Schoß zu krabbeln. Konnte er nicht einfach verschwinden?

Schwielige Finger ergriffen ihr Kinn und neigten ihr Gesicht nach oben, wodurch er sie zwang, den Blick von dem Hund abzuwenden. Für eine lange Zeit musterte er sie. „Warum hast du so eine Angst vor Hunden?"

Sie wollte diese Erinnerung nicht wieder aufleben lassen! Niemals. Und schon gar nicht wollte sie darüber reden. Sie versuchte trotz seines Griffes, den Kopf zu schütteln. Sie wusste genau, dass ihre Stimme versagen würde.

Er ließ sie nicht los. Seine Stimme wurde tiefer. „Becca, antworte mir."

„Es hat mich mal einer ge-gebissen."

„Mach weiter, Süße. Ich weiß, dass mehr dahintersteckt. Wann ist es passiert?"

„Als ich zehn war." Unter seinem geduldigen Blick sprudelten die Worte aus ihr heraus – hässliche Erinnerungen, die sie bisher noch nie mit jemandem geteilt hatte. „Ich war im Park, Skateboard fahren, und ein Hund ..." Die Erinnerung an den Hund löschte ihren Verstand aus. Ihre Hände ballten sich zu Fäusten und sie riss ihren Blick von ihm weg.

„Nein, sieh mich an."

Sofort folgte sie seiner Anordnung. Sanft streichelte er ihr über die Arme.

„Erzähl mir mehr. War der Hund groß?"

Sie erschauerte und erinnerte sich, wie der Hund auf sie zu gerannt kam, sie anknurrte, die Zähne fletschte – genau, wie das sein Hund getan hatte. *Der Hund.* Wo war Thor geblieben? Hektisch drehte sie den Kopf auf der Suche nach einem Anzeichen von ihm.

Logan packte sie erneut am Kinn. „Sieh mich an, Süße. War's ein großer Hund?"

Sie nickte. Ihre Stimme schien wieder zu funktionieren, weshalb sie sagte: „Groß." Es gab keine Worte dafür, wie groß er gewesen war. „Er kam knurrend auf mich zu und ich bin weggerannt."

Er zuckte zusammen.

„Richtig. Auch der Arzt meinte, dass ich nicht hätte wegrennen sollen. Ich weiß nicht, ob es eine Rolle gespielt hätte. So oder so hätte er mich angegriffen."

„Okay." Er ließ ihr Gesicht los, nahm sie hoch und setzte sie wieder auf seinen Schoß. Ohne ein Wort zu sagen, hielt er sie in seinen Armen – in seinen starken, tröstenden Armen. Im Moment konnte ihr nichts passieren. Sie schmiegte ihr Gesicht an seine Schulter und seufzte zufrieden.

„Mach weiter; lass alles raus", sagte er. „Du bist gerannt. Und dann?"

„Er hat mich attackiert, hat eines meiner Beine zu fassen bekommen. Ich bin hingefallen." Ihr Kopf war auf den Beton gekracht. An ihrem ganzen Körper hatte sie Schmerzen gespürt und er ... ließ nicht von ihr ab. Ganz im Gegenteil ... „Er ... ich wäre fast gestorben. Meine Schreie haben einen Mann mit einem Baseballschläger angelockt."

„Mein Gott, Süße." Logans Arme legten sich fester um sie. „Du warst noch ein Baby."

„Sie haben mich wieder zusammengeflickt, so gut sie konnten, aber ..." – sie zuckte mit den Schultern – „Ich habe Narben." Sie konnte immer noch den Spott ihrer Klassenkameraden hören: *Hässlich, hässlich, hässlich.*

„Ich werde sie mir später anschauen", sagte er.

Sie erstarrte. „Wirst du nicht."

Er lachte, hob sie wie eine Puppe hoch, platzierte sie auf dem Baumstamm zwischen seinen Beinen und presste ihren Rücken gegen seine Brust. „In der Zwischenzeit solltet ihr euch anfreunden, du und Thor."

„Auf keinen Fall." Sie versuchte aufzustehen; das jedoch gestattete der stählerne Arm um ihre Taille nicht.

„Gib mir deine Hand." Er präsentierte ihr seine Handfläche und wartete auf die befohlene Reaktion. „Rebecca."

Wieso vermochte es dieser bestimmte Ton jedes Mal, dass sie seinem Befehl nachkam? Das sah ihr nicht ähnlich. Und dennoch hatte sie sich noch nie sicherer gefühlt. Sie legte die Hand in seine.

Seine Stimme erwärmte sich. „Braves Mädchen." Er bewegte sich leicht. „Thor, komm her und sag ‚Hallo' zu der netten Lady."

Sofort kam Thor auf sie zu. Als Rebecca versuchte, nach

hinten auszuweichen, erinnerte sie der unnachgiebige Körper daran, wer sich hinter ihr befand. Sie krallte sich an seinen Schenkeln fest und beobachtete, wie sich der Hund näherte.

Seine Augen sahen gemein aus und sie konnte ein Wimmern nicht unterdrücken.

Logan packte ihre Hand fester, als der Hund an ihren Fingern schnüffelte. „Sie ist ein Freund, Thor. Hör auf, ihr Angst zu machen. Sie hat eine harte Zeit hinter sich."

Der Hund schaute auf. Hatte er Logan verstanden? Sie zitterte am ganzen Leib. Sie wollte wegrennen, wollte flüchten und nie wieder zurückblicken. Thor schnüffelte erneut an ihrer Hand und leckte über die Handfläche, die Logan dem riesigen Hund vorsetzte.

„Er will mich fressen", flüsterte sie. „Bitte, bitte, bitte. Lass mich gehen."

Ein Lachen ertönte an ihrem Ohr. „Nein, Süße. Ich bin derjenige, der dich fressen will. Thor leckt nur Menschen, die er mag. Das ist seine Version einer Umarmung."

„Wirklich?" Seit der Attacke war sie nie wieder einem Hund so nah gewesen! Kam ihr ein Hund, der größer war als ein Pudel, zu nah, dann wechselte sie stets auf die andere Straßenseite. Bekannte mit Hunden besuchte sie gar nicht erst. „Sieh dir nur seine Zähne an." Scharf und gefährlich und feindselig.

„Thor ist ein Mischling. Wir denken, dass er Schäferhund, Husky und Collie in sich vereint. Erinnerst du dich an Lassie? Lassie war ein Collie." Seine Stimme beruhigte sie. Daraufhin bewegte er ihre Hand zu Thors Kopf. *Logan will doch tatsächlich, dass ich ihn streichle.*

Der Schwanz des Hundes wackelte leicht. Sogar Rebecca wusste, dass das ein gutes Zeichen war. Logan ließ nicht locker und brachte sie dazu, den Hund zu berühren.

„Huskys sind recht scheu und sind Menschen nicht besonders freundlich gesinnt", sagte Logan und seine Stimme war ein tiefes Grollen in ihrem Ohr. „Schäferhunde sind klug und mögen die Gesellschaft von Menschen, da sie sich schnell langweilen und beschäftigt werden wollen. Collies sind geborene Beschützer. Wenn du etwas hast, was du beschützen willst, dann sind Collies eine gute Wahl. Alle drei Hunderassen sind es gewohnt, mit Menschen zu arbeiten."

Rebeccas Muskeln entspannten sich und ihr fiel auf, dass Logan ihre Hand losgelassen hatte. Sie streichelte den Hund jetzt von ganz alleine. Und der ließ das zu. Vorsichtig zog sie die Hand zurück. Würde Logan sie jetzt loslassen?

Der Hund bewegte sich vorwärts. Rebecca hielt den Atem an und wich ihm aus, indem sie sich gegen Logan lehnte.

Beim nächsten Schritt war ihr Thor so nah, dass er seinen Kopf auf ihr Knie legte und sich schwer gegen ihr Bein lehnte. Große, dunkle Augen schauten zu ihr auf und es war klar, was er von ihr wollte: *Streichle mich noch ein bisschen.*

Er war kein Monster. Ihr Lachen ging in ein erleichtertes Schluchzen über. Sie brachte es fertig, ihre Hand auf seinen Kopf zu legen und sein Fell zu streicheln. *Weiches Fell.*

„Sehr gut gemacht, Süße", Logan küsste sie im Nacken. „Du hast einen Freund hinzugewonnen. Ich freue mich für Thor, dass er jetzt noch jemanden kennt, den er um Streicheleinheiten anbetteln kann. Was für ein toller Tag für ihn."

Er setzte sie wieder auf den Baumstamm und stand auf. Er lehnte sich vor und küsste sie auf die Lippen. Dann schnipste er mit den Fingern und der Mann und sein Hund machten sich auf den Weg. Rebecca sah ihnen nach, bis sie im Wald verschwanden.

Na gut. Sie hatte also einen Hund gestreichelt – und er hatte mit dem Schwanz gewedelt und sie abgeschleckt. Ihre Atmung und ihr Herzschlag waren immer noch völlig außer Kontrolle. Trotzdem lächelte sie. Er mochte sie. *Thor* mochte sie.

Sie erhob sich und musste sich an einem Baum festhalten, bis ihre Beine aufhörten, zu zittern. Erst jetzt kamen Logans Worte bei ihr an: *„Nein, meine Süße, ich bin derjenige, der dich fressen will."*

Röte schoss ihr ins Gesicht. *Mein Gott.*

Jake war zurück. *Gott sei Dank.* Das bedeutete, dass Logan nicht länger die Gäste unterhalten musste. Kein gezwungener Smalltalk mehr. *Halleluja.* Und das Beste: Er hatte die Zeit für einen Mittagsschlaf gehabt. Die Swinger, die mit Jake zum Yosemite Valley gefahren waren, kamen am Nachmittag zufrieden zur Lodge zurück. Die wenigen Swinger, die zurückgeblieben waren, hatten sich nicht gelangweilt. Noch mehr zufriedene Kunden. Was wollte man mehr? Beim Abendessen teilten sie die Geschehnisse des Tages miteinander.

Glückliche Gäste waren gut fürs Geschäft.

Mit einem zufriedenen Grunzen schenkte sich Logan ein Glas Wein ein und machte sich auf den Weg zum Gemeinschaftsraum der Lodge. Abseits der Leute setzte er sich auf einen Stuhl, um das gute Essen zu verdauen.

Rebecca war wirklich eine tolle Köchin. Das Frühstück an diesem Morgen hatte ihm die Sprache verschlagen. Und zum Abendessen gab es Rinderbraten mit Kartoffeln, gebraten im eigenen Saft, Bratensoße und noch mehr Brötchen. *Zur Hölle*, die Brötchen allein ... himmlisch. Sogar einen Kuchen hatte sie gebacken. Einfach so, ohne Backmischung. Seit er die Ranch seiner Eltern in Oregon verlassen hatte, hatte er nicht mehr so gut gegessen.

Er lehnte sich auf seinem Stuhl zurück, nippte an seinem Wein und studierte die kleine Rebellin. Auf ihrem Schoß lag ein Skizzenblock und sie malte unter großem Beifall der anderen Karikaturen. Er schüttelte den Kopf. Für eine Künstlerin fehlte es ihr wirklich an einem modischen Stil. Nach dem Ausflug mit Jake hatte sie wieder eine von diesen unförmigen Blusen angezogen, die jede ihrer hinreißenden Kurven verdeckte. *Diese Frau!* Sogar eines seiner Flanellhemden würde ihre Figur besser in Szene setzen. Merkte sie nicht, dass kein Mann die Rundungen ihrer saftigen Hüften bemerkte, wenn sie ihre Taille versteckte?

Vielleicht sollte er ihr das sagen.

Gott, sie hatte sich so gut angefühlt – heute Morgen unter ihm und dann später auf seinem Schoß. Der körperlichen Anziehungskraft hätte er ja vielleicht widerstehen können. Doch sie in seinen Armen zu halten, ihren zitternden Körper an seinem zu spüren und ihr Trost zu spenden, ja, sie bei dem Versuch zu unterstützen, ihr Trauma zu überwinden – das hatte ihm den Rest gegeben. In diesem Augenblick hatte er den Kampf verloren. Ihre verdammte Verletzlichkeit würde in jedem Dom den Beschützerinstinkt zum Vorschein bringen.

Dann war da noch dieser Moment gewesen, als Thor seinen Kopf in ihren Schoß gelegt hatte. Freude hatte ihre Angst abgelöst. Logan hatte lediglich mit einem Waffenstillstand zwischen ihr und dem Hund gerechnet und stattdessen war er Zeuge von wahrer Liebe geworden. Er trank seinen Wein und seufzte. Er hatte nicht erwartet, dass sich das Stadtmädchen als so bezaubernd herausstellen würde. Sie war wie Wüstensand: Beständig wehte sie um ihn herum, bis er nicht mehr sicher war, wohin er den Fuß setzen sollte.

Eines hatte er aber schon entschieden: Noch vor Ablauf des Wochenendes würde sie wieder unter ihm liegen.

Mit einem Lächeln drehte er sich in ihre Richtung, um sie direkt im Blick zu haben. Sie war sich der Aufmerksamkeit bewusst und errötete. Sogar von hier konnte er sehen, wie ihr Atem schneller und flacher wurde. Ein schüchternes kleines Häschen, wenn es um Sex ging. Trotzdem – oder vielleicht genau aus diesem Grund – hatte er vor, sie einzufangen. Wahrscheinlich keine gute Idee, aber er konnte sich der Anziehung einfach nicht widersetzen.

Er gönnte ihr eine Pause und wandte ihr den Rücken zu. Er hatte morgen einen langen Tag vor sich und hoffte, dass er heute Nacht etwas Schlaf abbekam.

„... BDSM."

Bei diesem Ausdruck kehrte seine Aufmerksamkeit zu dem Grüppchen zurück, mit dem Rebecca zusammensaß.

„Ich ging davon aus, dass Swingen und dieses Bondage-Zeugs

dasselbe sind", sagte Rebecca zu dem Paar auf der Couch gegenüber von ihr und legte ihren Stift weg.

„Nein, beim Swingen geht es darum, mit anderen Sex zu haben. BDSM auf der anderen Seite kann" – Mel rieb sich über sein rotes Gesicht – „drei verschiedene Dinge bedeuten: SM steht für Sadomasochismus. BD steht für ..."

„Bondage und Disziplin", sagte Ginger. „Leute fesseln und solches Zeug. Und DS steht für Dominanz und Submission, also Unterwerfung."

Nicht schlecht, dachte Logan. Die Abkürzungen hatten sie richtig wiedergegeben.

Er bemerkte, dass Jake verschwunden war, weshalb er die Runde machte und Wein nachschenkte. Nur eine seiner Pflichten als Gastgeber: Barkeeper spielen. Meistens hatte er Spaß an seinen Aufgaben. Nach der Saison freute er sich aber jedes Mal auf die ruhigeren Monate.

Er füllte die Gläser nach und erreichte Rebecca gerade, als diese Mel fragte: „Von SM habe ich gehört, auch von Bondage. Aber Dominanz und Submission? Unterwerfung? Das verstehe ich einfach nicht."

Der Dom in ihm konnte sich so eine Gelegenheit nicht entgehen lassen – nicht bei einer Frau, die er wollte. Er stellte die Weinflasche ab, lehnte sich vor und fuhr mit seinen Fingern durch ihre Haare. Er packte ein Bündel ihrer Wellen. Damit hatte er die Kontrolle.

Sie quietschte und versuchte, sich von ihm loszureißen.

Ein kräftiger Ruck seinerseits zwang sie dazu, dass sie seinen Blick fand.

Ihre hinreißenden Lippen teilten sich.

„Du hast keine Erlaubnis zu sprechen", knurrte er.

Sie erstarrte nicht nur bei seinen Worten. Zudem konnte er beobachten, wie sich ihre Pupillen weiteten und ihre Wangen erröteten.

Ihre Reaktion riss ihm den Boden unter den Füßen weg ... So

lebhaft. Verletzlich. Bezaubernd. War es möglich, dass sie unterwürfig war?

Er ließ sie los, nahm ihr Kinn zwischen Daumen und Zeigefinger und sah den erstaunten Blick in ihren Augen. „Das ist Dominanz, Kleines", sagte er. Ein schiefes Lächeln zeigte sich auf seinen Lippen. Unter seiner Begutachtung erschauerte sie. Damit hatte er seine Bestätigung.

Und das ist Unterwerfung.

Seine blauen Augen schienen sie an den Stuhl zu nageln. Seine Stimme und sein Befehl hatten sie verstummen lassen. Und sie ließ zu, was er mit ihr anstellte. Und nicht nur das konnte er beobachten: Auch sah er, wie ein Lustschauer nach dem anderen durch ihren Körper rauschte. Sie zitterte am ganzen Leib und wusste nicht, wo sie mit ihren Empfindungen hinsollte. Sie starrte ihn hilflos an. In diesem Augenblick erkannte er, dass sie sich nicht wehren würde, wenn er sie hier und jetzt nehmen würde.

Er strich mit dem Daumen über ihre Unterlippe. Sie musste gemerkt haben, dass ihr Mund offenstand und sich ihre Atmung beschleunigt hatte. Sein Mundwinkel zuckte amüsiert. Kurz darauf drehte er sich abrupt um und ließ sie benommen und verwirrt zurück. Er konnte ihren Blick auf sich spüren.

KAPITEL SECHS

„Es gibt keine freien Hütten?" Rebecca stemmte die Hände in die Hüften. „Na das ist ja großartig. Und was soll ich jetzt machen?"

Die Unterhaltungen nach dem Abendessen waren zunehmend heißeren Aussichten gewichen. Matt saß auf der Couch und es fehlte nicht mehr viel, bis Ashley auf seinem Schoß saß. Sie spielte mit seinem Haar und schaute Rebecca von oben herab an.

„Du könntest dich zu uns gesellen und ein wenig Spaß haben", sagte Matt. „Wie kannst du wissen, dass du es nicht magst, wenn du es nicht zumindest einmal ausprobiert hast? Ich weiß, dass Christopher und Brandon an dir Interesse haben, genauso wie Paul und Amy."

Äh, nein, Danke. „Nicht interessiert", sagte sie kühl. „Also ..." Was sollte sie denn jetzt machen?

„Logan meinte, dass du zu ihm kommen sollst. Vielleicht kann er dir helfen", sagte Matt. Im selben Atemzug glitt seine Hand in Ashleys tief ausgeschnittene Bluse. Das Gespräch war damit beendet, musste Rebecca erkennen.

Also gut. Sie schnaufte genervt und verließ die Lodge. Sie wollte ihre Frustration herausbrüllen. Würde das aber ihr

Problem lösen? Nein. *Verdammt nochmal*, war sie nicht erst gestern in der gleichen Position gewesen? Wenn sie auf der Verandaschaukel schlief, riskierte sie eine erneute Unterkühlung. Das war mit Sicherheit keine Option. Mit einem verkniffenen Gesichtsausdruck lief sie über den Pfad. Gestern Nacht hatte Matt die Blockhütte für sich reserviert. Die Fairness gebot es, dass sie heute Nacht darin schlafen durfte. Schließlich waren Schlösser nur dafür erfunden worden, um idiotische Männer auszuschließen.

Die Sonne war schon untergegangen, die Temperatur war rapide gefallen und es fröstelte sie. In der Stille des Waldes waren die Geräusche aus der Lodge weit entfernt. Ihre Sneaker wandelten über die Kiefernnadeln und riefen gebrochenes, kaum hörbares Rascheln hervor. Es war nicht mehr weit. Plötzlich kam ihr ein Gedanke: *Mist*, sie hatte ihren Skizzenblock in der Küche liegenlassen. Sie warf einen Blick über ihre Schulter und zuckte mit den Achseln. Dafür würde sie nicht zur Lodge zurückgehen. Sie verzichtete auf den Anblick, der sich ihr nach einer Rückkehr bieten würde.

An ihrer Blockhütte angekommen, griff sie nach dem Türknauf und ...

Aus der Hütte drang Kichern an ihre Ohren. Es folgte das Lachen eines Mannes – Paul – und dann fing das Bett auf unmissverständliche Weise zu quietschen an.

Mist, verdammt, verdammt, verdammt. Anstatt die Tür wie geplant einzutreten, trat sie einen Schritt zurück. So viel dazu. *Gott*, Matt musste für später einen Vierer geplant haben. *Eklig.*

Sie lief zum Pfad, schlurfte mit den Schuhen und beobachtete, wie der Dreck im Mondlicht glitzerte.

Dann rannte sie gegen eine solide Wand und gab ein verschämtes Quietschen von sich.

Kraftvolle Hände packten ihre Oberarme und bewahrten sie vor einem Fall. Sie hob den Blick und fand sich Logan gegenüber.

„Mein Gott, willst du mich umbringen?", sagte sie und legte

ihre Hand auf ihre Brust. Ihr Herz unternahm derweil den Versuch, ihren Körper zu verlassen.

„Tut mir leid, Süße", murmelte er. Es klang gar nicht so, als ob es ihm leidtäte. Es machte eher den Anschein, als müsste er sich ein Lachen unterdrücken. *Bastard.* „Ich muss sowieso mit dir reden."

Thor erschien hinter Logan und näherte sich – ein riesiges Biest unter dem Mondlicht. Rebecca erstarrte. Ihre innere Stärke zeigte sich, als sie tief einatmete und langsam die Hand nach ihm ausstreckte, damit er an ihr schnüffeln konnte. *Bitte nicht beißen. Bitte, bitte nicht beißen.*

Thor schnüffelte an ihren Fingern und stieß mit seiner Schnauze gegen ihre Hand. *Streichle mich.*

Sie unterdrückte ein Lachen. Sie musste sich hinknien, um seinem Wunsch nachzukommen. Das kuschelige Riesenhündchen wollte einfach nur gestreichelt werden. Nach einer Weile legte er sich über ihr Knie. Er wedelte mit dem Schwanz, kam näher und leckte ihr mit seiner rauen Zunge übers Kinn. Sie wagte es, ihn am Bauch zu streicheln und das riesige Fellknäuel ließ es zu.

„Sind alle Hunde so?", fragte sie Logan. Noch war ihre Sorge nicht ganz verflogen. Sie musste allerdings zugeben, dass es ein Trost war, dieses übergroße Fellknäuel in den Armen zu haben.

„Thor ist schon etwas Besonderes", sagte er. „Er vertraut nicht vielen Menschen. Du darfst dich geehrt fühlen."

Sie vergrub ihr Gesicht in seinem weichen, weichen Fell und seufzte. „Ich mag dich auch", flüsterte sie in sein flauschiges Ohr und erntete ein ausgeprägtes Schwanzwedeln.

„Lass uns reingehen, bevor du mir noch erfrierst." Logan reichte ihr die Hand. „Thor, runter."

Der Hund bewegte sich und Rebecca ließ sich von Logan hochziehen.

Händchenhaltend liefen sie zur Lodge. „Mir ist zu Ohren gekommen, dass du für heute Nacht noch nach einem Schlafplatz suchst."

„Richtig gehört." Der Ärger über Matt fügte ihrem Ton eine gewisse Schärfe bei. Dennoch sprudelte Hoffnung in ihr auf. Logans große Hand umschloss voller Wärme die ihre und er half ihr dabei, die Stufen zur Veranda zu erklimmen. „Hast du eine Vorratskammer oder sonst irgendwas, wo ich die Nacht verbringen kann?"

Das Licht aus dem Inneren der Lodge betonte die markanten Züge seines Gesichts. „Du kommst mit zu mir. In meine Wohnung und in mein Bett." Er führte einen Finger unter ihr Kinn und hob ihr Gesicht ins Licht eines Fensters. „Wenn du das nicht willst, dann sag es mir jetzt."

Er musterte ihr Gesicht. Ihr Verstand lief auf Hochtouren. Ihr Körper hatte keine Bedenken. Sie entflammte bei dem Gedanken, eine weitere Nacht mit ihm zu verbringen. Sein Mundwinkel zuckte. „Das dachte ich mir", sagte er, als hätte sie seine Frage beantwortet. „Komm."

Nachdem er die Tür zur Lodge geöffnet hatte, legte er seine Hand auf ihren Rücken und schob sie zu der privaten Tür hinter der Rezeption. Er tippte einen Code in das Tastenfeld, öffnete die Tür und führte sie die Treppe hoch. Thor schlüpfte noch durch, bevor Logan die Tür schließen konnte. „Schuhe ausziehen, Becca", sagte er und tat es ihr gleich. Neben seinen Stiefeln sahen ihre Sneaker winzig aus.

Sie beobachtete, wie sich Thor in der Ecke auf eine Decke legte. Inzwischen wies Logan auf die Couch. „Setz dich, Süße." Die Ledercouch gab unter ihrem Gewicht nach. Wie sollte sie wieder hochkommen? Sie schaute sich um und bemerkte, dass der Fernseher hinter einem üppigen Wandteppich verborgen lag.

Als klassische Musik ertönte, blinzelte Rebecca verwundert. Dieser harte Kerl aus den Bergen mochte Bach? Nachdem er die Glut im Kamin angeschürt hatte, warf er ein paar Äste und einen Holzscheit ins Feuer.

„Bier, Scotch, Wodka Orange oder Wein?"

„Wodka Orange, bitte." Der gesunde Orangensaft würde den ungesunden Alkohol doch sicher kompensieren, oder?

Auf leisen Sohlen ging er durch den Raum in die Küche – wie ein großes Raubtier, und verflixt nochmal, sie fühlte sich wie seine nächste Mahlzeit. Sie rutschte in die rechte Ecke der Couch, zog die Beine an ihre Brust, schlang die Arme um ihre Knie und versuchte, sich aufs Feuer zu konzentrieren. Es half nicht. War sie wahnsinnig geworden?

Sicher, er sah toll aus, auf eine ziemlich gruselige Vin-Diesel-Art. Sie war eine gesunde Frau, die noch vor wenigen Minuten geschworen hatte, nicht mit fremden Männern ins Bett zu steigen. Und was hatte sie kurz darauf getan? Ja, sie war Logan in seine Wohnung gefolgt! Ihr Verstand wies sie ständig darauf hin, dass sie verrückt geworden war. Total irre.

„Eine recht defensive Haltung hast du da eingenommen."

Sie hob den Kopf und sah, dass er über ihr ragte. Ihr Bauch kribbelte bei dem Anblick seiner imposanten Statur und sie schluckte schwer. „Nein, es ist einfach bequem. Ich –"

„Rebecca", unterbrach er sie. Anstatt ihr den Drink zu geben, stellte er ihn auf den Couchtisch. Er legte einen Zeigefinger unter ihr Kinn und hob ihre Augen zu seinen. In dem Licht erschienen seine Augen grau. Sein Kiefer war angespannt, als er sagte: „Ich gebe dir noch eine Chance und dieses Mal will ich die Wahrheit hören."

Das Kribbeln verstärkte sich und ihr Mund war auf einmal wie ausgetrocknet. „Ich ... Ja, es ist eine Abwehrhaltung. Ich bin ziemlich nervös, okay?"

Sein Lächeln war warm und voller Anerkennung. Wieso fühlte sich seine Reaktion so gut an? Das ergab keinen Sinn. *Verdammt*, sie hatte sich immer für stark gehalten. Selbstbewusst. Wie konnte er dann so eine Wirkung auf sie haben?

Er befreite sie aus ihrer defensiven Haltung, indem er ihre Beine ausstreckte. Sie leistete gerade lange genug Widerstand, dass er sie mit einem strafenden Blick betrachtete. Sie ließ ihm seinen Willen. Warum sie das tat, verstand sie selbst nicht.

Zu ihrer Überraschung stellte er ihre Füße nicht auf den Fußboden, sondern streckte sie auf der Couch aus. Dann setzte er sich neben sie und nahm ihr damit den letzten Fluchtweg. Ihre gemütliche Ecke hatte sich in eine Falle verwandelt. Ein amüsiertes Glitzern erschien in seinen Augen, als er ihr den Drink reichte.

Sie nahm ein paar heftige Schlucke, um etwas gegen die Trockenheit in ihrem Mund zu unternehmen.

„Genieße den Drink. Mehr bekommst du heute nicht."

„Wieso nicht?"

„Ich will, dass du einen klaren Kopf behältst."

Sie hob die Augen zu ihm und sah, wie er sie ausgiebig betrachtete.

„Heute Nacht werde ich dir zeigen, was es mit Dominanz und Unterwerfung auf sich hat", sagte er.

„Bitte was?", sagte sie gedehnt.

„Oh, du hast mich schon verstanden." Er streichelte mit dem Finger über ihre Wange. „Ich kann dir ansehen, dass du interessiert bist ... aber gleichzeitig denkst du, dass du nicht interessiert sein solltest."

Ihr Mund öffnete sich. In diesem Moment musste sie sich jedoch eingestehen, dass sie seine Worte nicht leugnen konnte. Sie konnte ihr Herz laut klopfen hören – so laut, dass sie darum betete, dass er es nicht hörte. Eine kurzweilige Hoffnung, denn sein Finger wanderte an ihren Hals und fand die pochende Halsschlagader. Die Fältchen an seinen Augen vertieften sich.

Sie leckte sich über ihre Lippen. „Also ... was beinhaltet dieses" – die genaue Bezeichnung zu benutzen, würde es zu real erscheinen lassen – „Zeug?"

„Es ist ganz einfach, meine Kleine." Seine Finger öffneten die Knöpfe ihrer Bluse. Als sie ihre Hände hob, um sie wieder zuzuknöpfen, knurrte er: „Nicht bewegen."

Sie erstarrte.

Sein Lächeln erwärmte sich. „Es wird wie folgt laufen, Rebecca. Ich sage dir, was du zu tun hast, und du wirst es tun. Ganz einfach."

„W-was ist, wenn ich nicht tun will, was du sagst."

„Gute Frage." Sein Blick war auf ihr Gesicht gerichtet, seine Finger strichen oberhalb ihres BHs über ihre Haut und die Funken sprühten. „Wenn etwas, was ich tue, für dich unerträglich ist, sei es körperlich oder emotional, dann sagst du ‚Rot' und ich höre sofort auf. Das ist dein Safeword: Rot."

Rot. Sie wiederholte die Farbe in ihrem Kopf und runzelte die Stirn. „Und wenn ich ‚Nein' oder ‚Stopp' sage?"

Seine Augen hielten ihre gefangen. „Dann mache ich weiter."

Er zog ihr die Bluse aus, dann das Tanktop darunter. Eine Sekunde später machte er ihren BH auf und warf ihn von sich. Instinktiv bedeckte sie sich mit ihren Händen.

Er warf ihr einen erbarmungslosen Blick zu. „Oh nein." Er umfasste ihre Handgelenke und nahm ihre Hände von ihren Brüsten. „Hinter deinen Kopf mit den Händen." Er zeigte ihr, was er von ihr wollte. „Verschränke deine Finger."

Als sie gehorchte, nickte er zustimmend. *Wirklich ein schräges Spiel*, dachte sie. Nur ein Spiel. Spiel klang ... sicher. Nichtsdestotrotz fiel ihr auf, wie sich ihr Atem beschleunigte. Ihre Haut wurde in Erwartung seiner Berührung empfindlicher. Sie war sich dem geschmeidigen Leder an ihrem Rücken nur allzu bewusst und konnte die Wärme des Feuers spüren.

Sie fühlte, dass ihre Pussy feucht wurde.

In dieser Position, mit den Armen über ihrem Kopf, bot sie ihm ihre Brüste wie auf einem Altar an. Lächelnd legte er seine Hände auf ihre Brüste. Seine Daumen rieben über ihre Nippel und sandten Stromstöße der Lust direkt zu ihrer Mitte. „Meine Mutter war genauso gebaut wie du", sagte er. „Mittelgroß und üppig. Meine Mutter und mein Vater hatten fünf Kinder, die sie immer auf Trab gehalten hatten, und trotz allem schaffte es mein Vater nicht, die Finger von ihr zu lassen. Jetzt verstehe ich, warum." Mit Daumen und Zeigefinger rollte er einen Nippel zwischen den Fingerkuppen. Langsam erhöhte er den Druck und Rebecca hatte den Beweis, dass es zwischen ihren Nippeln und ihrem Geschlecht eine Verbindung geben musste, von der sie bisher nichts geahnt hatte. Noch nie hatte jemand ihrem Körper diese Reaktionen entlockt. Sie wusste nicht, was sie überkam, aber sie senkte die Arme und sofort zog er die Augenbrauen missbilligend zusammen. Sein Gesichtsausdruck verhärtete sich. „Nicht bewegen, Kleines. Bei Ungehorsam folgen Konsequenzen."

Konsequenzen? Sie öffnete ihren Mund und er küsste sie, tauchte seine Zunge ein und ergriff Besitz von ihr. Er packte ein Bündel ihrer Haare und nahm sich die Zeit, sie ausgiebig zu kosten. So ausgiebig, dass sie wimmerte. Er entriss ihr seine Lippen und bewegte sich langsam abwärts. Seine Bartstoppeln kratzten über ihren Hals, während seine samtweichen Lippen den Schmerz linderten. Als er sich ihren Brüsten näherte, hielt sie den Atem an: Es verlangte ihr danach, dass er sie dort berührte, sie dort küsste! Er presste einen Kuss in das Tal zwischen ihre Brüste, bevor er mit seinem Mund erst die linke und dann die rechte Brust erkundete. Schon bald fühlten sich ihre Brüste schwer und geschwollen an.

Seine Zunge schnellte über einen Nippel. Nass und heiß. Dann blies er sanft über die feuchte Knospe, was ihr zwar Abkühlung verschaffte, sie jedoch gleichzeitig heißer machte. Ihr Nippel richtete sich auf und salutierte vor seinen Augen. Jetzt umschloss er die aufgerichtete Knospe mit seinen Lippen. Kraftvoll saugte er daran und betörte sie mit seiner Zunge.

Ihre Nippel waren angeschwollen, rötlicher als sonst und pochten im Takt ihres Herzschlags. Erregende Pulsschläge des Begehrens schossen durch sie hindurch. Ihr Gehirn schaltete sich ab; ihr Körper hatte die Kontrolle übernommen. Ein Ansturm von Empfindungen hatte sie überwältigt. Sie wusste nicht, was sie denken sollte! Sicher, sie war erregt, aber die Situation war auch furchteinflößend. Urplötzlich senkte sie die Hände und packte seine Schultern.

Seine Zähne schlossen sich um ihren Nippel. Er biss zu. Sie wimmerte bei dem Schmerz, den er in ihr auslöste – siedend heiß fuhr es durch ihre Adern und sie zuckte zusammen. „Hände zurück über deinen Kopf, kleine Rebellin", knurrte er.

Sie wollte winseln. Sie unterdrückte die Reaktion und hob ihre Hände erneut über ihren Kopf. Als er nachhalf und ihre Handgelenke mit seinen starken Fingern umschloss, fühlte sie die Nässe, die aus ihrem Geschlecht sickerte. *Gott*, er konnte mit ihr tun, was auch immer er wollte. *Das fühlt sich so falsch an.*

Sein Mund schloss sich um ihren anderen Nippel. Der erste Biss vernebelte ihren Verstand; nach dem zweiten Biss streckte sie sich ihm entgegen. Er zog den Schmerz in die Länge, bis ihre Brüste so geschwollen waren, dass sie schmerzten.

Erst dann ließ er sie los, lehnte sich auf den Knien zurück und entledigte sich seines Hemdes. Sie konnte ihren Blick nicht von seiner Brust abwenden und von den Muskeln, die zum Vorschein kamen.

Er streckte die Hände nach dem Knopf ihrer Jeans aus und sagte: „Dann kümmern wir uns mal um den Rest deiner Kleidung."

Panisch packte sie seine Hände. *Auf keinen Fall!* Ihre Brüste waren okay, aber ihr Bauch und ihre Hüften ... Und ihre Schenkel? Sie hob den Blick zu dem Deckenventilator und den Lampen an der Wand. Viel zu viel Beleuchtung. Möglich, dass er bereits zuvor einen Blick auf ihre Narben, ihre Fettrollen und die Cellulite hatte werfen können. Das bedeutete aber nicht, dass sie ihm eine VIP-Tour geben wollte. „Vielleicht wäre jetzt der richtige Zeitpunkt, um ins Schlafzimmer zu gehen", schlug sie vor. Im Bett gab es Decken. Decken, unter denen sie sich verstecken konnte. Ausgezeichnete Idee.

Logan folgte ihrem panischen Blick und verengte die Augen. Er umfasste ihre Wange und sah ihr tief in die Augen, während er mit der anderen Hand den Reißverschluss ihrer Jeans öffnete. Sie erstarrte. *Verdammt*, sie wollte nicht, dass er sie so sah! Erneut richtete sie den Blick über seine Schulter zu den Wandleuchten.

Ohne ein Wort zu sagen, stand er auf, ging durch den Raum und machte das Licht aus. Das knisternde Feuer warf goldfarbene Schatten auf ihre nackten Schultern, als er zu ihr zurück-kehrte und sich neben sie setzte.

War sie dermaßen durchschaubar? Wie hatte er wissen können, warum sie nervös und panisch geworden war?

„Deiner Selbstwahrnehmung wenden wir uns an einem anderen Tag zu", murmelte er. Oh ja, er wusste genau, was ihr durch den Kopf gegangen war. Er löste ihre Arme aus ihrer defensiven Haltung und hob sie wieder über ihren Kopf. „Eigent-lich möchte ich deine Hände hinter deinem Rücken fesseln. Aber dafür vertraust du mir noch nicht genug. Ich muss zugeben, dass du mich ganz schön in Versuchung führst, Süße. Hände über dem Kopf lassen, verstanden?"

Fesseln? *Oh, mein Gott.* „Verstanden." Sie wusste nicht, wie sie es sich erklären sollte, aber: Der Gedanke daran, von ihm gefes-selt zu werden, löste eine neue Welle der Begierde in ihr aus.

Er lächelte. „Dir gefällt der Gedanke. Ich kann es dir anse-hen, Kleine." Ohne einen Moment zu zögern, riss er ihr die Jeans herunter. Sie fühlte sich so entblößt. Nur seine Berührungen, wie er mit den Händen von ihren Brüsten bis zu ihrem Bauch strich, konnten sie etwas beruhigen. Dann schob er seine langen Finger unter den Bund ihres Höschens und zog es ihr langsam über ihren Hintern und ihre Schenkel.

Sie war offiziell nackt, während er noch immer seine Hose trug. Warum beunruhigte sie das? Er war nicht ihr erster Liebha-ber! Sie war sich ziemlich sicher, dass es an Logan lag − dem Mann an sich −, und wie er sie berührte, wie er sie behandelte und was er für Reaktionen in ihr auslöste. Er brachte sie voll-kommen aus dem Gleichgewicht.

Er erregte sie.

Er führte seine Hand zu ihrer Mitte und umfasste ihre Pussy. Konnte er spüren, wie ihr Geschlecht pulsierte? Er lehnte sich vor, ließ seine Hand auf der empfindlichen Stelle und schenkte ihr einen zärtlichen Kuss. Als sie versuchte, den Kuss zu vertie-fen, zog er sich zurück. Er hatte die Kontrolle. Ihre Hände befanden sich über ihrem Kopf, weshalb sie ihn nicht an sich ziehen konnte.

„Wärst du mein, würde ich dich hier rasieren. Nackt ...“ Er sah ihr ins Gesicht und ließ einen Finger durch ihre nassen Falten gleiten. Sofort reagierte ihr verräterischer Körper auf seine Berührungen und er fuhr fort: „... und leicht zugänglich.“

KAPITEL SIEBEN

Logan richtete sich auf. „Es gibt ein paar grundlegende Regeln, denen die meisten Doms und Subs folgen."

Rebecca setzte sich hin und bedeckte sich mit einer Decke von der Couchlehne. Ihre Lippen formten das Wort ‚Dom'. Das musste die Abkürzung für Dominanz sein. Folgendermaßen war ‚Sub' die Abkürzung für Submissive. Wie eine neue Welt.

„Während wir ... wir nennen es ‚spielen', darfst du nicht ohne Erlaubnis sprechen. Du wirst mich mit ‚Sir' anreden. Wenn ich dir also einen Befehl gebe, dann ist die korrekte Antwort: Ja, Sir'. Deine Grundposition ist, dass du auf dem Boden kniest, bis ich dir eine Folgeanweisung gebe." Er pausierte und neigte seinen Kopf.

Rebecca runzelte die Stirn. Das klang nach Sklaverei; das gefiel ihr nicht. Das Problem: Während seiner Erklärung hatten sich die Wände ihrer Pussy in Erwartung zusammengezogen. Sie verarbeitete immer noch seine Worte, als sie es wagte, seinen Blick zu finden. Er hatte die Arme über der Brust verschränkt und betrachtete sie aus kühlen Augen. „Was ist?", fragte sie.

Seine Brauen zogen sich zusammen und er wies auf den Teppich zu seinen Füßen.

Oh Scheiße. Nicht reden. Sag: Ja, Sir'. Hinknien. *Knie dich hin.*

Sie glitt von der Couch, kniete sich hin, positionierte die Hände im Schoß und gab ihr Bestes, reumütig zu schauen. Was nicht besonders einfach war, da sie der Drang überkam, laut loszulachen.

„Besser." Logan lehnte sich vor und starke Hände spreizten ihre Knie, um ihren Intimbereich freizulegen. „Einige Doms wollen, dass die Hände der Sub auf diese Weise positioniert werden." Mit den Handflächen nach oben platzierte er ihre Hände auf den Oberschenkeln. „Ich bevorzuge es allerdings, wenn sich die Arme hinter dem Rücken befinden und die Hände verschränkt sind." Wieder legte er den Kopf auf die Seite. Wieder wartete er, dass sie seinen Anweisungen von allein folgte.

Bei dem Gefühl seiner Hände auf ihren Beinen war ihr das Lachen abrupt vergangen. Er hatte sie positioniert, als hätte er das Recht dazu. Dieser Gedanke allein machte sie heiß. Sie hatte das Gefühl, als hätte Logan in ihrem Inneren einen Lichtschalter angeknipst. Hundert Watt strömten jetzt durch ihren Körper. Ihre auf dem Rücken drapierten Hände schoben ihre Brüste in eine einladende Position.

Diese Einladung ließ er sich nicht lange entgehen. Ohne den Blick von ihrem Gesicht zu nehmen, kniete er sich vor sie, umfasste eine Brust und massierte das nachgiebige Fleisch. Eine massive Hitzewelle schoss durch sie hindurch und versengte alles auf ihrem Pfad.

Ein Lächeln huschte über seine Lippen. Er umkreiste mit dem Daumen ihren Nippel und ihr Inneres verwandelte sich zu flüssiger Lava. „Nun ist dein Körper offen und für mich verfügbar." Seine Stimme raunte in ihren Ohren. Er berührte die eine, dann die andere Brust, verwöhnte und küsste und betörte, bevor er eine Hand zwischen ihre Beine schob.

Sie spürte, wie seine Finger durch ihre Spalte fuhren und wie ein Finger in sie hineinglitt. Ihr stockte der Atem. Sie hob ihr Becken, um dem groben Finger zu entrinnen, und sofort wurde sie für ihre Reaktion mit einem brennenden Klaps auf ihrem nackten Schenkel bestraft. „Nicht bewegen, Sub", sagte er in einem missfallenden Ton.

Begierde schoss durch ihren ausgehungerten Körper.

Er nahm die Hand weg und stand in einer geschmeidigen Bewegung auf. Rebecca hob den Blick und er schüttelte den Kopf. „Halte die Augen gesenkt. Wenn du in der Sklavenposition bist, hebst du nicht den Blick."

Ihr Kiefer klappte nach unten. *Sklave?*

Er lachte. „So heißt die Position. Du bist kein Sklave, kleine Rebellin. Du bist eine Sub. Allerdings findest du im Lifestyle auch Sklaven. Sie befinden sich in einer Vollzeitbeziehung zwischen Dom und Sub. Daran habe ich kein Interesse."

Na, Gott sei Dank.

Seine rauen Finger fanden ihre nackten Schultern. Massierend versuchte er, ihre angespannten Muskeln zu lösen. „Entspann dich, Becca. Es ist eine neue Erfahrung, kein Todesurteil." Seine Hände waren warm und erfahren; langsam entspannte sie sich. „Ich habe vor, auf Erkundungstour zu gehen", flüsterte er ihr ins Ohr.

Aus den Augenwinkeln beobachtete sie, wie er zu einem Schrank ging. Er holte eine große Tasche und einen sesselartigen, keilförmigen Gegenstand heraus. Er stellte das undefinierbare Objekt vor den Kamin, stellte die Tasche daneben und lockte sie mit einer Bewegung des Zeigefingers zu sich.

Sie stand auf, zog ihren Bauch ein und bemühte sich um Grazie. Lächelnd umfasste er ihre Oberarme und zog sie an sich. So grob seine Berührung auch war, so sanft war der Kuss, der folgte. So zärtlich, dass ihr Herz einen Salto machte.

Er hob sie in seine Arme und legte sie auf das keilförmige Teil. Dann positionierte er ihren Kopf auf das untere Ende und ihren Po auf das höhergelegene Ende. Ihre Beine baumelten über die Kante. „Und jetzt, Becca, werde ich deine Beine festschnallen und dir ein Gefühl davon geben, wie es sich anfühlt, gefesselt zu sein."

Ihre Augen weiteten sich. „Aber –"

„Sei still." Er griff nach einem Knöchel. „Heute belassen wir es bei den Beinen. Die Arme und die Hände lasse ich dir." Er lächelte. „Noch kennen wir uns nicht genug, dass du mir auf dieser Ebene vertraust." Ihr linkes Bein befestigte er seitlich des merkwürdig geformten Sessels und legte um ihren Fußknöchel eine Fessel, die durch einen Klettverschluss fixiert wurde. Dieselbe Prozedur folgte mit dem rechten Bein. Ihr Po lag auf dem höchsten Punkt des weichen Keils, ihre Beine weit gespreizt und ihre Pussy für ihn zugänglich.

Sie riss an ihren Beinen. Als sie bemerkte, dass sich nichts tat, dass sie vollkommen offen vor ihm lag, so entblößt wie noch nie in ihrem Leben, schoss ein Lustschauer durch ihren Körper, der nicht zu bremsen war.

„Für deinen Aufenthalt, kleine Rebellin, gehört dein Körper mir, und ich habe das Recht, mit ihm zu spielen und ihn zu benutzen." Seine Hände packten ihre Schenkelinnenseiten und spreizten sie noch weiter auseinander. „Erinnerst du dich noch an dein Safeword – an das Wort, bei dem wir die Session abbrechen und alles zu einem Halt kommt?"

„Rot."

Seine starken Hände massierten ihre Schenkel. Mit jeder Sekunde näherte er sich ihrem Geschlecht und damit ihrer pulsierenden Klitoris. Logan lehnte sich vor und blies gegen ihre feuchte Pussy. Alle ihre Sinne gerieten außer Rand und Band. „Eine wirklich sehr hübsche Pussy, Becca." Mit einem verschmitzten Lächeln glitt er mit den Fingern durch ihre Schambehaarung und murmelte: „Ein kleiner Rotfuchs."

Seine Daumen spreizten ihre äußeren Schamlippen. Kühle Luft traf die inneren Lippen und ließ sie erschauern. Sanft massierte er die äußeren Lippen, bevor er nach innen wanderte. „Wunderschön prall und saftig", murmelte er. Im nächsten Moment glitten seine Finger über ihre inneren Schamlippen. „Ein bezaubernder Rosaton, mit einem Hauch von Purpurrot." Er entfachte ein Feuer in ihr, als er mit seinen Fingern über ihre feuchte Spalte fuhr. „Noch zu wenig angeschwollen. Das werden wir ändern. Ich kann es nicht erwarten, wie deine hübsche Pussy nach meiner Zuwendung aussieht."

Seine Zunge nahm seine Finger als Vorbild. Er kostete von ihr. Ein Gefühl, das sie unvorbereitet traf und dessen Intensität sie auf dem Keilkissen umherrutschen ließ. Inzwischen öffnete er sie noch mehr für seine Kostprobe: Seine Zunge bekam nicht genug von ihren rosafarbenen Schamlippen. Auch war ihr nicht entgangen, dass er sich ... einem bestimmten Ort näherte.

Ihre Klitoris pulsierte in Erwartung. Er näherte sich ihr nur langsam, umkreiste ihre geschwollene Knospe und verstärkte damit das Brennen in ihr. Er hob den Blick zu ihr und betrachtete ihr Gesicht. Seine linke Seite lag im Schatten, was ihm eine dämonische Erscheinung verlieh. „Ich will, dass du vor Verlangen wahnsinnig wirst." Seine Finger strichen durch ihre Falten. „Ich werde dich lecken, bis deine Klitoris so geschwollen ist, dass sie sich mir entgegenstreckt und mich anfleht, die nächste Phase einzuleiten."

Die Augen der kleinen Sub weiteten sich und ihre Beine zuckten. *Wollte sie weglaufen oder ihn um mehr anflehen?*, fragte sich Logan. Es war offensichtlich, dass die Intensität ihrer Reaktionen sie ängstigte. Das freute ihn.

Als Dom wollte er sie an ihre Grenzen bringen und manchmal auch darüber hinaus.

Als Mann wollte er endlich in sie eindringen, sie hart rannehmen, bis sie beide Erlösung fanden.

Seine Erkundungstour war noch nicht beendet. Erst danach würde er die Kontrolle an seinen Schwanz abgeben. Sanft schob er die Vorhaut ihrer Klitoris zurück und enthüllte die geschwollene Perle. Mit der Zungenspitze leckte er darüber. Die kleine Berührung reichte aus, um ihre Schenkel beben zu lassen. Er umkreiste ihre Klitoris, den empfindlichen Bereich darum, schnellte darüber hinweg und wiederholte das Ganze.

Ihr Atem beschleunigte sich. Er hob die Augen und sah, wie

sich ihre Fingerknöchel weiß färbten. Ihre eiserne Kontrolle fing an, zu bröckeln.

Er drang mit einem Finger in sie ein. Sie war heiß und so feucht. So verführerisch. Er wollte sie so hart nehmen, dass seine Hoden gegen ihren Arsch klatschten. Er zog den Finger zurück und spürte, wie die Wände ihrer Vagina sich gegen den Rückzug wehrten.

Er fügte einen zweiten Finger dazu, stieß rein und raus, rein und raus. „Logan", hörte er sie stöhnen.

Er verabreichte ihr eine brennende Erinnerung, indem er ihr auf den nackten Schenkel schlug. Sie zuckte zusammen und sie entließ einen überraschten Laut.

„Sei artig, kleine Rebellin, sonst muss ich dich bestrafen."

Eine Reaktion auf seine Worte folgte sofort: Die Wände ihres Geschlechts zogen sich um seine Finger zusammen. Das bestätigte seine Vermutung: Der Gedanke an Bestrafung erregte sie. In welchem Ausmaß blieb abzuwarten. Er konnte es nicht erwarten, ihre Grenzen auszutesten. Er spürte eine Vorfreude in sich aufkeimen, wie er sie seit Jahren nicht mehr gekannt hatte.

Er hörte nicht auf, fingerte sie und spürte, wie der Schenkel, der sich an seine Wange presste, vor unerfüllter Erlösung zitterte. Er fand ihren G-Punkt. Während er diese Stelle betörte, ließ er es sich nicht nehmen, mit der Zunge über ihre Klitoris zu schnellen und sie immer weiter aus ihrem Versteck zu locken. *Schüchterne, kleine Klitoris.*

Ihr darauffolgendes Stöhnen motivierte ihn. Nichts erregte ihn mehr, als einer Frau die Hemmungen zu nehmen und die Leidenschaft aus ihr herauszukitzeln. Und diese kleine Sub war zu gleichen Teilen mit Hemmungen und mit Leidenschaft ausgestattet. Mittlerweile hob sie sich seinem Mund entgegen – jedenfalls soweit es die engen Fesseln erlaubten. Ihre Atmung veränderte sich, als die Leidenschaft Oberhand gewann. Das war die Reaktion einer wahren Sub, wenn sie von der Empfindung, kontrolliert zu werden, überwältigt wurde.

Er zog sich zurück und rieb mit dem Finger über ihren G-

Punkt. Dann koordinierte er seine Bemühungen, um sie aufs nächste Level zu katapultieren. G-Punkt und Klitoris, Finger und Zunge – er brachte ihre Sinne zum Überlaufen.

Ihre Atmung war zu einem heftigen Keuchen übergegangen. Je näher sie dem Höhepunkt kam, desto stürmischer reagierte ihr Körper. Die Wände ihrer Scheide schlossen sich eng um seine Finger zusammen und massierten ihn. *Nicht mehr lange.* Hierbei handelte es sich um einen Paartanz. Er mochte die Kontrolle haben, aber ihre Reaktionen diktierten seinen nächsten Schritt. *Und verdammte Scheiße nochmal*, er liebte ihre Reaktionen.

Er schraubte das Tempo herunter, um den Höhepunkt hinauszuzögern, und genoss ihr winziges Wimmern. Ihre Vagina wurde noch enger. Er machte langsamer und hielt sie an der Kante des Abgrundes. Sie erstarrte, sogar ihr Atem setzte aus.

Er war versucht, ihr den Orgasmus zu verweigern. Allerdings war das nicht Teil der heutigen Lektion. Außerdem wollte er sie kommen hören. Er saugte ihre Klitoris in seinen Mund und folterte sie mit sanften Stößen seiner Finger.

Sie hob ihm die Hüften entgegen und bäumte sich auf. Es dauerte nicht lange, bis ihr Körper Erlösung fand. Erst erstarrte sie, doch dann brachen heftige Zuckungen über sie herein, die auch vor ihrem Geschlecht nicht haltmachten. Die Wände ihrer Pussy zogen sich um seine Finger zusammen und sie entließ ein gedehntes Stöhnen. Sie klang so befriedigt, dass er am liebsten von vorne beginnen würde.

Jedoch wollte er nicht riskieren, dass sein Schwanz in der Zwischenzeit explodierte.

Widerstrebend ließ er von ihrer Klitoris ab. Sie war unglaublich süß: Herz, Seele und Pussy. Wie konnte es sein, dass sie weder Ehemann noch Kinder hatte, die um ihre Beine wuselten? Stattdessen hatte sie nun ihn zu ihren Füßen liegen und er genoss diese Position.

Er hob den Blick. Er grinste, als er ihre Nippel sah – so pink, so hart und so köstlich. Während die Zuckungen in ihrer Pussy nachließen, presste er seinen Finger wieder fest gegen ihren G-Punkt, leckte über ihre geschwollene Klitoris und schubste sie erneut über die Klippe, direkt einem weiteren Orgasmus entgegen.

Und dann noch einmal.

Schließlich empfand er, dass sie genug hatte. Er küsste ihre Schenkelinnenseiten und konnte den Schweißfilm auf ihrer Haut schmecken. Er zog seine Finger aus ihr zurück und presste einen Kuss auf ihren Venushügel. Ein schiefes Lächeln zeigte sich auf seinen Lippen, als ihr Bauch bei der winzigen Berührung zuckte.

„Du zitterst ja, Süße." Nicht vor Kälte. „Die Hände hinter dem Kopf verschränkt lassen, bitte."

Ihr Gesicht gerötet, ihre Nippel noch immer salutierend, runzelte sie die Stirn.

Gott, wirklich bezaubernd. Auch er runzelte die Stirn und wartete. Ihre Arme hoben sich wieder über ihren Kopf. In jeder ihrer Bewegungen zeigte sich, wie dickköpfig sie war. Es dauerte nicht lange, bis sich ihre Brüste durch ihre Position ihm wieder entgegenstreckten. *Hinreißend.*

Er schenkte ihr ein zufriedenes Lächeln und öffnete den Reißverschluss seiner Hose.

Rebecca konnte nicht wegschauen. Endlich zog er seine Hose aus. Die Schatten des Feuers tanzten über seinen definierten Körper. Die perfekte Beleuchtung für seine beeindruckende Statur. Aus einem Nest von dunklem Haar ragte eine stolze Erektion hervor. Lang und dick. Kein zarter Sprössling, sondern eine massive Eiche. Seine Hoden schwangen wie ein Pendel zwischen seinen Schenkeln, während er sich ein Kondom überzog. Mit angespannten Muskeln kniete er sich zwischen ihre Beine.

Seine Hände umfassten ihre schweren Brüste. Mit den Fingern streichelte er über die empfindliche Unterseite. Ein Lächeln erschien auf seinem Gesicht. Er neckte ihre Nippel und erwachte sie aus dem Ruhezustand. „Wie könnte man von den beiden Schönheiten jemals genug bekommen?", murmelte er.

Seine Lippen schlossen sich um eine Knospe. Er rollte den Nippel zwischen Zunge und Gaumen.

Der leichte Schmerz ließ ihre Atmung stoßweise kommen. Dann saugte er die Knospe in seinen Mund. Ihr Herz setzte einen Schlag aus. Verlangen pulsierte durch ihre Adern. Sie rotierte die Hüften. Ihr Geschlecht brannte vor unerfüllter Begierde.

Er stützte sich mit dem Ellbogen ab. „Es wird Zeit, dass wir ein Spielzeug ins Spiel bringen. Du darfst wählen: Knebel, Handfesseln oder Nippelklemmen?"

Sie schüttelte ihren Kopf und wagte es nicht, zu sprechen.

„Oh doch." Er strich mit einem Finger über ihre Lippen. „Du bist nicht sehr lang hier, Süße. Ich will dir einen Grundkurs in diesem Lifestyle geben. Also triff eine Entscheidung."

Sie schluckte schwer. Auf gar keinen Fall wollte sie die Hände gefesselt kriegen. Geknebelt werden? *Äh, nein, Danke.* „Die Klemmen", flüsterte sie.

„Gute Wahl." Er griff nach seiner Tasche. Er zog eine Schachtel heraus, öffnete sie und holte etwas heraus, das wie Miniaturwäscheklammern aussah. Er hielt eine repräsentativ in die Höhe. Die Enden waren mit schwarzem Gummi überzogen. Auf einer Seite ragte eine kleine Schraube heraus. „Weil du neu bist, lasse ich Schmuck und Gewichte weg. Jedenfalls heute."

Er lehnte sich vor und saugte an einem Nippel, bis sie Logan um mehr anflehte. Dann befestigte er die Klemme und drehte an der Schraube, bis der Druck sich erhöhte und es zwickte. Sie biss die Zähne zusammen. Er beobachtete sie und drehte in die entgegengesetzte Richtung. Jetzt spürte sie nur noch ein leichtes Brennen und das heizte ihre Pussy erneut an. Sie unterdrückte ein Wimmern.

Schmerz und trotzdem: Unterschwellige Erregung. Sie war in ihrem ganzen Leben noch nie so erregt gewesen. *Gott*, sie brauchte ihn endlich in sich!

Sein Haar, dick und zerzaust, fiel ihm in seine Stirn und kitzelte ihn im Nacken. Seine Schultern glühten im Feuerschein. Sie wünschte sich sehnlichst, ihn berühren zu können – so sehr, dass ihre Arme zitterten. Ein Lächeln zeigte sich auf seinem Gesicht. Dann lehnte er sich über sie, packte ihre Handgelenke und ließ sein Gewicht auf sie niederfallen. Seine Stärke war nicht zu leugnen.

Sie konnte … nichts bewegen. Sie holte tief Luft, wodurch ihre Brüste sich gegen seine Brustmuskeln pressten. Seine Brusthaare betörten ihre überempfindlichen Brüste und sie zischte.

„Wir haben über Dominanz und Unterwerfung gesprochen." Seine Hände hielten ihre Handgelenke in einem unnachgiebigen Griff. Sie reagierte mit einem Lustschauer. „Dein Körper gehört jetzt mir und unterliegt meiner Kontrolle. Für meine Befriedigung." Er stützte sich mit einer Hand ab und erkundete mit der anderen ihren Körper. Er legte sie auf ihre Pussy und Rebecca war sich ziemlich sicher, dass er an seiner Handfläche spürte, wie ihre Klitoris pulsierte.

Sie unterdrückte ein Stöhnen. Warum war es ihr nicht möglich, ihren Blick von seinen Augen abzuwenden? „Hierbei handelt es sich um die elementarste Lektion – die schwierigste Lektion." Ein Finger presste sich in sie, als wollte er illustrieren, was er meinte. Er konnte mit ihr tun, wozu er lustig war. Sie konnte nichts weiter tun, als herumzuliegen und vor Erregung zu beben.

Er zog seinen Finger zurück. Eine Sekunde später glitt seine Eichel durch ihre feuchte Spalte. Er fand ihre Öffnung und drang langsam in sie ein.

Sie war zu eng und ihre Pussy wehrte sich gegen die Invasion. Zwischen unerträglicher Lust und Schmerz gefangen, schnappte sie nach Luft. Ihre Fingernägel krallten sich in seinen Bizeps. Sie versuchte, nicht in Panik zu verfallen. Seine Augen blieben auf sie gerichtet. Unerbittlich füllte er sie weiter aus, bis sie das Gefühl hatte, dass er sie entzweiriss. Schließlich hatte er seine gesamte Länge in ihr vergraben. Er war in ihr. Sie wusste nicht, wie sie diese Tatsache verarbeiten sollte.

Sie fühlte sich so verletzlich. So belagert – von seinem Schwanz und seinen intensiven Augen, die direkt in ihr Herz blickten.

Er stützte sich mit den Ellbogen ab und legte die Handflächen auf ihre Wangen. „Ganz ruhig, Kleines", murmelte er. „Komm erstmal wieder zu Atem." Seine Daumen strichen über ihre Wangenknochen.

Seine Sanftheit trieb ihr Tränen in die Augen. Sie presste die Augen zusammen, damit er nicht Zeuge von ihrem Gefühlschaos wurde.

Er küsste sie und seine Lippen, so samtweich, ließen nicht von ihr ab, bis sie sich ihm öffnete. Sie teilte die Lippen und gewährte ihm Zugang. Mit sanften Küssen schaffte er es, dass sie sich entspannte. Es dauerte nicht lange, bis sie die ungewohnte Fülle begrüßte.

„Na siehst du, alles gut." Er biss ihr zärtlich in die Unterlippe und das reichte bereits aus, damit sich ihre Pussy um seinen Schwanz zusammenzog. Er fühlte sich so gut an. Eine Hand verließ ihr Gesicht und fand ihre Brust. Ein Finger berührte ihren Nippel und die Klemme wackelte. Schmerz und Lust schossen zu der Mitte, wo sie eine Einheit bildeten. „Du fühlst dich so gut an, Süße. Ich kann mich kaum kontrollieren."

Seine Worte halfen. Seine schwielige Hand streichelte ihre Brust und bahnte sich einen Weg über ihren Körper zu ihrer Hüfte. Seine Berührungen waren nichts Neues. Allerdings fühlte sich alles intensiver an, da er jetzt endlich in ihr war. „Schau mich an", sagte er mit tiefer Stimme.

Sie öffnete ihre schweren Lider, um seinem Blick zu entgegnen. Schatten fochten einen Kampf auf seinem Gesicht aus und akzentuierten seinen angespannten Kiefer. Er setzte sich in Bewegung. Ein unbeschreibliches Gefühl, das sie in den Grundfesten erschütterte. Er zog sich aus ihr heraus und ihr Inneres zog sich zusammen, um die Leere in ihr zu füllen. Lange musste sie nicht ohne ihn sein: Mit dem nächsten Stoß drang er wieder in sie ein. Wie ein Wanderer im Watt, der von der Flut überrascht wurde, so wurde auch Rebecca überrascht. Sie hielt den Atem an und krallte sich in Logans Schultern, als konnte nur er sie davor bewahren, aufs offene Meer gespült zu werden.

Er sah sie aufmerksam an und erhöhte das Tempo. Ihre Vagina dehnte sich, um ihn vollkommen in sich aufzunehmen. Mittlerweile brachte jeder fordernde Stoß pure Lust mit sich und ein langsames, stetig anwachsendes Verlangen nahm von ihr Besitz.

Er lächelte. Der Ausdruck seines Mundes änderte sich von gefährlich zu umwerfend. „Leg deine Hände wieder hinter deinen Kopf, Süße."

Aber .... Sie blinzelte. Erst jetzt stellte sie fest, dass sie ihn beim Eindringen gepackt haben musste. Instinktiv, und er hatte nichts gesagt.

Er schmunzelte. „Ich hatte den Eindruck, dass du dich irgendwo festhalten musstest. Aber jetzt möchte ich sie wieder hinter deinem Kopf sehen."

Sie folgte seiner Aufforderung und verschränkte die Finger im Nacken. Die Position machte ihr aufs Neue bewusst, wie verletzlich sie war und wie die Kontrolle ganz allein bei ihm lag.

Er rieb seine Wange an ihrer. „Nächstes Mal werde ich auch deine Hände fesseln", flüsterte er ihr ins Ohr. „Und ich sollte deine Beine weiter auseinanderspreizen und dich necken und betören, bis du schreist."

Ihre Pussy reagierte auf seine Worte und pulsierte um seine Länge. Er lachte. „Fürs Erste reicht es mir, wenn du deine Hände in dieser Position lässt. Wenn du wieder nachlässig wirst, muss ich dich bestrafen. Ich hätte nichts dagegen, rote Abdrücke auf deinem hübschen Hintern zu sehen." Seine Hand fand eine Pobacke und packte fest zu, als wollte er seiner Aussage Nachdruck verleihen.

Sie konnte fühlen, wie ihr Körper auf die Drohung reagierte. Sie wollte davonrennen. Sie wollte sich verstecken. Er sprach davon, ihr ein Spanking zu verpassen! Das Schlimme daran: Der Gedanke machte sie unglaublich feucht.

„Ah, schon wieder dieser verwirrte Blick." Er knabberte an ihrer Unterlippe. „Darüber reden wir später. Jetzt soll erstmal dein einziger Gedanke sein, dass du die Hände verschränkt hältst. Ist das klar?"

Sie nickte, verschränkte ihre Hände fester ineinander und er schenkte ihr ein wohlgesonnenes Lächeln.

Dann konnte sie eine Veränderung in ihm wahrnehmen. Seine Stöße wurden härter. Sie war sicher, dass er sich zuvor zurückgehalten hatte. Rein und raus, ein drängender Rhythmus, dem sie sich nicht verwehren konnte. Bei jedem Stoß presste er sich gegen ihren erhitzten Körper, jede Berührung hallte in ihr nach und trieb sie in ungeahnte Höhen. Ihre Pussy zuckte. Der Druck baute sich in ihr auf und sie hob ihm ihre Hüften entgegen. Verzweifelt versuchte sie, den Winkel zu ändern. Sie wollte, dass sein Schambein gegen ihre empfindliche Klitoris stieß.

Mit einem tiefen Lachen führte er seine Hand zwischen ihre Körper, tauchte sie in ihre Nässe ein und rieb über ihre Klitoris.

„Nicht bewegen, Sub", knurrte er und Rebecca erstarrte. Ihre Hände hatten sich unbemerkt aus ihrer Position bewegt. Es gelang ihr einfach nicht, sie wieder unter den Kopf zu schieben – nicht, wenn er sie auf diese Weise berührte. Sein Schwanz hämmerte in sie. Er gestattete ihr nicht, sich zu bewegen, und sie wimmerte bei den Berührungen seiner Finger.

Plötzlich erstrahlte der Raum in einem weißen Licht: Lustvolle Explosionen vereinnahmten sie. Sie bebte am ganzen Leib und er hörte nicht auf.

Ein heiseres Lachen brach aus ihm heraus. Er erhöhte das Tempo und zwickte in ihre Klitoris. Sie schnappte nach Luft. Das war einfach zu viel. Sie bäumte sich auf, als ein erneuter Höhepunkt ihren Körper zerfetzte.

Logan presste die Stirn gegen ihre und glitt mit den Händen unter ihren Hintern, um noch tiefer in sie eindringen zu können. Drei kraftvolle Stöße später, tief in ihr vergraben, zuckte sein

Schwanz. Er kam und drückte sie dabei fest an seinen Körper. Nachdem er seinen Höhepunkt ausgekostet hatte, seufzte er zufrieden und rieb seine Wange an ihrer.

Sie hielt den Atem an, als er seinen Kopf hob. Würde er sie jetzt anders behandeln? Nachdem Männer bekommen hatten, was sie wollten, passierte es, dass ihr wahres –

Seine Finger fuhren zwischen ihren Augenbrauen entlang. „Was geht dir nur schon wieder durch den Kopf?", murmelte er. „Die Hände kannst du runternehmen."

Das tat sie. Rebecca legte die Hände auf seinen Bizeps und strich dann zu seinen schweißbedeckten Schultern. Wie sich seine glatte Haut über so kraftvolle Muskeln spannte, war faszinierend für sie. Sie atmete tief ein. Sein köstlicher Geruch war wie eine Droge für ihre Sinne.

Seine Lippen fanden die ihren in einem saften Kuss. „Mutige, kleine Sub. Das hast du sehr gut gemacht. Du kannst stolz auf dich sein. Gib mir eine Minute." Er zog seinen Penis aus ihr raus und verschwand ins Badezimmer. Als er zurückkam, löste er zuerst die Fesseln an ihren Beinen. Danach wandte er sich der ersten Nippelklemme zu.

Als das Blut zurückströmte, traf sie eine unerwartete Welle des Schmerzes. Sie bedeckte mit einer Hand ihre Brust. „Aua!"

Er lachte tief. „Das Entfernen ist am schmerzhaftesten." Er ignorierte die Hand, die den Versuch unternahm, ihn von sich zu schieben, und entfernte auch die andere Nippelklemme. Rebecca presste die Lippen fest aufeinander und unterdrückte erfolgreich ein Wimmern. Doch dann leckte er mit seiner nassen Zunge über ihren drangsalierten Nippel.

Lust und Schmerz. Das Wimmern brach aus ihr heraus und verwandelte sich zu einem Stöhnen, als er weitermachte.

Er hob sie vom Keilkissen hoch und positionierte sie auf seinem Schoß. Zusammen saßen sie vorm Kamin auf dem Teppich. In seinen Armen fühlte sie sich winzig und feminin. Eine Hand hatte er auf ihren Po gelegt. Er hielt sie fest an seinen

Körper gepresst. Seine andere Hand wanderte zu ihrem Haar und er zog sie für einen Kuss zu sich.

Nein, er hatte sich nach dem Sex nicht verändert. Sie legte ihre Unterarme auf seine Brust und stützte sich ab. Sie wollte ihn ansehen. Selbst, wenn sie von oben auf ihn herabsah, strahlte er Selbstbewusstsein aus. Sie musterte sein markantes Gesicht und die Stärke hinter seinen Augen. Niemand konnte bestreiten, dass er zu jeder Zeit die Kontrolle hatte.

KAPITEL ACHT

In dieser Nacht weckte Logan sie noch zweimal. Auch am frühen Morgen nahm er sie ein weiteres Mal. In der Dusche drückte er sie gegen die Fliesenwand, hob sie in seine Arme und glitt in sie hinein. Er fragte nicht um Erlaubnis, sondern nahm sich einfach, wonach es ihm verlangte. Seine starken Hände und sein Körper hielten sie in der Luft, als sie von seinem Schwanz hart genommen wurde. Seine Handlungen und seine Kontrolle machten sie so heiß, dass es nicht viel brauchte, bis sie wimmernd und zitternd kam.

Danach wusch er sie, als hätte er das Recht dazu. Er kniete sich vor sie, wusch erst ihre Füße und seifte dann ihre Knöchel ein. Bis er ihre Beine erreichte, konnte sie sich etwas entspannen. Ihr Verstand war wie leergefegt. Einfach himmlisch. Doch dann erreichte er ihre Oberschenkel. Ihre Narben. Ruckartig wich sie von ihm ab. Er reagierte schnell, legte eine große Hand um ihr Bein und drehte sie ins Licht.

„Er hat dich ordentlich erwischt."

Ihr Kiefer knackte. Sie schaffte nur ein Nicken als Antwort. Wie konnte sie nur so dumm sein? Was hatte sie sich dabei gedacht, nackt mit einem Mann ein gut beleuchtetes Badezimmer zu betreten?

Er hob ein Bein an und stellte den Fuß auf seinen Schenkel. Dann tat er etwas, mit dem sie niemals gerechnet hätte: Er küsste ihre Narben. Sie schnappte nach Luft. Er folgte der Biss-spur auf die Rückseite ihres Oberschenkels und zeichnete die Narbe mit den Lippen nach. Als er schließlich aufstand, sagte er: „Ich denke, an deiner Schulter konnte ich auch eine Erhebung spüren. Genau hier." Seine Finger fuhren über das Narbengebilde an der rechten Schulter. Noch ein Kuss. Dann drehte er sie zu sich, um ihr in die Augen sehen zu können.

Sie konnte ihn nicht ansehen. Sie schaffte es einfach nicht. *Hässlich, eklig, abstoßend.* Ihre Hände ballten sich zu Fäusten. Die Worte ihrer Klassenkameraden aus der fünften Klasse hallten in ihrem Kopf wider.

Schnaubend löste er ihre verkrampften Hände und legte sie sich auf die Schultern. Er legte die Hand auf ihre Wange und zwang ihren Kopf in seine Richtung.

Sie hatte ihre Augen von ihm abgewandt.

„Sieh mich an, Süße."

Warmes Wasser strömte über ihre Schultern und der frische Duft der Seife erfüllte die Luft. Seine Geduld ließ nicht nach. Als sie die Stille nicht länger ertrug, fand sie seinen Blick.

Seine Augen glühten. „Na also, das hätten wir", flüsterte er. „Wenn du so einen Hass auf Narben hast, könnte das problematisch werden. Ich habe eine beeindruckende Sammlung."

„Aber ..." Sie schnaubte genervt. „Du bist ein Mann. Das ist etwas Anderes."

Er zog die Augenbrauen hoch. „Ganz schön sexistisch von dir."

„Nein. So meinte ich das nicht." Sie runzelte die Stirn, als sie die Bedeutung seiner Aussage begriff. Sicher, die Menschen betrachteten Narben an einer Frau auf eine andere Weise als bei einem Mann. Das sollte man der Gesellschaft nicht durchgehen lassen. Wirklich nicht. „Du hast recht, nehme ich an."

„Gutes Mädchen." Seine tiefe Stimme war genauso eine Lieb-kosung wie die tröstenden Berührungen seiner Hand auf ihrem

Rücken. „Jetzt habe ich deine Narben geküsst ..." Er neigte erwartungsvoll den Kopf.

Seine unerwartete Erwiderung brachte sie zum Lachen. Auch der letzte Knoten in ihrem Bauch löste sich und sie konnte sich darauf konzentrieren, seinen Körper nach den Narben abzusuchen. Wie er schon gemeint hatte: Er hatte eine Menge Narben. „Wieso hast du so viele?" Seitlich an seinem Körper zeichnete sie eine lange Schnittwunde nach.

„Schlägerei in einer Bar." Er zeigte auf seine Brust. „Granatsplitter." Linke Schulter. „Gewehrkugel." Er grinste bei ihrem geschockten Gesichtsausdruck. „Ich habe im Irak gedient, Becca. Die Narben machen mir nichts aus. Schließlich bin ich noch am Leben und in einem Stück zurückgekommen." Leise fügte er hinzu: „Größtenteils zumindest."

Der Krieg. Sie wartete, dass er mehr sagte. Das tat er nicht. Sein Gesicht wirkte härter. Manche Verletzungen waren nicht sichtbar; das wusste sie nur allzu gut. Sie nahm sich Zeit, suchte, fand und küsste jede kleine Narbe, die sie finden konnte.

Danach befriedigte er sie mit seinem eingeseiften Finger und bestand darauf, dass er alle Rückstände der Seife abwusch. *Gott*, wenn er sie nicht festgehalten hätte, wäre sie auf den Duschkabinenboden gerutscht. Ihre Beine fühlten sich wie Wackelpudding an.

Ihre Beine zitterten noch immer, als sie ein paar Minuten später neben ihrer Kleidung auf dem Boden kniete. Wenigstens hatte sie es bereits geschafft, sich ihre Jeans anzuziehen. Für sie hatte es höchste Priorität, bei Tageslicht ihre breiten Hüften zu bedecken. Sie zog einen Zopfgummi aus der Hosentasche und band ihre Haare zu einem Pferdeschwanz zusammen. Danach zog sie sich ihren BH und das Tanktop an.

Ihr braunes Langarmshirt sah noch sauber aus. Weit geschnitten, um ihren runden Bauch zu verstecken. Sie zog es sich über den Kopf.

Ein angewidertes Schnauben trat an ihre Ohren. „Auf keinen Fall." Logan riss ihr das Langarmshirt vom Leib.

„Hey!" Sie drehte sich in seine Richtung und sah ihn finster an. Ein Blick, der nicht wirkungsloser sein konnte. Schließlich sah sie aus einer sitzenden Position zu ihm auf. „Du kannst doch nicht –"

Sein tiefes Lachen unterbrach sie. Er streckte die rechte Hand aus und fuhr mit dem Finger über ihre Lippen. „Dir ist doch klar, woran ein Mann denkt, wenn eine schöne Frau vor ihm kniet?" Sein Schritt war auf der Höhe ihres Gesichts. Unter seiner Jeans formte sich eine beeindruckende Beule.

Röte stieg ihr in die Wangen.

Er lachte und streichelte ihre Haare. „Du bist verdammt verführerisch. Ich denke aber, dass du für eine Nacht genug hast, Süße." Er warf ihr Oberteil von sich und hockte sich vor sie. Er legte seine Hände auf ihre vom BH und dem Tanktop bedeckten Brüste. Sofort reagierten ihre Nippel auf seine Berührungen. Sogar durch die zwei Schichten salutierten ihre Nippel. Er lachte. „Kann ich dich dazu überreden, etwas von mir zu tragen?"

Sie versuchte, ihren Körper unter Kontrolle zu bekommen. Die Nacht war vorbei und sie war so oft gekommen, dass sie es nicht zählen konnte, und doch erregte sie eine winzige Berührung von ihm erneut. Sie erschauerte. *Konzentriere dich, Rebecca.* „Du fragst mich? Das ist kein Befehl?"

„Ich gebe nur in sexueller Hinsicht Befehle, kleine Rebellin. Und nur so lange du mich lässt." Seine Fingerknöchel streichelten über ihre Wange. „Zwischen einem Dom und seiner Sub muss Vertrauen herrschen. Sie muss es wollen. Was sie ihm nicht freiwillig gibt, kann er sich nicht nehmen."

„Oh." Sie entspannte sich etwas.

„Allerdings kann ich sehr überzeugend sein." Sein Grinsen weckte die Schmetterlinge in ihrem Bauch. Dieses Lächeln könnte in der Stadt eine Massenkarambolage verursachen. „Erlaubst du mir, dass ich dich heute einkleide? Das würde mich wirklich glücklich machen."

Oh ja, wenn er sie auf diese Weise ansah – mit einem Lachen

auf dem Gesicht und diesem autoritären Ton in der Stimme – wollte sie ihm jeden seiner Wünsche erfüllen. „Ich denke schon. Mit ein paar Vorbehalten. Ich werde nichts tragen, was –"

„Wie wär's mit einem Flanellhemd?", unterbrach er sie. Also keine purpurrote Reizwäsche. Das beruhigte sie.

„Äh, also." Flanell? Sie? „Okay."

„Sehr gut." Er musterte sie für eine Minute. „Lass das Unterhemd mit der Spitze an."

„Flanellhemd, du erinnerst dich?"

„Still, Sub."

Sie seufzte erleichtert, als er mit einem langärmligen Hemd zurückkam. Das dunkle Grün passte zu ihrer Augenfarbe. Hatte er sie so genau studiert? Bei dem Gedanken kribbelte es in ihrem Bauch.

Er zog sie auf die Füße und half ihr ins Hemd. „Oh ja", murmelte er. Seine Finger glitten über ihre Haare und zogen ihr den Haargummi aus den Wellen. Wie ein Schleier legten sich ihre roten Haare um ihre Schultern.

„Ich –" Ihr Protest blieb ihr im Hals stecken, als ihr sein unnachgiebiger Ausdruck auffiel.

Von unten knöpfte er ihr das Hemd zu. Sie fühlte sich wie ein Kleinkind, dem beim Anziehen geholfen werden musste. Sie schaute an sich herunter und ihre Augen weiteten sich. Drei Knöpfe ließ er offen. Wenn sie sich nun bewegte, dann entblößte sie damit nicht nur ihr Spitzenunterhemdchen, sondern auch eine beachtliche Menge Dekolleté. Ihre Mutter wäre empört.

Er strich mit seinem Finger über ihr Schlüsselbein und dann direkt hinunter zu ihrem Unterhemd. Es war erstaunlich, was er mit einer kleinen Berührung in ihr auszulösen vermochte. „Vielleicht sollte ich mehr Knöpfe zumachen", murmelte er. „Sonst bekomme ich jedes Mal einen Steifen, wenn ich dich sehe."

Sie senkte die Hände. Bei diesem Anreiz wollte sie verdammt sein, wenn sie irgendetwas zuknöpfte.

Er grinste. „Du magst es, wenn du weißt, dass ich leide. Habe ich nicht recht, meine Süße?"

„Verdammt nochmal, ja." Sie rollte die Hemdaufschläge bis zum Ellbogen. Flanell. Das Kleidungsstück würde ihre Mutter mit noch größerem Schrecken erfüllen als der tiefe Ausschnitt.

Als sie ein paar Minuten später die Treppe heruntereilte, fühlte sie sich, als hätte sie die letzten Stunden in einem Traum gelebt. Erst jetzt hatte sie das Gefühl, wieder in der Realität angekommen zu sein. Wenn sie ehrlich war: Seit ihrer Ankunft fühlte sich jeder Tag an, als wäre sie in einer Traumwelt gefangen. Wie eine fremde Welt: Mit Bergen, Holzhütten, Kohleöfen, Flanellhemden und entblößten Dekolletés.

Und Unterwerfung? Ihr Gesicht brannte. Was hatte er mit ihr gemacht ... hatte er sie machen lassen... Wie hatte sie dabei Lust verspüren können? *Oh Gott.*

Würde sie diese Art von kinky Sex nun jedes Mal wollen, wenn sie mit einem Mann intim wurde? Sie durfte nicht vergessen, dass ihre Zeit mit Logan am Mittwoch zu einem Ende finden würde. Das wussten sie beide. Sie war ein Stadtmädchen. Er gehörte in die Berge. Kultiviert gegen ruppig. Sehr ruppig.

Besonders seine Hände, ja, seine Hände, mit denen er sie an diesem keilförmigen Ding festgebunden hatte. Im Treppenhaus lehnte sie sich an die Wand, um wieder zu Atem zu kommen. Was wäre, wenn Matt versuchen würde, sie zu dominieren? Würde sie das zulassen? Würde ihre Unterwerfung ihr Sexleben anheizen?

Sei nicht albern. Allein bei der Vorstellung – Matt mit Handschellen – musste sie kichern. Sie schüttelte amüsiert den Kopf. Nein, auf keinen Fall.

Ein Grinsen breitete sich auf ihren Lippen aus, als sie in den Speisesaal trat und Matt an einem Tisch sitzen sah. Er war allein. Anscheinend führte eine einstündige Lustdusche mit Logan dazu, dass man den Zeitrahmen fürs Frühstück verpasste. Ihr Körper summte bei der Erinnerung an seine Berührungen. Kein Frühstück? Das war es wert gewesen. Sie lief an ihrem Freund vorbei und sagte beiläufig: „Guten Morgen." Freund, Ex-Freund. Mitbewohner. Was auch immer.

Er drehte sich um und ließ seinen Arm auf der Stuhllehne ruhen. „Du hast ausgeschlafen." Sein Blick fiel auf ihren Ausschnitt und seine Augen weiteten sich. „Ah, also ... ähm. Wo hast du die Nacht verbracht?"

„Ich durfte in Logans Wohnung übernachten", sagte sie höflich.

„Wirklich?" Sein Gesicht nahm einen besorgten Ausdruck an. „Hoffentlich ist dir klar, dass er einen ziemlich schlechten Ruf hat, Baby."

„Was soll das heißen?"

„So wie ich das gehört habe, ist er ein Ex-Soldat und hat mit psychischen Problemen zu kämpfen. Deswegen bevorzuge ich auch Jake als Gruppenführer. Bei ihm riskieren wir nicht, dass er plötzlich auf uns losgeht."

„Oh, ich bitte dich." Sie hatte noch nie in ihrem Leben, einen Mann getroffen, der selbstsicherer war als Logan. Gefährlich, vielleicht ... aber doch sicher nicht psychisch labil.

„Ich meine es ernst. Er soll sogar Jake einmal angegriffen haben."

„Schön und gut. Mich hat er nicht angegriffen." Die Zeit in der Dusche zählte wohl nicht, oder? Sie konnte spüren, wie ihre Nippel hart wurden. *Gott*, er war wirklich gefährlich. Sie musste nur an ihn denken: an seine erfahrenen Hände, seinen Mund, die Art, wie er ...

Sie schüttelte den Kopf. „Ich finde ihn nett, Matt. Du solltest den Gerüchten keinen Glauben schenken."

„Ich denke nicht, dass das bloß Gerüchte sind. Aber egal. Willst du uns heute begleiten? Wir wollen mit Jake zu einem Wasserfall wandern und dort ein Picknick machen. Der Weg ist nicht weit und es soll eine Wiese mit vielen Wildblumen geben."

„Klingt nett." Auf die Orgie auf der Wiese konnte sie verzichten. „Ich mag keine Gruppenveranstaltungen. Ich mach mein eigenes Ding."

Schritte hallten durch den Hauptraum. Ashley kam ins Speisezimmer. Von hinten legte sie die Arme um Matt und grinste Rebecca an.

Rebeccas Hand juckte. Am liebsten würde sie der blonden Kuh ihr dummes Grinsen aus dem Gesicht schlagen.

„Hi, Babe." Unbewusst tätschelte Matt Ashleys Hand, bevor er sich wieder Rebecca zuwandte. „Gehe nicht allein in den Wald. Das ist eine von Logans Regeln."

Bei dem Wort ‚Regeln‘ wurde sie rot.

Du wirst mich ‚Sir‘ nennen. Nicht bewegen, Sub.

„Richtig. Ich werd's mir merken", sagte sie und schenkte Matt ein liebliches Lächeln. Sie ignorierte Ashley und ging in die Küche. Kopf schüttelnd schenkte sie sich ein Glas Orangensaft ein. Sicher, sie hatte mit Matt abgeschlossen. Das bedeutete aber nicht, dass sie ständig Zeugin davon werden wollte, wie Ashley sich an ihn ranschmiss. Bei dem Anblick wurde ihr schlecht. Wahrscheinlich, weil sie die hinterlistige Göre nicht mochte. Matt verdiente jemand Besseres.

Rebeccas Eindruck wurde bestätigt, als sie Ashley bis in die Küche flüstern hörte: „Kommt sie mit auf die Wanderung?"

„Nein, sie will nicht mitkommen."

„Das ist gut. Eigentlich wollte ich es nicht ansprechen, aber … schon bevor du es gesagt hast, fiel mir sofort auf, wie … na ja … frigide sie ist."

Die Demütigung drehte Rebecca den Magen um. Sie schüttete den Rest des Saftes in den Ausguss und stellte das Glas in die Spülmaschine. Sie unterdrückte das Bedürfnis, dem dämonischen Cheerleader das Glas an den Schädel zu werfen. Oder … vielleicht sollte sie auf Matt zielen? Wie konnte er es wagen, so über sie zu reden?

Auf dem Tisch erblickte sie den Beutel mit ihren Malsachen. Sie packte ihn und verließ die Lodge durch die Hintertür. Dabei wäre sie fast über einen Hund gestolpert.

Nicht wegrennen. Einatmen, ausatmen. Dreimal atmete sie tief ein und langsam verflog die Panik. Vor ihr lag nur Thor. Er war kein Monster. „Hey, du."

Sein buschiger Schwanz wedelte vor und zurück. Wirklich verrückt. Bei jedem Aufeinandertreffen gewann er offenbar an Persönlichkeit hinzu. Wenn er glücklich war, schien sich seine Schnauze zu einem Lächeln zu formen. Seine Ohren richteten sich nach vorn aus, wenn er neugierig war, und legten sich an, wenn Logan mit ihm schimpfte. Sogar sein Schwanz hatte verschiedene Haltungen – wie eine Hunde-Zeichensprache.

Sie nahm all ihren Mut zusammen, hockte sich vor ihn und kraulte ihn im Nacken.

Mit einem tiefen Winseln stupste er sie mit der Schnauze an und sie fiel auf ihren Hintern.

Für einen Moment packte sie die Angst. Doch in der nächsten Sekunde platzte ein Lachen aus ihr heraus. „Du Rabauke." Sie setzte sich auf und legte einen Arm um seinen Hals. Er leckte ihre Wange und lehnte sich gegen sie. *Gott, er ist so goldig.*

„So, mein Freund", fing sie an. Seine Ohren zuckten. „Was hältst du davon, wenn wir Ashley mit einer großen Nase zeichnen, die zu ihren übergroßen Titten passt? Aufgeblasene Lippen so groß wie Teller wären auch eine Idee."

Verborgen in den Schatten des Waldes stand Logan. Er wartete auf seinen Bruder und konnte beobachten, wie Thor das Stadtmädchen zu Boden riss. *Mutige, kleine Sub.* Sie überwand ihre Angst und umarmte seinen riesigen Hund. Sie war ganz schön weit gekommen. Und das innerhalb eines Tages. Beeindruckend.

Verdammt, wie eine gefährliche Strömung riss sie ihn mit sich. Ein entschlossenes Stadtmädchen, das im Hinblick auf ihr Aussehen sehr verletzlich war. Es brach ihm das Herz. Und dann diese mutige Dickköpfigkeit, die sie dazu veranlasste, Thor zu streicheln. Ihr weicher Mund und ihr hartnäckiges Kinn und ihre Freigiebigkeit, mit der sie ihre Leidenschaft teilte, selbst wenn es sie schockierte. Mit der Frau würde es niemals langweilig werden.

Jake trat aus der Hintertür und wäre beinahe über das Duo gestolpert. Schnell fand er sein Gleichgewicht wieder und tauschte mit Rebecca ein paar Worte aus, die ein Lächeln auf ihren sinnlichen Mund zauberten. Er kam über die Lichtung direkt auf Logan zu. Zusammen liefen sie über den Jackass-Pfad.

„Wirklich ein hübscher kleiner Rotschopf", sagte Jake beiläufig.

„Mmhmm." Logan duckte sich unter einem herunterhängenden Ast.

„Sieht so aus, als hätte es ihr jemand ordentlich besorgt. Sie muss eine gute Nacht gehabt haben." Eine Sekunde Pause. „Mir sind die blauen Flecken an ihren Handgelenken aufgefallen."

„Okay." Ein tiefes Bellen erklang hinter ihnen. Es dauerte nicht lange, bis Thor aufholte und neben ihnen hertrottete.

„Sie trägt dein Flanellhemd."

Eines wusste Logan ganz genau: Hatte sich erst einmal ein Gedanke in Jake festgesetzt, verbiss er sich darin wie eine Bulldogge. „Willst du mir was Bestimmtes sagen?"

Jake kraulte Thors Kopf. „Ich dachte, wir waren uns einig, dass wir keine Frauen aus den Swingergruppen ficken?"

Logan hielt an. *Zur Hölle nochmal.* Sie hatten diese Regel vor der Eröffnung dieses Ortes aufgestellt. Niemand hatte die Regel gebrochen. Bis jetzt. „Sie ist kein Swinger. Tatsächlich wäre sie fast auf der Terrasse erfroren, als sie zu verhindern suchte, einer zu werden. Daraufhin entschied ich, sie in mein Bett zu holen ..." Ihr Vater hatte immer gesagt, dass nur Schwächlinge Ausreden benutzten. *Steh zu dem, was du getan hast,* hatte er immer gesagt. Logan drehte sich zu seinem Bruder und nickte. „Fein. Ja, ich habe die Regel gebrochen."

„Ist sie unterwürfig?"

Logan seufzte. Sie waren beide Doms. Er war sich sicher, dass Jake die Antwort bereits kannte. „Ja."

Jake lehnte seine Schulter an eine Weihrauchzeder. Sein

Grinsen war unmissverständlich. „Wird aber auch Zeit. Wirst du sie behalten?"

„Du bist so ein neugieriger Bastard." Logan rieb sich über das Gesicht und spürte seine Bartstoppeln. Er hatte schon wieder vergessen, sich zu rasieren. „Sie ist aus der Stadt. Dort gehört sie hin."

„Schade. Sie sieht in dem Flanellhemd so viel besser aus als du."

Logan grinste. Dem musste er zustimmen.

„Warum behältst du sie nicht?" Jake drehte sich von ihm weg und rieb seinen Rücken an einem Baumstamm. Das Sonnenlicht, das durch die Baumkronen fiel, erleuchtete sein Gesicht. Markant und schlank und sonnengebräunt wie Logans. Nur die lange Narbe unterschied sie. Denn Logan war nicht mitten in der Nacht von seinem Bruder angegriffen worden und hätte dabei fast sein Leben verloren.

Logan senkte den Blick. Das Schuldgefühl zerfetzte ihn innerlich. Er bezweifelte, dass sich das jemals ändern würde. Genauso würde er stets die Erinnerung daran behalten, in einem Gebäude eingeschlossen zu sein, zu hören, wie die Gewehrkugeln von den Wänden abprallten, und er mit seinen Kameraden einen rasenden Aufständischen bekämpfte. In der verhängnisvollen Nacht hatte sein Unterbewusstsein aus diesen Erinnerungen jenen vertrauten Albtraum reproduziert. Dann war er erwacht: blutig und mit einem Messer in der Hand. Auf der anderen Seite des Schlafzimmers hatte Jake blutüberströmt versucht, wieder auf die Beine zu kommen. *Wach auf, Logan, verdammt.*

Logans Stimme kam harsch über seine Lippen. „Und wenn ich einen Albtraum habe und versuche, die kleine Becca zu erwürgen, wird sie dann auch noch so hübsch aussehen?" Jake presste die Lippen aufeinander und Logan wandte sich ab, bevor er das Mitleid in den Augen seines Bruders sehen konnte.

„Hast du ihr davon erzählt?", fragte Jake.

„Dass ich die Neigung dazu habe, andere Menschen umzubringen, wenn mir mein Kopf vorgaukelt, wieder in der Hölle zu sein? Sicher doch. Super Idee." *Meine Fresse!* Er konnte sich dieses Gespräch nur allzu gut vorstellen. „Ich spreche nicht über meine Albträume. Niemals."

„Dann willst du für immer allein bleiben?"

„Verdammt richtig." Wendy hatte dem Stress nicht standhalten können. Seine Ex-Ehefrau war abgehauen, lange bevor Logan Jake attackiert hatte. „Es ist sowieso egal. Becca fährt Mittwoch nach Hause. Ich bin wieder allein und sie wird mehr über sich gelernt haben. Eine Win-Win-Situation."

„Ah, und was hast du über dich gelernt, Bruder?"

Dass seine Zeit mit der kleinen Rebellin die Einsamkeit nur noch schlimmer macht. Dass seine Schuldgefühle nicht in der Lage sind, seine Begierde für ihren weichen Körper zu dämmen.

Und: Dass er das Risiko nicht eingehen durfte. „Lass uns mit der Arbeit beginnen. Wir haben viel zu tun", antwortete Logan. Er lief an Jake vorbei, um den umgestürzten Baum zu finden, der mitten auf dem Pfad lag.

KAPITEL NEUN

Nachdem Logan und Jake den Baumstamm und damit den schwersten Teil von der Straße gehoben hatten, verschwand Jake. Logan fand ein schattiges Plätzchen und gönnte sich zwei Stunden Schlaf, bevor er den Pfad von den Rückständen befreite. Er schaffte die Reste der Trümmer auf die Seite, verstärkte einen Teil des Weges mit Bewehrungsstahl und Holzstreben und säuberte einen angestauten Bach.

Er wischte sich den Schweiß von der Stirn und schaute missmutig den Pfad hinunter. All diese Arbeit und sie hatten gerade Mal zwei Meilen geschafft. Ein smaragdgrünes Aufblitzen gewann seine Aufmerksamkeit. Er runzelte die Stirn. Noch ein Aufblitzen. Ein Wanderer auf dem Pfad. Jemand von den Gästen?

Er lauschte. Es war nichts zu hören. Er wandte sich wieder seiner Aufgabe zu und warf mehr Steine in ein Schlammloch. Ein leises Knacken ließ ihn wieder aufhorchen. Jemand lief über Kiefernnadeln. *Sehr nah.* Er drehte sich um und sah Rebecca.

Seine erste Reaktion: Freude. Darauf folgte Missmut. Bei der Arbeit hatte er entschieden, sich von dem Stadtmädchen fernzuhalten. Sie brauchte keinen invaliden Soldaten und er brauchte kein gebrochenes Herz. Denn verdammt nochmal, sie konnte ihm leicht das Herz brechen. Eine weitere Nacht voller Spaß und es könnte fatal für ihre Herzen enden.

Er ließ den Blick über den Weg hinter ihr schweifen. Es war niemand bei ihr. „Warum wanderst du alleine in der Gegend herum?"

Die Sonne veränderte die Farbe ihrer Augen hin zu einem hellen Grün und ihre Haare glänzten rotgold. Sie strich sich eine Strähne hinters Ohr. „Alle anderen sind wandern gegangen. Ich wollte nicht den ganzen Tag dumm herumsitzen. Ich wusste nicht, dass du auf diesem Pfad bist. Tut mir leid."

Sie hatte eine seiner wichtigsten Regeln ignoriert. *Es wird nicht alleine auf Erkundungstour gegangen.* Darüber hinaus hatte sie gerade zugegeben, dass sie versucht hatte, ihm aus dem Weg zu gehen. *Zweiter Strike.* Er wurde wütend. Würde der dritte Strike folgen? Er trat näher.

Ihre Augen weiteten sich, als er sie an sich riss und ihr einen Kuss aufdrückte. Sie wehrte sich nicht. Nein, ganz im Gegenteil: Sie gab sich ihm vollkommen hin.

Er fuhr mit seinen Fingern durch ihr Haar und neigte ihren Kopf zur Seite. Er wollte ungehinderten Zugang. Schließlich trat er zurück. Sein Blick fiel auf ihr Gesicht. Ihre Wangen waren gerötet und Erregung löste seine Wut ab: *Verdammt*, nicht einmal ein Priester könnte ihr widerstehen. Sie war zu verführerisch.

Sie hatte die Regeln gebrochen. Konzentriere dich darauf, nicht auf Sex. Er packte ein Bündel ihrer Haare. „Die Regeln bei uns besagen, dass man nicht allein wandern soll. Hast du das vergessen?"

„Äh." Sie schnaubte. „Nein. ich wollte einfach nur wandern und es war keiner da, der mich hätte begleiten können."

Absichtlich ungehorsam, aber zumindest ehrlich. Er ließ von ihren Haaren ab und legte die Hand stattdessen um ihre Kehle. Er sah ihr tief in die Augen, als er den Griff festigte. „Rebecca, mach das nicht noch einmal. Hast du das verstanden?"

„Verstanden", sagte sie sanft.

Unter seinen Fingern spürte er, wie sich ihr Puls beschleunigte. Die unwiderstehliche Antwort einer Sub auf Kontrolle. Er wurde hart. In dem Moment musste er sich eingestehen, dass er ihr nicht fernbleiben konnte. Er würde sie zur Lodge zurückeskortieren. Ihr Herz war in Gefahr, genau wie seines.

„Jetzt bist du hier. Ich denke, wir finden eine Verwendung für dich", sagte er.

„Okay, kein Problem. Ich helfe gerne dabei, den Pfad aufzuräumen", sagte sie. Ihre Augen glitten zu einer Schaufel, die im Gebüsch lag. Als seine Finger den ersten Knopf des Flanellhemdes öffneten, schossen ihre Augen zurück zu ihm.

„Ich meine eine andere Art von Verwendung." Er schob seine Hand in das Körbchen ihres BHs und umfasste ihre nackte Brust. Sie schnappte nach Luft und er grinste. Oh ja, er hatte einige Ideen. Er war sehr kreativ.

***

Sie stiegen einen Hügel hinauf und fanden eine Bergwiese – ein Meer aus purpurfarbenen und gelben Wildblumen. Der Ort, an den sich die Swinger aufgemacht hatten, konnte nicht schöner sein, dachte Rebecca. Das Summen der Bienen, die geschäftig bei der Arbeit waren, mischte sich mit dem sanften Rauschen der Gräser im Wind.

Beim Betreten der Lichtung ließ Logan ihre Hand los und packte stattdessen ihr Handgelenk.

Rebecca erschauerte, als sie feststellte, dass er damit seine Dominanz über sie klarstellen wollte. Er hatte die Kontrolle. Sie fand seinen Blick und sah, dass er auf eine Reaktion von ihr wartete. Dieser Mann – *dieser Dom* – betrachtete sie so aufmerksam, wie das zuvor noch nie ein Mann getan hatte. Konnte er etwa ihre Gedanken lesen? Denn genauso fühlte es sich an. Sie fühlte sich wahnsinnig verletzlich.

Als würde er ihre Vermutung bestätigen wollen, hob er ihr Kinn zu sich und fragte: „Woran hast du gerade gedacht?"

„Tut mir leid, aber du musst nicht alles wissen." Sie versuchte, ihr Gesicht wegzudrehen.

Er ließ sie nicht los. Oh nein, er zog sie sogar noch enger an sich heran. Die Farbe seiner Augen verdunkelte sich: Jetzt sah sich Rebecca einem Stahlgrau gegenüber. „An sich stimme ich dir zu: Tagsüber gehören dir deine Gedanken. Es gibt allerdings eine Ausnahme: Wenn wir sexuell verkehren." Er hielt ihren Arm in die Höhe und wies auf ihr Handgelenk, um das seine Finger gespannt waren. „In dem Fall wirst du mir deine Gedanken und deine Gefühle mitteilen. Immer. Und ich erwarte, dass du ehrlich bist."

Sie schluckte schwer. Hitze jagte durch ihren Körper und trotzdem erschauerte sie. Sie redete gerne mit Leuten, teilte jedoch niemals private Gedanken und Gefühle.

„Lass uns das nochmal versuchen", sagte er sanft. „Woran hast du gerade gedacht?" Sein Daumen und Zeigefinger hielten ihr Kinn an Ort und Stelle.

„I-Ich ..." Als ob sie ihm sagen würde, dass sie sich verletzlich fühlte. Danach würde sie sich bestimmt besser fühlen. *Is' klar.* „Ich habe gerade ..." *Erzähl ihm von den Blumen und den –*

Er kam ihr zuvor. „Rebecca, lüg mich nicht an", warnte er sie.

Die Strenge in seinen Augen und seiner Stimme bewirkte, dass sich ihre Beine wie gekochte Spaghetti anfühlten.

Sein Blick wurde sanfter. „Ah, meine Süße, das ist alles noch so neu für dich." Er lächelte und nahm sie in die Arme. Sie schmiegte ihre Wange an seine Brust und gleich darauf wickelten sich seine stahlharten Arme um sie.

Erleichtert legte sie die Arme um ihn. Manchmal machte er ihr ein bisschen Angst.

„Ich warte."

Verdammt. Sie lehnte die Stirn an seine Brust und richtete den Blick auf den Boden. Seine abgewetzten Stiefel standen fest auf der Erde und selbst die Jeans konnte nicht verschleiern, wie muskelbepackt seine Schenkel waren. Er war ein starker Mann – Betonung auf Mann. Er war nicht nur ein Junge im Körper eines Erwachsenen, sondern ein wahrhaftiger Mann. Ihre Verteidigung brach zusammen. „Mir ist aufgefallen, wie intensiv du mich betrachtet hast", sagte sie zu seinen Stiefeln. „Es fühlte sich an, als könntest du meine Gedanken lesen."

„Und wie hast du dich dabei gefühlt?" Wie das Skalpell eines Chirurgen, das sich präzise dem Krebsgeschwür näherte, so fand auch Logan den Kern des Problems. Sie versuchte zurückzuweichen. Er reagierte und legte seine Hand wieder um ihre Kehle. Der Griff tat nicht weh, sollte ihr aber eine Sache klarmachen: Eine Flucht würde er ihr nicht gestatten.

„Verletzlich, verdammt. Ich fühle mich verletzlich."

„Na bitte", flüsterte er. Er zog sie wieder an seinen Körper und rieb seine Wange an ihren Haaren. „Dass diese Verletzlichkeit dich erregt, macht es nur noch schlimmer, oder?"

Oh Gott. Genau das war ja der Teil, an den sie nicht denken wollte. Ein Schauer durchfuhr sie und er lachte. *Verdammter Mistkerl.*

Er lief zu einem Baumstumpf, nahm darauf Platz und zog Rebecca zwischen seine Beine. „Du bist kein Swinger, Rebecca." Er packte ihre Arme fester. Sie hatte keine Möglichkeit, ihm zu entkommen. Was passierte? Sie wurde feucht. „Aber du bist eine Sub."

Er sagte das so beiläufig, als wäre es keine große Sache, und trotzdem spürte sie, wie sich ihr Magen zusammenzog.

Er lockerte seinen Griff und streichelte mit seinen Händen über ihre Arme. „Die letzte Nacht hast du eine Kostprobe davon bekommen, und es hat dir gefallen. Und jetzt bist du verängstigt."

„Kann man so sagen", murmelte sie.

„Du könntest wegrennen, aber das würde nichts an deiner Natur ändern. Es würde nicht ändern, nach was du dich im Bett verzehrst."

Nicht gerade, was sie hören wollte.

„Und da du nun schon mal hier bist ... und ich auch hier bin, solltest du vielleicht die Gelegenheit nutzen, um mehr über BDSM zu lernen."

Seine Hände auf ihrem Körper entlockten ihrem Geschlecht

eine Reaktion. Er schaffte es, ein Feuer in ihr zu entfachen. Durch die Art, wie er Kontrolle über sie ausübte. Durch die Worte aus seinem Mund und ... einfach alles.

Nichtsdestotrotz ging er jetzt emotional auf Abstand. Er wartete auf ihre Antwort. Er ließ ihr die Wahl.

Wenn sie wollte, dann konnte sie diese fremde Welt betreten. Sollte sie aber nicht. Kinky Sex war nichts für sie, richtig? Genau in diesem Moment erinnerte sie sich an Ashleys Worte. *Ich bin wirklich frigide.*

„Gut zu wissen."

Sie schaute ihn entsetzt an. Hatte sie das gerade laut gesagt? „Das hat Matt zu Ashley gesagt", murmelte sie. *Wie erniedrigend.* Ashleys Worte und Matts Meinung zu wiederholen, besiegelte ihre Entscheidung. Sie war an diesen Ort gekommen, um eine Antwort auf ihre Sexualität zu finden. BDSM war der Schlüssel. Herumkommandiert zu werden, gefesselt zu werden ... Das erregte sie und doch konnte sie sich nicht vorstellen, das einfach mit irgendjemandem zu machen. Mit irgendeinem Dom.

Sie starrte Logan an – sah seinen starken Kiefer, den gelassenen Ausdruck und die entschlossenen Lippen. Er sah aus wie ein Mann, der sich selbst kannte und der es nicht nötig hatte, einem geheimen Plan nachzugehen. Sie vertraute ihm. Größtenteils. Er mochte sie manchmal ängstigen, aber er würde sie nicht verletzen. Bei ihm war sie sicher.

Okay. Na dann. Er machte ihr ein Angebot, das sie nicht ausschlagen konnte. Sie atmete tief ein. Sie hatte das Gefühl, auf einer Klippe zu stehen, die tosenden Wassermassen unter ihr. Und dann sprang sie. „Ich will weitermachen."

Logan spannte seine Beine um sie herum an und hielt sie damit gefangen. Ihr Herz stockte, als er sich an die Knöpfe des Flanellhemdes machte, das ihren Körper wärmte. „Du erinnerst dich an dein Safeword?", fragte er.

„Rot, richtig?"

„Sehr gut." Das Lob in seiner Stimme wärmte sie wie eine kuschelige Decke und vergraulte die letzten Reste ihrer Angst.

Ihr Hemd war offen. Er fackelte nicht lange und zog es ihr aus. Ihr Unterhemdchen und ihr BH folgten. Halbnackt stand sie vor ihm. Im Freien. An einem sonnigen Tag.

Er umfasste ihre Hände, bevor sie sich bedecken konnte, und sah sie mit einem erbarmungslosen Blick an. „Für die nächste Stunde gehört dieser Körper mir. Hast du das verstanden?"

Seine Hände packten ihre nackten Brüste. Seine Berührungen, seine Worte ... sie erschauerte.

„Kleine Sub, deine Antwort lautet: ‚Ja, Sir'." Geduldig wartete er.

Sie versuchte zu schlucken, doch ihr Mund war wie ausgetrocknet. „Ja, Sir", flüsterte sie.

„Sehr gut." Er stand auf und führte sie um den Baumstumpf herum. Dahinter lag der Stamm und zeigte Richtung Tal. Die Oberfläche war glatt geschmirgelt und schwarze Manschetten mit Klettverschluss baumelten seitlich an eisernen Ringen. Er legte sie auf den Rücken, positionierte sie und streckte dann seine rechte Hand aus. „Gib mir deine Handgelenke."

Als sie zögerte, ließ er keine Ungeduld aufkommen: Er beobachtete sie lediglich. Sie vertraute ihm und konnte sich trotzdem nicht bewegen. Sie hatte dafür keine Erklärung. Beklemmung machte sich in ihr breit und ihr blieb die Luft weg. Aber sie vertraute ihm. *Ja, sie vertraut ihm.* Auf dieses Gefühl konzentrierte sie sich, als sie ihre Hände in seine legte.

Dann hob er ihre Hände über ihren Kopf und lehnte sich nach vorn. Er senkte sein Gewicht auf sie und sie spürte, wie er etwas um ihr rechtes Handgelenk legte, gefolgt von ihrem linken.

Sie sog scharf den Atem ein. Ihre Handgelenke waren gefesselt. Sie drehte den Kopf und versuchte, einen Blick zu erhaschen. *An den Baumstamm.* Er hatte sie an den Baumstamm gefesselt.

Sie riss an ihren Einschränkungen. Unaufhörlich bewegte sie sich auf eine Panikattacke zu. Ihr Herz raste, ihre Atmung völlig außer Kontrolle und dann platzte es zitternd aus ihr heraus:

„Logan, das gefällt mir nicht." Sie rutschte unter ihm hin und her.

Er nahm ihr Gesicht zwischen seine Hände und gebot mit seinen sanften und unnachgiebigen Fingern ihren wilden Bewegungen Einhalt. „Rebecca, sieh mich an."

Der Befehl hatte seinen erwünschten Effekt: Sie sah ihm in die Augen.

„Ich werde dich nicht verletzen, meine Kleine. Glaubst du mir das?"

Sie schaute in seine blauen Augen. Streng, stark, kraftvoll, aber nicht grausam. Er sagte ihr immer die Wahrheit. Sie nickte.

Ein Grübchen erschien auf seiner Wange, obwohl er nicht lächelte. „Sehr gut. Der Beginn von Vertrauen. Ich werde nicht verschwinden und ich werde dich nicht verletzen. Deine Aufgabe besteht darin, mir zu vertrauen. Vertraue mir für – sagen wir eine Stunde – und danach reden wir darüber. Kriegst du das hin?"

Eine Stunde? Die ganze Zeit wäre sie im Freien halbnackt an einem Baum gefesselt! Seine Augen blieben auf sie gerichtet und gaben ihr die Ruhe, die sie brauchte. Sie schaffte es, ihm zuzunicken.

Ein zufriedenes Lächeln formte sich auf seinen Lippen. „Braves Mädchen." Er lehnte sich vor und leckte über einen Nippel. Sie zuckte zusammen. Siedende Hitze schoss durch ihre Adern. Sie riss an ihren Fesseln und ihr wurde immer heißer. Nach einer Sekunde bemerkte sie, dass Logan von ihr abgewichen war. Er stand über ihr. Mit seinem intensiven Blick begutachtete er sie wie einen gefundenen Schatz.

Sie musste ein Stöhnen unterdrücken, als er ihre Brüste umfing und mit den Daumen über ihre aufgerichteten Nippel rieb. Die verschiedensten Empfindungen brachen über sie herein. Sie warf den Kopf in den Nacken. Dieses Mal gelang es ihr nicht, das Stöhnen zu unterdrücken.

. . .

„Ich nehme das mal als ein ‚Ja'", sagte Logan. Er schritt weit genug zurück, damit er einen Riemen um die Taille der kleinen Sub legen konnte. Er befestigte diesen und achtete darauf, dass alles festsaß. Auf diese Weise nahm er die Spannung aus ihren Armen.

Sie schaute ihn aus großen Augen an. Ihr Atem ging schneller und er konnte das heftige Klopfen ihres Herzens fühlen, wenn er eine Hand auf ihre linke Brust legte. Es war faszinierend zu beobachten, dass ihr Schrecken verflog, je erregter sie wurde.

Er musste ihr beweisen, dass er ihr Vertrauen verdiente. Die Anspannung in ihren Augen und das Beben ihres Körpers waren wie ein wahrgewordener Traum für ihn. Für einen Dom. Er wandelte auf einem schmalen Grat. Er kontrollierte nicht nur sie, sondern musste auch die Kontrolle über sich behalten. Er musste die Session nach ihrer beider Bedürfnisse ausrichten.

Er küsste sie, eroberte ihren Mund langsam und ausgiebig, während er mit seinen Händen ihre üppigen Brüste erkundete. Ihre Nippel salutierten ihm, aber noch waren sie nur ein zartes Rosa. Die Farbe von Zuckerwatte. Er wollte mehr. Er senkte den Mund auf ihre Nippel, leckte und saugte, bis sie steinhart waren und sie sich mit einem leuchtenden Rot präsentierten. Der kurvige Körper fühlte sich unter seinen Händen heißer an als die Sonne auf seinen Schultern.

Er machte sich an ihre Jeans und ihr Höschen. Sofort erstarrte sie. Er wollte sie nackt und riss ihr die restliche Kleidung vom Leib. Um fair zu bleiben, zog er sich sein Hemd aus.

Ihr Blick labte sich an seiner Brust und sie lächelte ihn an. Als ihr Körper sich entspannte, musste er annehmen, dass sie glaubte, das wär's gewesen. Sie dachte, jetzt käme der Sex. Seine kleine Sub musste noch viel lernen.

Er kniete sich vor sie, packte ihren rechten Knöchel und genoss es, als sie im stillen Protest versuchte, ihre Beine geschlossen zu halten. In den Erdboden war ein eiserner Pfahl geschlagen worden. Daran hing eine Fessel mit Klettverschluss. Er legte die Fußfessel um den Knöchel. Als er das Gleiche mit ihrem anderen Bein machte, hörte er sie wimmern. Er trat zurück und nickte zufrieden. Sehr schöne Präsentation. Ihre Pussy flehte ihn regelrecht an, näher zu kommen.

Er lehnte sich vor und rieb mit den Händen über ihre gefesselten Arme, bis sich ihr Atem verlangsamte und sie aufhörte, an den Fesseln zu ziehen. „So gefällst du mir, kleine Rebellin", sagte er und ihre Augen sahen ihn erschreckt an. „So offen und bereit für alles, was ich dir geben will."

Sie konnte nicht verbergen, wie ihr Körper auf seine Worte reagierte. Ein Lustschauer bahnte sich einen Weg durch ihren erhitzten Leib und ihre Pupillen weiteten sich.

Er setzte sich auf den Baumstumpf. Er und Jake hatten dieses ‚Equipment' sorgfältig konstruiert. Der schräg ausgerichtete Baumstamm kam einem Bondagetisch sehr nah und der abgeschmirgelte Baumstumpf diente als Stuhl. Eine Bondagegruppe am letzten Wochenende hatte Versuchspersonen zur Verfügung gestellt. Auf diese Weise hatten sie Handfesseln und Ketten so positionieren können, dass die Pussy einer Sub in Szene gesetzt wurde und der Baumstumpf eine perfekte Aussicht bot.

Sein Schwanz zuckte. Die kleine Sub lag wie ein Festmahl vor ihm ausgebreitet. Arme über dem Kopf, bebende Brüste wegen ihrer unregelmäßigen Atemzüge, die Nippel vor Erregung hart wie Diamanten. Vor Nässe glitzerte ihr rotgoldenes Schamhaar im Sonnenlicht und ihre Beine waren so weit gespreizt, dass ihre Schamlippen einladend hervorstanden.

Er fuhr mit einem Finger durch ihre feuchte Spalte und lächelte. Sie mochte ein bisschen Angst haben. Jedoch war es genau diese Angst, die sie extrem feucht machte. Er verteilte ihre Nässe, strich über ihre Klitoris und ein Wimmern ihrerseits belohnte ihn.

Die Swinger hatten sie als frigide bezeichnet. *Idioten*. Er legte eine Pause ein und sein Blick fiel zum Crone Mountain. Dort hatte Jake die anderen hingeführt. Die Gold-Dust-Wasserfälle lagen ... dort drüben, nicht weit weg, in Rufweite. Ein Schreien wäre zu hören. Ihm war es verflucht nochmal egal, was die

Swinger dachten. Allerdings war er sich ziemlich sicher, dass diese Einstellung nicht auf Rebecca zutraf. *Sei's drum.*

Sein Schweigen rief Unruhe in ihr hervor. Voller Erwartung rutschte sie hin und her. Er lehnte sich zurück, um den Anblick zu genießen. Eine wunderschöne, kurvige Sub: gefesselt, nervös und feucht. Er hatte vor, ordentlich Gebrauch von ihr zu machen.

Zuerst wollte er sie singen hören. Er lehnte sich vor und umkreiste mit dem Finger ihre Klitoris. Er ignorierte, wie sie vor Lust nach Luft schnappte. Stattdessen trieb er sie schnell und erbarmungslos einem Höhepunkt entgegen.

Er nahm seine Hand weg und sie versuchte, ihm mit den Hüften zu folgen. Vergeblich. Schließlich war sie gefesselt. Ihre Augen öffneten sich, vernebelt vor Verlangen. Es folgte Frustration, dann wieder Verlangen und erneut Frustration, als er ihr nicht gab, was sie brauchte.

Er sah einfach zu, wie sie auf kleiner Flamme kochte: Sie musste lernen, wer die Zügel in der Hand hielt. Auf ihrem Gesicht konnte er beobachten, wie sich Wut manifestierte und ihre Begierde vertrieb.

Erst dann lehnte er sich wieder vor und leckte über ihre Klitoris.

KAPITEL ZEHN

Bei dem **Kontakt** seiner Zunge mit ihrer Klitoris warf Rebecca den Kopf in den Nacken. Sie stöhnte. Sie versuchte, ihm ihr Becken entgegenzustrecken, doch die Fesseln lagen zu straff um ihren Körper. Bei der Erkenntnis erschauerte sie. *Offen und bereit für ihn.*

Er leckte sie und jeder Zungenschlag führte sie tiefer ins Land der Lust. Ihre Beine zitterten vor unerfüllter Begierde. *Oh Gott, bitte, gleich bin ich soweit. Nicht aufhören.* Seine Zunge neckte, quälte, betörte und schürte das Feuer in ihr. Der Höhepunkt nahte. Ihr Körper spannte sich an und ihre Hüften drängten nach vorne, so weit wie der Riemen es erlaubte.

Wieder stoppte er.

Nein! Ihre Klitoris war geschwollen und pochte im Rhythmus ihres Herzschlags. Sie konnte ein Winseln nicht unterdrücken. „Biiiiiitte. Nicht aufhören!"

Er antwortete nicht.

Sie hob den Kopf von ihrer liegenden Position, um ihn anzusehen.

Er saß zwischen ihren Beinen. Die Sonne glitzerte auf seinen gebräunten Schultern. Als ihre Blicke sich trafen, verzogen sich seine Mundwinkel. Er legte eine schwielige Hand auf ihren Schenkel und drückte.

Die Berührung wirkte sich sofort auf ihre Klitoris aus und verschlimmerte ihren Zustand. Alles, was er tat, machte es schlimmer! Er verweigerte ihr mit Absicht den Orgasmus. *Verdammter Mistkerl.* Sie ließ ihren Kopf zurück auf den Baumstamm fallen und zerrte an ihren Fesseln. Wie sollte sie das noch länger aushalten! „Das Spiel gefällt mir nicht mehr –"

Etwas umkreiste ihren Eingang. Dieses etwas drang in sie ein, schnell und hart. Sein Finger.

Es fühlte sich an, als hätte er in ihrem Körper einen Stromkreis kurzgeschlossen. „Aaaah!" Ihre laute Stimme erschreckte sie und ihre Hüfte spannte sich an. *Oh Gott.* Sie war im Freien. Sie konnte doch nicht rumschreien!

Er näherte sich mit dem Mund ihrem Geschlecht und leckte rechts an ihrer Klitoris vorbei. Immer, wenn sich seine Zunge zurückzog, kam sein Finger zum Einsatz und streichelte ihre inneren Schamlippen. Das wiederholte er: Erst Zunge, dann Finger, dann wieder Zunge, und erneute sein Finger.

Es war nicht genug. Nicht genug und doch viel zu viel, als dass ihre Erregung hätte abflauen können. Sein Finger und seine Zunge arbeiteten als Team, bis sie zitternd am Abgrund hing. Jede kalkulierte Berührung schoss wie ein Blitz durch ihren Körper. Der Druck baute sich auf, bis sie nicht mehr denken konnte. Ihr Körper hatte die Kontrolle übernommen. Sie zitterte und bebte unkontrolliert, für eine halbe Ewigkeit, bis ...

... er seine Lippen um ihre Klitoris schloss, fest daran saugte und mit seinem Finger den Punkt in ihr fand, der die Folter zuvor vergessen ließ.

Lust explodierte in ihrem Körper. Der Himmel über ihr schien in eine Million leuchtende Teile zu zerspringen. Verzweifelt hob sie ihr Becken in die Höhe, doch auch dieses Mal unterband der Riemen um ihre Taille ihr jegliche Bewegung. Die Ekstase brach wie eine Welle über ihr zusammen.

Sie spürte, wie er seinen Kopf hob und seinen Finger aus ihr herauszog. Ihr gesamter Körper erschlaffte wie ein Ballon, aus dem jemand die Luft gelassen hatte. Ihre Schreie hallten durch den Wald und über die Berge und kamen als Echo zurück. *Oh Gott. Hatte sie etwa –*

Bevor das Echo komplett verklang, lehnte Logan sich wieder vor und umschloss mit den Lippen ihre Klitoris. Ein sanftes Saugen, begleitet von zwei Fingern, mit denen er in sie eindrang.

Alles in ihr zog sich zusammen und dann explodierte sie aufs Neue. Ein gedehnter Schrei löste sich aus ihrer Kehle, während die Wände ihres Geschlechts um seine Finger pulsierten.

Er ließ nicht von ihr ab, zog den Orgasmus in die Länge, bis sie so erschöpft war, dass sie keinen Ton mehr herausbrachte.

Er stand auf und legte sich auf sie. Seine Nähe besänftigte sie.

Sie entließ ein zufriedenes Seufzen und blinzelte mehrmals. „Ich bin noch nie ... Das war ... wow ... wundervoll." Ihre Stimme klang komisch. Heiser und belegt. Ihr Rachen schmerzte vom Schreien.

Er legte seine muskulösen Arme über ihre ausgestreckten Arme und nahm ihren Mund mit seinem in Besitz. Damit brachte er sie erfolgreich zum Schweigen. Sie konnte sich selbst auf seinen Lippen schmecken, als er sie zärtlich und ausgiebig küsste.

Er war gerade so liebevoll und sie konnte nicht dankbarer sein. Trotz der Lethargie, die sich über ihren Körper gelegt hatte, tobte in ihrem Inneren noch immer ein lüsterner Sturm. In den letzten beiden Tagen hatte sich ihre Welt aus den Angeln gehoben. Wer war sie? Nur wenn er sie küsste, konnte sie diese Frage ohne Probleme beantworten: Sie war Rebecca, die mit dem BDSM-Lifestyle experimentierte.

Logan hob seinen Kopf und legte eine Hand auf ihre Wange. „Du warst wundervoll, kleine Rebellin", flüsterte er. „Empfänglich und leidenschaftlich. Noch nie habe ich eine Frau so genossen wie dich."

Seine Worte machten sie unsagbar glücklich. Leidenschaftlich? Sie? Dann runzelte sie die Stirn. „Aber du hast doch gar nicht ... Ich verstehe nicht, wie du dann – "

„Süße, so wie du es genießt, Kontrolle abzugeben, genieße ich es, Kontrolle auszuüben." Er biss ihr in die Schulter und ein brennender Schmerz jagte durch ihren Körper. „Dich zum Beben zu bringen, zum Stöhnen ..." Er warf ihr einen verführerischen Blick zu. „Und zum Schreien."

„Oh." Wenn sie nicht von den Fesseln und dem Riemen gehalten worden wäre, würde sie jetzt dahinschmelzen. „Wirst du mich jetzt wieder losbinden?"

Das Glühen in seinen Augen beunruhigte sie. „Nein, meine kleine Sub. Jetzt werde ich dich ficken." Seine Augen blieben auf sie gerichtet und sie konnte hören, wie er den Reißverschluss seiner Hose öffnete. Dann zog er ein Kondom hervor und zog es sich über seine Länge. Seine warmen Hände streichelten über ihre Schenkel, nach oben zu ihrer Pussy. Er spreizte sie mit den Daumen und führte einen Finger in sie hinein. Bei der intimen Berührung schnappte sie nach Luft.

„Du bist so feucht. So bereit für mich. Ich werde dich hart nehmen und du kannst nichts tun, um mich davon abzuhalten. Also genieße den Ritt."

Seine Worte lösten etwas in ihr aus. Das zufriedene Lächeln auf seinem Gesicht bewies ihr, dass er ihre Erregung am Finger gespürt hatte. Sein Finger glitt heraus. Eine Sekunde später positionierte er seinen Schwanz an ihrer Öffnung. Er rieb mit der Eichel über ihre feuchte Spalte. Die Ruhe vor dem Sturm. Seine rechte Hand fand ihre Klitoris und schnellte über das geschwollene Nervenbündel. Sie richtete den Blick nach unten und versuchte, etwas zu erkennen.

„Sieh mich an, Rebecca." Seine Stimme war tief, sein Blick durchdringend. Und dann stieß er in sie. Ein Stoß genügte, um sich tief in ihr zu vergraben. Sie öffnete sich für ihn. Sein Schwanz war jedoch so dick, dass es ein wenig schmerzte. Ihr Atem ging stoßweise. In ihren Ohren rauschte das Blut. Sie wimmerte, als sein Schambein mit ihrer überstimulierten Klitoris in Kontakt trat.

Er zog sich zurück. Sein nächster Stoß raubte ihr den Atem und den Verstand.

Er beschleunigte das Tempo und ein schiefes Lächeln bildete sich auf seinen Lippen. Jeder Stoß war so kraftvoll, dass sich die Fesseln um ihre Knöchel enger spannten und sie gegen den Baumstamm gedrückt wurde. Indem er gleichzeitig in einen ihrer harten Nippel zwickte, kreierte er eine Symbiose aus Lust und Schmerz, die ihren Körper für diesen Moment beherrschte. Siedend heiße Begierde fuhr zu ihrer Klitoris und traf dort auf die Empfindungen, die seine rhythmischen Stöße auslösten.

Plötzlich verwandelten sich die erotischen Gefühle in eine fieberhafte Gier. Bei jedem Stoß rieb sein Schambein gegen ihre Klitoris. Sie brannte vor Verlangen. Sie versuchte, ihre Hüfte zu rotieren und sich seinen Bewegungen entgegen zu heben. Sie wollte schneller ans Ziel gelangen.

Er lachte tief. „Also gut. Ich denke, ich habe dich für heute genug gefoltert." Erneut schob er die Finger zwischen ihre nassen Schamlippen und rieb mit seinen erfahrenen Fingern im Rhythmus seiner vernichtenden Stöße über ihre Klitoris. Höher und höher trieb er sie. Er ließ sie fliegen. Ihre Pussy kündigte pulsierend einen Orgasmus an. Ein verzweifeltes Stöhnen löste sich aus ihrer Kehle.

„Komm für mich, Rebecca." Sein Befehl erreichte ihre Ohren, während seine Finger in ihre Klitoris zwickten und er seinen Schwanz hart in ihr vergrub.

Sie explodierte und ihr Orgasmus hinterließ ein Feuer, das sich von der Stelle, an der sie eine Einheit bildeten, in ihrem ganzen Körper ausbreitete.

Begleitet von einem tiefen Lachen packte er ihre Hüften auf beiden Seiten und hämmerte hart und unkontrolliert in sie. Er knurrte und verlor sich ein letztes Mal in ihrer Hitze. Dann fand auch er zu seiner Erlösung.

Ein kleines Seufzen entrang ihm. Er lehnte sich zurück, löste die Fesseln um ihre Handgelenke und legte sich wieder auf sie. Rebecca schlang die Arme um ihn. Sie konnte die Spannung in seinen Muskeln ertasten, da er sich auf die Ellbogen stützte, um sie etwas von seinem Gewicht zu entlasten. Seine Brust war heiß, schweißgebadet und rieb über ihre Brüste.

Seine Bartstoppeln kratzten über ihre empfindliche Haut, als er ihr Gesicht und ihren Hals liebkoste. Dann fanden seine Lippen die ihren und sie öffnete sich ihm auf eine Weise, wie sie das noch nie für einen Mann getan hatte. Sie wollte ihm geben, nach was auch immer er sich verzehrte.

Was für ein beängstigender Gedanke. Noch nie zuvor hatte sie sich so gefühlt. Noch nie hatte sie derartig die Kontrolle verloren. Sie war ein rational denkender Mensch. Sie? Kontrollverlust? *Verdammt*, sie hatte keine Chance gehabt. Das hätte ihr von Anfang an klar sein müssen. Vom ersten Augenblick hatte er mit ihr gemacht, was er wollte. Bei dieser Schlussfolgerung erschauerte sie und das drängte sie dazu, ihre Arme um ihn zu festigen.

Er fühlte ihre Reaktion und hob den Kopf. „Sagst du mir, was dir gerade durch den Kopf geht?"

„Nein." Sie schloss ihre Augen und wünschte, dass sie ihr Gesicht verbergen könnte. Irgendetwas stimmte nicht mit ihr. Wer genoss es schon, auf diese Weise kontrolliert zu werden? Sie fühlte, dass er sie ansah. Ein Gefühl, wie warmes Sonnenlicht auf ihrer Haut. Sein Schweigen machte sie nervös. Sie riskierte einen Blick.

Seine Augen waren angefüllt von den Farbenspielen eines Winterhimmels. Er legte eine Hand um ihre Kehle, fest genug, dass sie seine Stärke und seine Hitze fühlen konnte, und dann sagte er in einem tiefen, rauen Tonfall: „Beim nächsten Mal werde ich kein Erbarmen zeigen. Ich werde dich für mein Vergnügen fesseln und deine Schenkel so weit spreizen, dass ich in deine Pussy hineinsehen kann."

Ihr Geschlecht zog sich bei der Vorstellung zusammen.

„Dann werde ich dich umdrehen, dich fest packen und dich

von hinten ficken." Er demonstrierte seine Aussage, indem er seine Hände auf ihre Hüften legte und fest zupackte.

Ihre Pussy zuckte um seinen Schwanz und sie stöhnte.

Die Fältchen in seinen Augenwinkeln vertieften sich und er presste einen Kuss auf ihre Lippen. „Du musst deine Gedanken nicht laut aussprechen, Kleines. Dein Körper verrät mir, was ich wissen muss."

Sie konnte fühlen, wie sie rot wurde und die Hitze über ihren Hals zu ihrem Gesicht wanderte. Er beobachtete das Phänomen mit einem zufriedenen Grinsen auf den Lippen.

Am späten Nachmittag gingen sie zur Lodge zurück und Logan entriegelte die Tür, die zur Treppe seiner Wohnung führte. „Du kannst bei mir duschen. Ich werde die Dusche bei Jake benutzen. Es wird nicht lange dauern, bis deine Gruppe vom Ausflug zurückkehrt."

Seine kleine Rebellin rümpfte die Nase. Anscheinend gefiel ihr der Ausblick ganz und gar nicht, mit den Swingern zu Abend zu essen. Als sie bereits die Treppen hochstieg, sagte er: „Nimm dir ein neues Flanellhemd aus dem Schrank."

Ihre einzige Reaktion: ein kleines Lachen. Er beobachtete, wie sie die letzten Stufen erklomm. Er schaffte es nicht, den Blick von dem hinreißenden Hintern in ihrer Jeanshose zu nehmen. Bisher hatte er sie noch nicht von hinten genommen. Die Worte von heute Nachmittag gingen ihm nicht mehr aus dem Kopf. Er wollte seine Finger in ihre weichen Hüften krallen und sie an sich ziehen ...

Logan schaute finster zu seiner Wohnungstür, durch die Rebecca gerade in seine Räumlichkeiten getreten war. Nicht mehr lange und sie würde abreisen. Und er würde sie vermissen. Das wusste er schon jetzt.

Er hatte sie schließlich vom Baumstamm losgebunden und zusammen hatten sie den Pfad aufgeräumt. Sie hatte darauf bestanden, ihm zur Hand zu gehen. Es war offensichtlich, dass sie zuvor noch nie einer Tätigkeit wie dieser nachgegangen war. In den Pausen hatten sie die Umgebung in Augenschein genommen. Im Wald gab es immer viel zu sehen und zu entdecken: Eine winzige Spitzmaus, die unter einem Stein hervorkrabbelte; eine Hirschkuh, die sich mit ihrem Kalb hinter einem Busch verbarg; ein Kolibri, der über blühenden Habichtskraut schwebte. Mehr als einmal hatte er sie sagen hören: *Ich brauche meine Farben.* Sie lachte oft und ging mit Spaß an die Arbeit, ohne sich Sorgen um ihre schicke Kleidung oder ihre zarten Hände zu machen.

Bei der Errichtung einer Flussdurchquerung hatten sie immer wieder darüber diskutiert, wo Steine positioniert werden sollten. Dabei hatte sie die Hände in die Hüften gestemmt und ihn mit ihren ausdrucksstarken Augen angefunkelt. Jedes Mal, wenn sie ihn so ansah, wurde sein Schwanz so hart wie die Steine, über die sie diskutierten. Nur nebenbei bemerkt: Sie hatte jedes Argument gewonnen.

Logan grinste. Sein Grinsen verharrte nicht lange auf seinen Lippen. Es kam ihm ein Gedanke, der seine Mundwinkel Richtung Süden schickte. Er rieb sich mit der Handfläche übers Gesicht und seufzte. Hinterrücks hatte ihn die kleine Rebellin mit ihrem bezaubernden Lachen, ihrer Intelligenz und den grünen, aufmerksamen Augen überfallen.

Sie war unterwürfig im Bett. Ansonsten bestach sie durch einen resoluten Charakter: Sie war keine Sklavin, die darauf hoffte, vierundzwanzig Stunden am Tag seiner Kontrolle zu unterstehen. Nachdem er miterleben musste, wie Jakes und Mimis Beziehung in die Brüche gegangen war, wusste Logan, dass er an dieser Art der Unterwerfung kein Interesse hatte. Er erinnerte sich an Mimis Gesichtsausdruck, als Jake ihr das Halsband abgenommen hatte und an Jakes Verzweiflung, als er Logan mitteilen musste, dass sie sich kurz darauf das Leben genommen hatte.

Er hörte, wie oben die Dusche anging, und schüttelte den

Kopf. Wieso musste er ausgerechnet jetzt an Jake und Mimi denken? Oder an Becca? Schließlich würde sie schon Übermorgen wieder aus seinem Leben verschwinden.

Verdammte Scheiße.

Rebecca kam genau in dem Moment wieder ins Erdgeschoss, als Logan in einem Raum verschwand, den sie bisher noch nicht kannte. Sie folgte ihm und ihre Kinnlade fiel herunter. Ein Billardtisch stand auf der einen Seite, mit Queues an der Wand. Eine Tischtennisplatte und ein Kickertisch nahmen die Mitte des Raumes ein. Eine Dartscheibe hing an der gegenüberliegenden Wand vom Eingang. „Wow. Verbringt ihr hier eure Winter?"

Logan drehte sich um. Er strahlte sie an. Seine Augen waren noch nie so blau gewesen. „Nein, sobald der erste Schnee fällt, machen wir die Türen zu und verziehen uns in wärmere Gefilde. Dann gehen wir tauchen, segeln oder Hochseeangeln."

Oh, sie sah ihn vor sich: Shorts, barfuß, oberkörperfrei. *Oh ja,* halbnackt mit dieser beeindruckenden Brust, den breiten Schultern und dieser gebräunten Haut. Sie schüttelte ihren Kopf – *böse Rebecca* – und sagte leichthin: „Klingt nach Spaß."

„Das ist es." Er nickte. „Such dir ein Spiel aus, Rebellin."

Sie verschränkte die Hände hinter ihrem Rücken und begutachtete alles ganz genau. Alles war in einem ausgezeichneten Zustand. Sie merkte sofort, dass die Jungs ihre Spielzeuge mochten. Als sie bei ihm ankam, grinste sie. Bei ihrem Job in der Studentenverbindung hatte sie nicht nur das Kochen gelernt. „Lass uns mit Poolbillard anfangen. Der Gewinner darf sich das nächste Spiel aussuchen."

Sein Blick senkte sich und er schmunzelte.

Sie folgte seinem Blick. *Oh Mist!* Die Position ihrer Hände setzte ihre Brüste in dem Flanellhemd besonders gut in Szene.

„Und der Verlierer?" In seinen Augen glühte ein Funke auf,

dem sie nicht vertraute. Zumal er die Hand hob und mit den Fingerknöcheln über die entblößte Haut ihres Ausschnittes strich.

„Ah. Der Verlierer darf sich kein Spiel aussuchen?", sagte sie einfallslos. Wie schaffte er es nur, sie mit einer Berührung völlig aus dem Konzept zu bringen?

Er lachte tief und gab ihr einen Billardstock. „Du machst den Eröffnungsstoß."

Eine halbe Stunde später hätte sie gern ihr Hemd ausgezogen. Allerdings schien ihr das wenig angebracht. Ihr war unglaublich warm. Entweder lag es an der Nähe zu Logan oder sie war frühzeitig in die Menopause gelangt und litt unter Hitzewallungen.

Wie konnte Logan ein einfaches Spiel Poolbillard in ein sinnliches Abenteuer verwandeln? Seine Aufmerksamkeit schien auf dem Tisch zu liegen. Das täuschte. Bei jedem sorgfältig ausgewählten Stoß kam er ihr so nah, dass er sie berühren konnte. Ein Tätscheln an der Schulter, eine Hand an ihrer Taille oder auf ihrem Po. Wenn sie sich ausstreckte, um ihren Stoß auszuführen, positionierte er sich gegenüber von ihr. Sein sengendheißer Blick fühlte sich wie eine Berührung an. In der Tat hatte sie den Eindruck, dass er ihre Brüste mit seinen Händen gepackt hatte.

Er gewann mit einer verdammten Kugel Vorsprung. Nächstes Mal würde sie sich an ihm ein Beispiel nehmen und mit seiner hinterlistigen Methode gewinnen.

Nachdem er die Queues weggehängt hatte, sagte er: „Der Gewinner erhält einen Siegerkuss." Ohne auf ihre Antwort zu warten, zog er sie in seine Arme. Er packte ein Bündel ihrer Haare, riss ihren Kopf in den Nacken und presste einen Kuss auf ihre Lippen. Seine andere Hand fuhr zur Unterseite ihres Hinterns. Er hob sie auf die Zehenspitzen und ließ sie seine steinharte Erektion spüren. Er tauchte mit seiner Zunge tief in ihren Mund und dominierte sie auf dieselbe Weise, wie er es vorher mit ihrem Körper gemacht hatte.

Die betörenden Berührungen während des Spiels waren wie

Zündholz gewesen, das plötzlich in Flammen aufging. Sie schlang ihre Arme um seinen Nacken und gab ihm alles, wonach er verlangte.

Mit einem tiefen Knurren ließ er sie los – so plötzlich, dass sie ihr Gleichgewicht verlor. Er packte sie gerade rechtzeitig an den Oberarmen, so dass sie nicht auf ihrem Hintern landete. Er hatte ein umwerfendes Grinsen. Ein Grinsen, dass nicht nur ihre Knie, sondern ihren gesamten Körper in Wackelpudding verwandelte. *Gott*, sie konnte sich so leicht in ihn ... Sie erstarrte bei dem Gedanken, der sich beinahe in ihrem Verstand geformt hätte. *Nein, nein, auf keinen Fall!* Auf keinen Fall durfte sie sich emotional an diesen Kerl binden. Dabei spielte es auch keine Rolle, wie heiß er war und wie heiß er sie machte. Ja, er war zudem auch noch intelligent und sie fühlte sich in seiner Gegenwart sicher und ... *Gott*, er war ein richtiger Mann. Ihr gefiel vor allem, dass er über sich selbst lachen konnte und nicht belehrend war. In der Diskussion, die sie während der Arbeit geführt hatten, war er auf ihren Vorschlag eingegangen und meinte nach reichlicher Überlegung zu ihr: *„Du hast recht. Auf deine Art ist es besser."*

Ganz abgesehen davon, dass der Sex fantastisch war und ... er hatte sie gern.

Gedankenverloren fuhr sie mit den Fingern durch ihr Haar. Sie lebte in San Francisco. *Ich muss so schnell wie möglich nach Hause.*

„Becca?" Er runzelte die Stirn. Er ließ nicht von ihren Oberarmen ab, zog sie wieder an seinen Körper und platzierte den zärtlichsten Kuss aller Zeiten auf ihre Lippen – noch umwerfender als der Letzte. Ihr Herz, das vor Außeneinwirkungen eigentlich geschützt sein sollte, schmolz wie Wachs in der Sonne.

„Das sieht nach viel Spaß aus", kam es in einem trockenen Ton von der Tür.

Rebecca wirbelte herum. An den Türrahmen gelehnt, stand Logans Bruder mit verschränkten Armen. Seine blauen Augen, einen Hauch heller als Logans, tanzten amüsiert, obwohl auf seinen Lippen kein Lächeln zu sehen war.

„Die Horde ist also zurück." Logan zog Rebecca an seine Seite und hielt sie mit einem unnachgiebigen Griff um ihre Taille an Ort und Stelle. „Du bist spät dran."

„Es war ein langsamer Abstieg, nachdem sich Brandon einen Muskel gezerrt hat. Das Abendessen wird demnach verspätet serviert." Jetzt zeigte sich ein Grinsen auf Jakes Gesicht. „Ich wollte fragen, ob du vor dem Essen an einem Bier und einer Runde Poker Interesse hast."

„Die üblichen Einsätze?"

„Hausarbeiten?" Jake schnaubte und warf einen flüchtigen Blick auf Rebecca. „Sicher."

Sehr gut, dachte Rebecca. Während die beiden spielten, konnte sie sich wieder abkühlen, ihre Fassung zurückerlangen und bei den Vorbereitungen zum Abendessen helfen. Als sie jedoch versuchte, sich aus seinem unnachgiebigen Griff zu befreien, schloss sich Logans Arm fester um sie.

Stirnrunzelnd sah sie zu ihm auf.

Er streichelte mit einem Finger über ihre Wange. „Wie gut spielst du Poker?"

„Nicht so gut."

„Perfekt."

Rebecca schuldete Logan einen Blowjob. Wie war es dazu gekommen? Jake musste nur zwei Tage den Abwasch übernehmen. Sie war immer noch ein bisschen durch den Wind und versuchte, nicht an Logans Schwanz in ihrem Mund zu denken – wie sie ihn lecken und an ihm saugen würde ... *Verdammt.* Sie schnappte sich einen Flyer vom Yosemite Park, den jemand auf dem Esstisch hatte liegen lassen und wedelte sich kühle Luft zu.

Einige Zeit später trat sie in die Küche und musste feststellen, dass es nicht mehr viel zu tun gab. Nur die Soße musste noch angesetzt werden. Als sie damit fertig war, bemerkte sie, dass Thor neben der Küchentür Platz genommen hatte. Geduldig wartete er, dass sie ihm Reste zuwarf. Ratzfatz futterte er, was sie ihm grinsend gab. Dummerweise entgingen ihr seine riesigen Reißzähne nicht.

Sie verdrängte ihre Angst, kniete sich vor ihn und umarmte das flauschige Kerlchen. Zur Belohnung leckte er mit seiner riesigen Zunge über ihr Gesicht. Diese Freundschaft war das Beste, das sie aus diesem Wochenende mitnehmen würde. Na ja, abgesehen von den Erfahrungen, die sie mit Logan gemacht hatte. *Gott.* Sie legte ihre Hand auf den Bauch und hoffte, dass die Schmetterlinge keinen Fluchtversuch wagen würden. *Nicht an Logan denken, Rebecca. Das ist keine gute Idee.*

In ihrem Blickfeld erschien ein Paar Stiefel. Sie atmete tief ein und hob den Blick. Neben ihr stand Jake, nicht Logan.

Jake warf Thor ein Stück Rinderbraten zu. Der Hund fing den Happen mit einem verstörenden Zuschnappen seiner scharfen Zähne auf. Rebecca stellte mit Genugtuung fest, dass sie das nicht mehr störte.

„Was für ein Vielfraß." Sie erhob sich auf ihre Füße.

„Wenn es um Futter geht, dann hat er keine Manieren." Jakes Lachen war noch tiefer als Logans, aber weniger rau. „Sobald es Essenszeit ist, kommt er in die Küche und wartet, dass wir etwas fallen lassen. Seit Logan ihn gefunden und zu uns gebracht hat, hat er noch keine Mahlzeit verpasst." Er grinste und wuschelte durch Thors dickes Fell. „Ein heimatloser Kerl verpasst niemals eine Essensgelegenheit, habe ich nicht recht, mein Großer?"

Thor bellte zustimmend und schaute hoffnungsvoll auf die Platten, die in den Speisesaal getragen wurden.

„Logan hat ihn gefunden?", fragte Rebecca und bemühte sich um einen beiläufigen Ton.

„Er war nur noch Haut und Knochen und hat in den Mülltonnen hinter der Lodge nach etwas Essbarem gesucht. Er hat mich angeknurrt und ich hätte ihn ja in Ruhe gelassen, aber Logan –" Jake schüttelt den Kopf. „Wenn etwas kaputt ist, dann will er es reparieren. Eine Stunde hat er mit Thor verbracht und mit ihm übers Wetter gesprochen. Als wir uns dann von den Mülltonnen entfernten, folgte er uns und voilà: So eignet man sich einen ausgehungerten und von Flöhen befallenen Hund an." Seine Worte klangen harsch, aber die Hand die Thors Kopf streichelte war so sanft wie ... wie die von Logan.

Sie sah es regelrecht vor sich: Logan, der im Hinterhof auf einer Kiste saß und die Beine an den Fußknöcheln überkreuzte. Er hatte Thors Angst auf dieselbe Art gezähmt wie die ihre. Und wenn er jetzt mit dem Finger schnippte, würde ihm Thor ohne zu zögern folgen. Sie biss sich auf die Lippe. Der Gedanke machte sie traurig. Sie bezweifelte, dass Logan vorhatte, sie mit einem Fingerschnippen dazu anzuregen, ihm nach Hause zu folgen und sie für immer zu behalten.

Jake verließ die Küche und Rebecca überkam der Drang, Thor erneut in die Arme zu schließen. „Du kannst dich sehr glücklich schätzen", flüsterte sie ihm in sein pelziges Ohr.

„Rebecca, fehlt noch etwas?", fragte Paul aus dem Speisesaal.

„Nur noch die Soße! Ich bringe sie mit." Sie küsste Thor auf die Stirn, stand auf und goss die Soße in eine Terrine, bevor sie sich zu den anderen gesellte.

Sie setzte sich auf einen freien Stuhl. Zu ihrem Erstaunen kam Thor ins Zimmer und legte sich zu ihren Füßen nieder, anstatt neben einem der Brüder Platz zu nehmen. Sie fühlte sich wie ein Schulkind, das in ihrem Hausaufgabenheft einen Bienchen-Sticker gefunden hatte. Sie hatte einen neuen Freund gewonnen und sie konnte nicht glücklicher sein.

Während sie über den mächtigen Kopf streichelte, der es sich auf ihrem Schoß bequem gemacht hatte, ließ sie den Blick über die Clubmitglieder schweifen. Sie blickte in sonnengebräunte Gesichter. Alle strahlten sie. Sex machte die Menschen hungrig. Das wusste sie aus eigener Erfahrung. Rebecca unterdrückte ein Grinsen und nahm sich von den Kartoffeln.

Eine Minute später stand Greg auf. Er schien etwas zu

suchen und es dauerte nicht lange, bis sich Enttäuschung auf seinem Gesicht abzeichnete.

„Keine Brötchen heute?"

„Ich bitte dich", sagte Brandy, die beim Kochen geholfen hatte. „Mehr als Fertigbrötchen bekomme ich nicht hin."

Das Grummeln von den anderen Clubmitgliedern wärmte Rebecca das Herz. Ihre Schenkel mochten vielleicht aussehen wie geraspeltes Gelee, aber ihre Kochkünste waren das texanische Äquivalent zu Julia Child. *Danke, Verbindungsmutter.*

Beim Befüllen ihres Weinglases legte Logan eine Hand auf ihre Schulter. Seine Berührung ließ sie erschauern. Er flüsterte in ihr Ohr: „Was muss ich tun, dass du mir Brötchen zum Frühstück machst? Es gibt nichts, das ich nicht tun würde."

Ihr erster Gedanke war so verdorben, dass sie feuerrot anlief. *Oh Gott.*

Ein tiefes Lachen drang an ihre Ohren und er streichelte ihr über die roten Wangen. „Von dem Gedanken will ich später mehr hören." Zu ihrer Erleichterung und Enttäuschung ging er weiter.

Wenn sie nicht von so vielen Leuten umgeben wären, hätte Rebecca ihr Gesicht bedeckt und laut gestöhnt. Ihr wurde so heiß, dass sie es kaum aushielt. Viel schlimmer war, dass sie feucht wurde. Mit einer zitternden Hand ergriff sie ihr Weinglas und nahm einen großen Schluck. Nicht stark genug. Scotch wäre besser. *Jesus, Maria und Josef.*

Beim Abstellen ihres Glases traf sie auf Jakes Blick. Er hob eine Augenbraue und seine Lippen verzogen sich belustigt, bevor er weiter den Wein ausschenkte.

Stand ihr Gesicht in Flammen? Eine andere Erklärung gab es nicht.

Sie kühlte nur langsam ab. Es half, dass Logan am anderen Ende des Tisches saß. Wenn sie sich auf die Gespräche um sie herum konzentrierte, dann konnte sie es vermeiden, zu ihm zu schauen. Die Swinger hatten anscheinend auf der Wiese ihren Spaß gehabt. Zum Glück auf einem anderen Berg als dem von

Logan und ihr. Die Dynamik der Gruppe hatte sich geändert, stellte sie fest. Ashley saß nun zwischen Brandon und Christopher; sie ignorierte Matt. Brandy flirtete mit Paul und Amy. Rebecca verschluckte sich bei der Diskussion über die sexuellen Aktivitäten am Nachmittag. Zwei Männer und drei Frauen im Wasser? Und eine noch größere Gruppe auf der Wiese? Wirklich ein sehr ... energiegeladenes Grüppchen.

Christopher schwenkte mit dem Weinglas. „Was mich aber wirklich interessiert: Wer war es, der seinen Orgasmus auf diese Weise hinausgeschrien hat? Verdammt, wirklich beeindruckend."

„Oh, das dachte ich mir auch." Amy fächelte sich Luft zu. „Wenn ich herausgefunden hätte, woher diese Lustschreie kommen, wäre ich hin und hätte mitgemacht."

Ein zustimmender Chor erklang von den anderen am Tisch.

Christopher runzelte die Stirn. „Ich dachte, es war eine von euch. Bei uns war sie nicht dabei."

Stirnrunzeln machte sich am Tisch breit. „Hatte von unseren Frauen heute Nachmittag jemand so einen lautstarken Orgasmus?", fragte Paul.

„Nicht so einen", sagte Ashley kichernd.

Oh, das war nicht gut. Rebecca griff nach ihrem Weinglas und schaute den Tisch hinunter zu Logan. Der hatte einen Ellbogen auf den Tisch gestützt, das Kinn in der Hand und die Lippen mit seinen Fingern bedeckt. Ihr Blick traf seinen und sie sah Belustigung in seinen Augen. Und Befriedigung. Befriedigung? Hatte er sie mit Absicht zum Schreien gebracht?

Sie würde ihn umbringen. Es stand fest. Er hatte gerade sein Todesurteil unterschrieben.

Sie lehnte sich so lässig wie möglich zurück und nippte an ihrem Weinglas. Natürlich musste sie sich verschlucken und alle Augen im Raum richteten sich auf sie. Nach der Hitze in ihrem Gesicht zu urteilen, musste sie aussehen wie eine überreife Tomate.

Matt starrte sie an, sein Mund stand so weit offen, dass sie seine Backenzähne sehen konnte. „Du? Du hast so rumgeschrien?"

„Verdammt, Matt, meintest du nicht, sie sei ein kalter Fisch?" Christopher sah sie spekulierend an und das Funkeln in seinen Augen gefiel ihr gar nicht. Genauso wenig gefiel ihr, dass nun jeder Mann am Tisch sie mit offenkundigem Interesse anstarrte.

„Nun, das ist eine Überraschung", murmelte Mel.

„Was mich noch mehr interessiert: Mit wem hat sie es getrieben?", sagte Ashley mit scharfer Stimme. Es dauerte nicht lange, bis ihre kornblumenblauen Augen zu Logan wanderten.

Eifersucht traf Rebecca unerwartet – wie ein scharfes Messer, das sich direkt in ihr Herz bohrte. Ein schweres Gewicht legte sich auf ihren Magen. Jetzt würde jede Frau am Tisch ein Stück von Logan abhaben wollen. Und alle sahen besser aus als sie: Alle waren sie hübscher und schlanker. Dann müsste sie sich einen neuen Schlafplatz suchen. Schon wieder. Sie legte ihre Hände in ihren Schoß und ballte sie zu Fäusten, bis das Brennen in ihren Augen verschwand und sie die Leute wieder mit aufgerichtetem Kinn anschauen konnte. *Sei kein Idiot.* Schließlich waren sie nicht in einer Beziehung. Am Mittwoch endete ihr Aufenthalt. Ein Wochenende, das war die Abmachung gewesen.

Er hatte ihr gezeigt, was sich in ihrem tiefsten Inneren verbarg. Sie sollte dankbar sein. Sie sollte ein fröhliches Gesicht aufsetzen und irgendetwas Höfliches zu ihm sagen: *Danke, Logan, du hast ein furchtbares Wochenende annehmlich gemacht. Es hat Spaß gemacht.* Sie schlürfte ihren Wein und ignorierte die Unterhaltung, die sich – Gott sei Dank – um den morgigen Ausflug drehte. Dann wagte sie einen Blick auf Logan. *Verdammt*, sie schaffte es einfach nicht, die Augen von ihm zu lassen.

Seine Augenbrauen zogen sich zusammen. Seine Aufmerksamkeit lag einzig und allein auf ihrem Gesicht.

KAPITEL ELF

„**H**ey, Rebecca, wollen** wir spazieren gehen?", fragte Matt. Offensichtlich hatte er gewartet, bis sie mit dem Aufräumen in der Küche fertig war. „Ich würde gerne kurz mit dir sprechen."

Rebecca schaute sich im Hauptraum der Lodge um. Logan war verschwunden. Brandon und Paul saßen am Feuer. Ihre Blicke waren auf sie gerichtet. Sie sahen viel zu interessiert für ihren Geschmack aus. „Sicher." Auf dem Weg zur Tür schnappte sie sich ihre Jacke.

Schweigend gingen sie eine Weile nebeneinander her, dann räusperte sich Matt und er erhob das Wort: „Ich habe nachgedacht ... Vielleicht war ich zu hart mit dir – in Bezug auf das Swingen und so. Du ... also ich glaube, ich hätte nicht erwarten sollen, dass du da einfach so mitmachst."

Okay, das klang eher nach dem Mann, mit dem sie zusammengezogen war. Vielleicht konnte sich ein Mann einfach nicht zurückhalten, wenn eine Frau versuchte, ihn zu verführen – insbesondere, wenn es sich um eine Frau wie Ashley handelte. Sie fühlte sich nicht länger von ihm betrogen und verraten. Schließlich hatte sie auch Sex gehabt – sehr heißen Sex. Wenn man bedachte, dass sie zusammenwohnten, tat sie gut darin, ihm zu verzeihen. „Tut mir leid, Matt, aber ich werde nie zu einem Swinger werden. Gruppensex und wechselnde Partner sind einfach nicht mein Ding. Es lässt mich kalt."

Er lachte kurz. „Und nach dem, was wir heute alle gehört haben, bist du das Gegenteil von kalt." Auf dem Rückweg zur Lodge ergriff er ihre Hand. „Ich bin ein Idiot gewesen. Denkst du, dass du mir verzeihen kannst?"

Da sie durch sein idiotisches Verhalten Logan begegnet war, sollte sie ihm vermutlich sogar dankbar sein.

Andererseits ging es bald wieder nach San Francisco zurück. Bald würde ihre Erfahrung an diesem Ort zu einer entfernten Erinnerung werden.

Der Gedanke löste einen Schmerz in ihr aus, der sich in ihrem ganzen Körper ausbreitete. Dennoch musste sie den Fakten ins Auge blicken: Die Realität war, dass Logan nicht den Anschein machte, mehr von ihr zu wollen. Die Realität war, dass sie mit Matt zusammenlebte. *Die Realität konnte manchmal ganz schön wehtun.*

Sie schaute auf den Mann neben sich. Nett, ja, aber ihm fehlte jenes große Verantwortungsbewusstsein, das Logan bereits hatte. Wäre sie mit Logan an diesen Ort gekommen, hätte er für ihre Sicherheit und ihr Wohlbefinden gesorgt, auch wenn sie seinen Wünschen nicht nachgekommen wäre. Wie verrückt. Obwohl sie an Gleichberechtigung zwischen Mann und Frau glaubte, sehnte sie sich nach einem Mann, der Himmel und Hölle in Bewegung setzen würde, um sie in Sicherheit zu wissen.

In diesem Punkt hatte Matthew versagt.

Sie schlurfte über die Lichtung und beobachtete, wie der feine Staub im Mondlicht glitzerte. In der Ferne erklang der Ruf einer Eule, ohne dass eine Antwort ertönte.

Einsamkeit machte sich in Rebeccas Herz breit. Wie auch immer sich die Situation in den nächsten Stunden entwickelte, sie wusste, was sie zu tun hatte: Sie musste aus der gemeinsamen Wohnung mit Matt ausziehen.

Als sie bei der Lodge ankamen, räusperte sich Matt erneut und sagte: „Also vergibst du mir?"

Erst jetzt bemerkte sie, wie lange sie geschwiegen hatte. *Ups.*

„Tut mir leid, Matt." Sie öffnete die Tür zur Lodge und sagte: „Mach dir keine Sorgen. Ich –"

Sie schnappte nach Luft. Es fühlte sich an, als hätte ihr jemand in den Bauch getreten.

Ashley saß rittlings auf Logans Schoß. Logan war Rebecca mit dem Rücken zugewandt und Ashley starrte sie und Matt direkt an. Ein selbstgefälliges Lächeln glitt über ihre Lippen. Dabei presste sie ihre Brüste provokativ in Logans Gesicht. Zwar sah Rebecca nur Logans Hinterkopf, aber sie konnte sich seinen Gesichtsausdruck nur zu gut vorstellen, wenn sich eine Sexbombe ihm so bereitwillig anbot.

Trotz des versengenden Schmerzes in ihrer Brust, schaffte es Rebecca, sich zu bewegen und den Rückzug anzutreten. Matt lief in die Lodge und machte hinter sich die Tür zu.

Hatte sie sich dafür entschieden, jetzt doch bei den Swingern mitzumachen? Oder hatte sie sich mit ihrem Freund versöhnt? Logan ließ auf der Suche nach ihr den Blick durch den Raum schweifen. Er fand Matt in der Nähe des Kamins, inmitten einer kleinen Gruppe. Sie spielten ein Spiel, das zwei Sinne einbezog: Fühlen und Tasten. Keine Rebecca. Bei seiner Runde übers Gelände hatte er sie auch nicht gesehen. Oder in der Küche. Oder in seinem Bett. Nicht, dass sie ohne Code hochkäme.

Wut nagte wie ein hungriges Nagetier an seinen Eingeweiden. Er hielt sich nicht für einen besonders eifersüchtigen Mann, aber besitzergreifend? Zur Hölle, ja! Hin und wieder passierte es, ob in einem Club oder hier, dass er sich eine Sub suchte und in der Öffentlichkeit mit ihr eine Session spielte. Allerdings teilte er nicht. Manche Doms taten das sehr wohl. Aber Logan? Niemals.

Wenn Rebecca einen Männerwechsel vornehmen wollte, bitte sehr, aber dann sollte sie wenigstens die Güte haben, ihm ihren Sinneswandel mitzuteilen! Stattdessen verschwand sie einfach und er machte sich verdammt nochmal Sorgen.

Jake kam zur Tür herein. Thor trottete hinter ihm her. Er zog seine Jacke aus und hängte sie an die Garderobe. „Es ist kalt draußen. Ein Sturm zieht auf."

Logan grunzte und lehnte sich vor, um Thors Seite zu kraulen. „Hast du Becca gesehen?"

„Nein. Hast du deine Frau verloren?" Schon in der Kindheit hatte Jakes spezieller Humor ihm dauernd blaue Augen eingehandelt.

Logan sah ihn an und dachte darüber nach, ob er ihm nicht ein Neues verpassen sollte.

Grinsend nahm Jake die Hände hoch und trat einen Schritt zurück. „Sorry, Bruderherz, ich habe sie nicht gesehen. Meintest du nicht, dass sie mit Matt gesehen wurde?"

„Richtig. Aber er ist hier in der Lodge."

„In ihrer Hütte brennt Licht."

„Wenn man bedenkt, wie oft hier die Partner gewechselt werden, könnte jeder in dieser Hütte sein." Logan kratzte sich am Kiefer. „Ich denke, ich werde trotzdem mal hingehen und anklopfen."

„Wirst du ihr zeigen, was passiert, wenn eine Sub ihren Dom verärgert."

„Darauf kannst du wetten."

Endlich hatte Rebecca wieder Zugang zu ihren Sachen. *Ach, es gab nichts Besseres, als sich mit dem eigenen Duschgel zu waschen!* Sie stand unter der Dusche und rasierte ihre Beine. Für wen rasierte sie sich eigentlich gerade? Als sie mit den Beinen fertig war, wusch sie sich die Haare. Es war ihr unangenehm gewesen, ihre Sachen mit zu Logan zu nehmen. Im Nachhinein war sie froh, dass sie es nicht getan hatte.

Wahrscheinlich vollführte er gerade mit Ashley vor dem Kamin einen wilden Ritt. Sie ballte die Hände zu Fäusten und spürte, wie sich die Nägel in ihre Handflächen bohrten. Sie hieß den Schmerz willkommen. *Gott*, wie jämmerlich. Rebecca atmete tief ein und konnte fühlen, wie sich aus der Tiefe ihrer Brust ein Schluchzen bildete.

Nein. Nicht weinen. Niemand sollte sie morgen mit rot unterlaufenen und geschwollenen Augen sehen. Die Swinger nicht und Logan schon gar nicht. *Zeig etwas Stolz, Rebecca.*

Sie zog sich ein Nachthemd an, das sie bisher noch nie getragen hatte. Sie verdiente etwas Besonderes und wollte sich hübsch fühlen. Sie rückte den Stuhl näher an den Holzofen. Während ihre Haare trockneten, versuchte sie sich auf *Little Women* zu konzentrieren. Leider schaffte es das Buch nicht, ihre bösen Gedanken zu vertreiben. Sie hatte das Bedürfnis, Ashley das Gesicht zu zerkratzen. Allein bei diesem Gedanken krallten sich ihre Fingernägel in den Einband des Buches und hinterließen unschöne Abdrücke. Wie hatte Logan nur dieser miesen Schlampe zum Opfer fallen können? Und warum tat das bloß so weh?

Sie hatte kein Anrecht auf ihn. Wahrscheinlich wechselte er seine Eroberungen wie sie ihre Unterwäsche. Er war kein Swinger, das stimmte schon, aber ein gesunder Mann mit – sie schnaufte verächtlich – einer Menge Erfahrung. Wieso fiel es ihr so schwer, ihn einfach als guten Fick abzuhaken? Sie war so ein Mädchen und bildete sich ein, eine Beziehung zu sehen, wo es gar keine gab.

Warum konnte sie nicht lesbisch sein? Oder eine Nonne?

Jemand hämmerte an die Tür der Hütte. Sie zuckte zusammen und dann rollte sie mit den Augen. Es waren bereits zwei männliche Swinger hier gewesen, die ihr Interesse an ihr bekundet hatten. Wie viele würden noch kommen? „Ich bin nicht interessiert", rief sie. „Verschwinde!"

Ein Schlüssel schob sich ins Schlüsselloch und die Klinke bewegte sich. Lernte Matt es nie? Sie sprang auf ihre Füße. „Ich habe dir doch gesagt –"

Breite Schultern füllten den Türrahmen aus und kalte blaue Augen funkelten sie wütend an.

„Logan?" Sie trat einen Schritt zurück.

„Sehr gut", sagte er trocken. „Du erinnerst dich also noch an mich. An den Mann, der dich die letzten zwei Tage gefickt hat." Er ging zu ihr, unaufhaltsam wie ein Bulldozer, und sie wich immer weiter zurück, bis ihr Rücken gegen die Wand knallte. Neben ihren Schultern platzierte er seine Hände. Sie saß in der Falle. Noch nie hatte sie ihn so verärgert gesehen. Noch nicht einmal, als sie allein wandern war.

„Natürlich erinnere ich mich an dich." Und dann erinnerte sie sich an den Grund, warum sie sich in der Hütte verbarrikadiert hatte. Sie hob trotzig das Kinn und sah ihm direkt in die Augen. Sie fauchte ihre Worte: „Ich dachte, du würdest heute Nacht Ashley *ficken!*"

„Ashley?" Seine Brauen zogen sich zusammen. Er sah verwirrt aus. „Oh, du meinst die notgeile Blondine. Sowas würde ich nicht ficken ..." Plötzlich verschwand der Ärger aus seinem Gesicht und ein Lächeln huschte über seine Lippen. „Du hast ihren Versuch gesehen, mich rumzukriegen und dachtest dann, dass ich die Nacht ausgebucht wäre."

Wieso hatte sie das Gefühl, dass sie immer einen Schritt hinterher war? „Also, ja! Es hätte auch passieren können, dass sie dich mit ihren Monstertitten erstickt", sagte sie trocken.

„Du musst sehr schnell geflüchtet sein, meine Kleine", sagte er in einem sanften Ton und rückte näher, bis sie die Hitze seines Körpers durch ihr dünnes Nachthemd spüren konnte. „Direkt, nachdem sie mir ihre Titten unter die Nase geschoben hat, bin ich aufgestanden. Ich bin mir nicht sicher, was mehr verletzt war: ihr Arsch oder ihr Stolz."

Rebecca verschluckte sich an einem Lachen. Ein berauschendes Gefühl machte sich in ihr breit. Er hatte Ashley abgewiesen und hatte sich dann auf die Suche nach ihr begeben.

„Wie es scheint, hatten wir da ein kleines Kommunikationsproblem." Seine Hand umfasste ihr Kinn. „Ich dachte nämlich, dass du dich jetzt doch für den stetigen Bettentausch entschieden hättest."

„Abartig." Sie rümpfte die Nase. „Ganz bestimmt nicht."

Ein dunkles und niederträchtiges Grinsen blitzte bei ihm auf. „Dann ist deine Aufmachung also nicht für die ... ähm ... Abendunterhaltung gedacht?" Sein Blick streifte über ihren kurvigen Körper. *Oh je*, sie musste erkennen, wie aufreizend ihr Nachthemdchen war. Er platzierte einen Unterarm über ihrem Kopf und fuhr mit seiner freien Hand über ihren Hals und zu dem Spitzenausschnitt ihres Negligees. „Wirklich sehr hübsch."

Sie verschränkte die Arme unter ihrer Brust. „Das habe ich für mich angezogen. Um meine Stimmung etwas zu heben. Ich war doch recht ... missmutig."

„Ah." Das Grübchen auf seiner Wange war zurück. „Ich bin sehr gut im Aufmuntern." Entschlossen packte er ihre Handgelenke und senkte die Arme an ihre Seiten. „Nicht bewegen, kleine Sub."

„Ich bin keine –"

„Schweig."

Der kurz angebundene Befehl sandte Hitze durch ihren Körper. Ein Wort, das einer Berührung gleichkam.

Mit einem Finger strich er an ihrem Hals hinab und über die Spitze ihres knappen Ausschnittes. Der dünne, goldfarbene Stoff überließ nicht viel der Fantasie. Gerade deswegen konnte sie ihre aufgerichteten Nippel nicht verbergen. Beim Kauf war sie davon ausgegangen, dass sie es für Matt tragen würde – wahrscheinlich in einem beschwipsten Zustand, da sie sonst niemals einen solchen Aufzug getragen hätte. Doch jetzt war sie nüchtern und vor ihr stand ein Mann, der sie allein mit einem Blick heiß machte.

„Du siehst hinreißend aus", sagte er. Eine Hand schob sich am Ausschnitt in ihr Negligee und streichelte eine Brust.

Sie erstarrte. Das hatte sie nicht von ihm erwartet. „Hör doch auf, Logan. Ich bin mir sehr wohl darüber bewusst, dass ich übergewichtig bin und –"

„Becca, wärst du dünn, würde ich dich gerade nicht berühren." Seine Hand strich unter ihre Brust und sein Daumen rieb über ihren Nippel. Ihre Knie wurden weich. Seine andere Hand glitt über ihren Rücken zu ihrem Hintern. Er packte eine Pobacke und zog sie an seine mächtige Erektion. „Ich bin ein großer Mann, Süße. Ich bevorzuge eine kurvige, weiche Frau in meinem Bett, bei der ich nicht die Befürchtung habe, sie bei der kleinsten Berührung zu zerbrechen." Er lehnte sein Gewicht gegen sie. „Ich bevorzuge es, meinen Kopf – genau wie meine anderen Körperteile – auf etwas Weichem abzulegen. Ich möchte ein Kissen unter mir spüren, keinen Stein." Seine Hand massierte ihren Po. „Du, meine kleine Rebellin, bist ein Kissen und genau das gefällt mir so sehr an dir."

Rebecca dachte kurz nach. Logan war nicht der Typ, der log. Wenn er etwas nicht mochte, dann sagte er ihr das. Im Umkehrfall: Wenn er sagte, dass ihm ihr Körper gefiel, dann sollte sie ihm das vielleicht einfach glauben. Sie versuchte, sich selbst mit seinen Augen zu sehen. Ein merkwürdiges Gefühl durchfuhr sie, als sie in ihrem Verstand das Wort ‚weich' in etwas Positives zu verwandeln suchte. In seinen Augen war sie weich und begehrenswert.

Jemand rüttelte heftig an der Türklinke. Eine Sekunde später brüllte ein Mann: „Rebecca, ich habe Wein mitgebracht!"

Logan biss ihr in die Schulter. Der resultierende Schmerz ließ sie zusammenzucken und erweckte gleichzeitig die Begierde in ihrer Mitte. Er hob seinen Kopf. „Ganz schön laut bei dir. Du solltest dich beim Management beschweren."

Sie prustete laut los. „Das sollte ich wirklich." Sie hielt sich an Logan fest, hob sich auf die Zehenspitzen und rief Richtung Tür: „Ich bin bereits versorgt!"

„Das Management empfiehlt eine andere Hütte", flüsterte ihr Logan ins Ohr. „Wo man ungehorsame Hände gebührend fesseln kann." Er nahm ihre Hände von seinen Oberarmen und führte sie zu seinen Lippen. Er küsste und knabberte an ihren zarten Händen und ihre Vorstellungskraft regte sich: Sie stellte sich vor, wie sich seine Lippen an ihrer Pussy anfühlten. Er biss zart in den Bereich unterhalb ihres Daumens und schickte damit eine Welle der Begierde direkt zu ihrer Klitoris. „Lass uns gehen, Süße."

„O-okay." Aber so konnte sie die Blockhütte nicht verlassen. „Ich will mich nur schnell umziehen und –"

„Nein, mir gefällt, was du anhast." Er schaute sich in der Hütte um. „Pack deinen Koffer."

Oh, na sicher, als ob sie in ihrem freizügigen Nachthemd durch die Lodge spazieren würde. Ganz sicher nicht! Sie würde erst packen und sich dann umziehen. Sie warf den Koffer aufs Bett und nahm alle Sachen heraus. Sie ließ nur eine Jeans und die Bluse drin. Ihr kam ein Gedanke: Mit dem Koffer durch die Lodge zu marschieren, war auch nicht gerade die beste Idee. Dann könnte sie sich auch gleich ein Schild um den Hals hängen, auf dem geschrieben stand: ICH BIN EIN FLITTCHEN. Sie schaute zu Logan. „Ich lasse meinen Koffer auf der Terrasse stehen und hole ihn mir morgen in der Frühe."

Ein wissendes Lächeln zeigte sich auf seinem Gesicht und ließ seine Augen aufleuchten. Plötzlich packte er sie und warf sie sich über die Schulter.

Sie schnappte nach Luft. „Logan!"

Mit einem Arm um ihre Schenkel stellte er sicher, dass sie nicht herunterrutschte. Sie konnte nicht fassen, wie leichtfüßig er aus der Hütte marschierte. Schließlich trug er doch nicht nur eine Handtasche umher! Nein! Er hatte eine ausgewachsene Frau über der Schulter. Auf der Veranda stellte er etwas ab, schloss die Tür zu und nahm den Gegenstand wieder in die Hand. Ihren Koffer. Er hatte ihren Koffer mitgenommen und beabsichtigte offenbar, so die Lodge zu betreten. Mit ihr in dem nahezu durchsichtigen Nachthemd, halbnackt über seiner Schulter, und dem Koffer in seiner linken Hand.

„Lass mich runter. Ich lass mich nicht wie eine preisgekrönte Kuh herumzeigen!" Sie wehrte sich, trat um sich und er festigte den Griff. Lachend sagte er: „Wenn du ruhig bleibst, schaffe ich es mit Leichtigkeit, dich und den Koffer zur Lodge zu tragen. Wenn du dich aber wehrst, dann muss ich den Koffer abstellen und dich mit beiden Händen festhalten. Willst du wissen, wie ich das tun werde? Ich verrate es dir: Eine Hand auf deinem Arsch und die andere zwischen deinen Schenkeln. Die Wahl liegt bei dir, Kleines."

Oh Gott, das würde er nicht wagen. Oder doch?

Oh ja, das würde er.

Sie erschlaffte.

„Weise Entscheidung." Er ging weiter, den Pfad entlang und schaukelte den Koffer in seiner Hand. „Auf die andere Weise hätte es zwar mehr Spaß gemacht, aber gut."

Sie traten in die geschäftige Lodge. Es war laut und Rebecca entschied, den Kopf gesenkt zu halten. Vielleicht schafften sie es ja unbemerkt zu seiner Wohnungstür. Diese Hoffnung wurde zerschlagen, als …

Logan ließ die Eingangstür zuknallen und die Gespräche verklangen. Es war so still, dass man eine Stecknadel fallen hören könnte. Er schlenderte zur Tür, die zu seinem Wohnbereich führte.

Rebecca kniff die Augen fest zusammen.

Macho! Mistkerl! Arschloch! Macho Mistkerl!

Schritte waren zu hören. Jemand näherte sich ihnen. „Lass mich dir mit der Tür helfen, Bruder." Jake klang amüsiert. Das Tastenfeld piepste und die Tür quietschte beim Aufmachen.

„Danke." Logan drehte sich zu den Swingern und tätschelte besitzergreifend ihren Hintern. „Sie gehört mir." Seine Stimme zeichnete sich durch einen gefährlichen Unterton aus, den sie bisher noch nicht von ihm kannte. Der bedrohliche Tonfall war unmissverständlich. „Und ich teile nicht."

Die Treppe hoch. In sein Zimmer. Als er sie dann in seinem Wohnzimmer aufs Sofa warf, war ihr noch keine angemessene Foltermethode eingefallen, bevor sie ihn letztendlich umbringen würde.

KAPITEL ZWÖLF

Logan beobachtete, wie sich seine kleine Sub in eine sitzende Position kämpfte. Ihre grünen Augen funkelten ihn wütend an. „Du … du Neandertaler! Ich bin doch nicht dein Eigentum und du –"

Fuck, sie war anbetungswürdig! Nichtsdestotrotz: Jetzt befanden sie sich in seiner Wohnung und er würde einer Sub keinen Gefallen tun, wenn er ihr gestattete, ihn so respektlos anzureden. Es war Zeit, mit dem Training fortzufahren. „Du hast keine Erlaubnis zu sprechen", knurrte er. Es erfreute ihn, als daraufhin ihr Ausbruch mitten im Satz ein Ende fand. Instinktiv folgte sie seinem Befehl.

Er musterte sie für eine Weile. Vorfreude und Sorge bestritten in ihrem Innersten einen Kampf. Vor Erregung färbten sich ihre Wangen zu einem verführerischen Rosa. Sie rieb die Hände über ihre Schenkel, als versuchte sie, damit ihre Unsicherheit wegzuwischen.

„Zieh dich aus."

Sie schnappte nach Luft. *Entzückend.* „Jetzt hör mir mal zu, Mis –"

Er lehnte sich vor und umfing ihr Kinn, so dass sie die Verärgerung in seinen Augen sehen konnte. „Die einzigen zwei Worte, die ich aus deinem hübschen Mund hören will, sind ‚Ja, Sir.' Habe ich mich klar ausgedrückt?"

Er konnte sehen, dass sie überlegte, ob sie ihr Safeword benutzen sollte. Im nächsten Moment wurde sie von einem Lustschauer überwältigt, der ihre Brüste zum Beben brachte und die Aufmerksamkeit auf ihre harten Nippel richtete. Er wusste bereits, wie sie antworten würde, bevor sie sagte: „Ja, Sir."

„Braves Mädchen." Er lockerte seinen Griff und streichelte über ihre weiche Wange. Dann belohnte er sie mit einem zärtlichen Kuss.

Die Befriedigung über das Lob ihres Masters glühte in ihren Augen. Er drückte ermutigend ihre Schulter, trat zurück und wartete.

Sie biss sich auf die Unterlippe, stand auf, zog sich ihr Nachthemd über den Kopf und legte es über die Sofalehne. Ihre Wangen glühten feuerrot. Nacktsein bereitete ihr noch immer Unbehagen.

„Nimm auf dem Teppich vor dem Kamin deine Position ein", wies er an.

Wie befohlen, kniete sie sich hin. Durch ihre Wimpern sah sie zu ihm auf. Er runzelte die Stirn, bis sie ihre Schenkel weit genug spreizte, dass er einen Blick auf ihre Pussy erhaschen konnte. Ein hübscher, rosafarbener Leckerbissen.

„Sehr schön, Süße. Nicht bewegen." Er holte seine Tasche mit dem Spielzeug aus dem Schrank. „Zuerst kümmern wir uns um dein Vertrauen. Und dann gibt es noch ein paar andere Sachen, die ich mit dir machen will."

Ihre Nippel wurden noch härter und ihre Pussy lockte ihn mit einem feuchten Schauspiel. Da ihre Augen gehorsam auf den Fußboden gerichtet waren, erlaubte er sich ein Grinsen. Während er in seiner Tasche wühlte, behielt sie ihre Position bei. Seine gute kleine Sub.

Die Nippelklemmen in der Größe von Wäscheklammern?

Nein, nicht heute. Er warf sie beiseite. Die Clover-Klemmen? Nein. Zu schmerzhaft fürs zweite Mal. Er grübelte. Wenn er die pinzettenähnlichen Klemmen benutzte, konnte er entscheiden, wie weit er ging. Nach einer Minute zog er ein Paar heraus, bei dem die angebrachten Kristalle zur Farbe ihrer Augen passten. „Komm her."

Als sie vor ihm zum Stehen kam, lächelte er. „Hände hinter den Rücken, Augen nach unten, Beine leicht gespreizt."

Er trat so nah heran, dass er den schnellen Puls an ihrem Hals sehen konnte. „Ich mag es, wenn meine Subs Schmuck tragen." Er lehnte sich vor und saugte einen Nippel zwischen seine Lippen. Eine Sekunde später befestigte er die erste Klemme. Dann justierte er den Druck. Er beobachtete sie aufmerksam. Obwohl er ihr deutlich ansah, wann es schmerzte, schwieg sie. Er war wirklich beeindruckt. Sie gehörte nicht zu dem Schlag, der sich lautstark beschwerte. Er löste die Spannung etwas. Sie zog ihre Unterlippe zwischen ihre Zähne; er konnte nicht anders und küsste sie. Dann checkte er den Zustand ihrer Pussy. Feucht. Sehr feucht. Er befestigte die zweite Klemme. Sie sog scharf den Atem ein. Er schob einen Finger zwischen ihre Schamlippen und glitt durch ihre Spalte. Er wollte die Empfindung verstärken. Er wollte, dass sie noch heißer wurde.

Ihr Körper bebte unkontrolliert. Logan rieb über ihre Klitoris, bis sie unter seinem Daumen pulsierte. Er stieß mit dem Mittelfinger in sie hinein und sie ballte ihre Hände zu Fäusten, um den Drang zu bekämpfen, sich zu bewegen. In ihrer Position sah sie nur seine langen Beine, seine muskulösen Unterarme mit den erregenden Adern, den Aufschlag seines Hemdes und seine Hand, die sie so intim berührte.

Logan berührte sie, als hätte sie kein Recht, ihm diese Berührung zu verweigern.

Die Klemmen schürten ein Feuern in ihren Nippeln. Eine intensive Empfindung, die einfach nicht nachlassen wollte.

Hinzu kam, dass durch dieses Instrument der Lust ihr Körper noch empfindlicher für seine Berührungen wurde.

„Lehn dich vor, leg die Hände auf deinen Hintern und spreize deine Pobacken für mich."

Sie fand seinen Blick und sah ihn schockiert an. „Was?"

Wenig erfreut zog er die Augenbrauen hoch. Seine Augen erkalteten. „Versuch's noch einmal, Sub."

Nein, nein, nein. Was auch immer er vorhatte, es gefiel ihr nicht; es konnte nichts Gutes sein. „Nein. Ich will das nicht. Bitte nicht."

„Weißt du denn, was ich mit dir vorhabe, Becca?"

Sie schüttelte ihren Kopf. „Nein, aber −"

„Denkst du, dass es unerträglich für dich wird?"

„Nein, aber −"

„Bist du jemals vergewaltigt oder sexuell belästigt worden?"

„Nein, aber −"

„Dann willst du mir damit also sagen, dass du mir nicht vertraust. Du vertraust nicht darauf, dass ich weiß, was sich gut für dich anfühlt? Sehe ich das richtig?"

„Verdammt, Logan, du kannst nicht einfach Sachen mit mir machen, ohne mich vorher zu fragen!" Sie stampfte auf, aber ihr nackter Fuß machte kein Geräusch.

„Doch, das kann ich." Er spannte den Kiefer an und ein Schauer rauschte durch sie hindurch. „Genau darum geht es bei Dominanz. Und ich weiß, dass du dich danach sehnst. Noch hast du zu viel Angst davor, deine Kontrolle abzugeben. Meine Aufgabe ist es, sie dir Stück für Stück zu entreißen."

Sie konnte ihren Blick nicht von diesen intensiven blauen Augen abwenden. Trotz seiner kühlen Worte war sie schweißgebadet.

„Entweder du benutzt jetzt dein Safeword und wir hören auf, oder du sagst ‚Ja, Sir' und folgst meiner Anordnung. Dann kann ich dich für deinen Ungehorsam bestrafen."

Sie wollte nicht, dass er aufhörte. Nein, sie wollte, dass er sie in den Armen hielt und machte, was sie sich wünschte. Sie wollte seine Hände auf sich spüren. Auf keinen Fall aber wollte sie etwas in ihrem Po.

Ausdruckslos starrte er sie an. Er wartete, beobachtete und gab ihr das Gefühl, unbedeutend zu sein. Sie fühlte sich vollkommen entblößt. Körper und Seele.

Durch seinen Blick allein löste er so heftige Lustschauer in ihr aus, dass der Schmuck an ihren Nippeln aufreizend klimperte. Sie dachte an seine starken Finger, welche die Klemmen befestigt hatten. Sie dachte an seine Berührungen. Und obwohl ihr Geist ‚Nein!' schrie, seufzte sie und flüsterte: „Ja, Sir." Im selben Atemzug drehte sie ihm den Rücken zu, lehnte sich vor und präsentierte ihm ihren Hintern.

Er entließ ein verärgertes Knurren und packte sie mit einer Hand im Nacken. Er übte Druck aus und beugte sie soweit nach vorne, dass sie beinahe den Boden berühren konnte. „Arschbacken spreizen. Sofort."

Vor Befangenheit beschleunigte sich ihre Atmung. Trotz allem legte sie die Hände auf ihren Hintern und kam seinem Befehl nach.

Er tröpfelte eine kalte Flüssigkeit zwischen ihre Pobacken. Im nächsten Moment presste sich etwas gegen ihren Anus und versuchte, sich einen Weg zu bahnen. Sie winselte mitleiderregend: „Neeein."

Eine seiner Hände presste sich gegen ihren Venushügel, während die andere ... diesen Gegenstand in sie hineinschob. Es glitt hinein und dehnte ihr Rektum. Sie konnte es in sich spüren. Fremdartig und hart.

„Das nennt sich Analplug, Süße", murmelte er. „Das Spielzeug wird dir eine neue Welt eröffnen. Eine Welt angefüllt mit neuen Empfindungen. Zudem wird es dich dehnen. Irgendwann möchte ich dich dort nehmen. Nicht dieses Wochenende; dafür bist du noch zu eng und ich bin zu groß. Aber es gibt dir eine Vorstellung davon, wie es sich anfühlen wird, wenn ich in dich hineingleite." Er löste ihre Hände von ihrem Arsch und sie musste feststellen, dass sie während der Prozedur ihre Fingernägel in ihre Haut geschlagen hatte. „Du kannst dich wieder aufrichten."

Ihre Pobacken schlossen sich über dem Stöpsel. Es fühlte sich an, als hätte sie einen Stein zwischen ihren Arschbacken. Rebecca trat von einem Fuß auf den anderen. Wirklich ein unbehagliches Gefühl, dachte sie.

Er trat vor sie, wickelte einen Gürtel um ihre Taille und zog ihn fest. Das Ende baumelte an ihr herunter. Sie schaute ihn fragend an.

Er gab ein tiefes Lachen von sich. „Du wirst schon sehen." Seine Stimme war jetzt sanfter. Er streichelte ihre Wange. „Ich bin so froh, dass du noch hier bist, Becca. Ich weiß, dass das für dich besonders beängstigend ist. Du bist eine Frau, die ihre Kontrolle liebt."

Wärme durchströmte sie. Er wusste, dass sie Angst hatte. Sie fühlte sich verstanden.

Und dann musste er einen Vibrator aus seiner Tasche ziehen. Schockiert stolperte sie zurück.

Er packte sie am Handgelenk. „Oh, nein. Nicht bewegen. Das hast du dir mit deinem Ungehorsam selbst eingebrockt." Das Ding sah unheimlich aus. Geformt wie ein Y, eine Seite mit der typischen phallischen Form, während die andere Seite kürzer war und ein gebogenes Ende aufwies. „Hast du schon mal einen Rabbit benutzt?"

Sie schüttelte den Kopf. Zwar besaß sie einen Vibrator, aber der war recht alt. Sie hatte ihn sich zur Unizeit in einem Sexshop gekauft und jetzt lag er versteckt in ihrem Badezimmer.

„Spreiz deine Beine, Süße."

Um das zusammenfassen: Etwas steckte in ihrem unantastbaren Loch. Und jetzt wollte er noch etwas in sie hineinstecken? Das Schlimmste an der Sache? Sein geduldiges Verhalten ihr gegenüber, löste in ihr das Bedürfnis aus, genau das zu tun, was er wollte. Beschämt schloss sie die Augen und spreizte ihre Beine.

Das verdammte Ding glitt ohne Probleme in sie rein. Sie war

so feucht und auch Logan war das nicht entgangen. Er richtete den Vibrator aus und sie zuckte zusammen, als sie bemerkte, für was das kurze Ende gedacht war. Der Teil rieb direkt über ihre Klitoris.

Bei dem Ausdruck auf ihrem Gesicht lächelte er. Dann zog er den Lederriemen zwischen ihren Beinen hindurch und fixierte somit den Vibrator. Als das Spielzeug eingefasst war, zog er am Leder, wodurch sich der Analplug und der Vibrator noch tiefer in sie schoben. Dann befestigte er den Riemen am Gürtel. „Okay, das wird gehen." Er lächelte sie an und zog eine Augenbraue hoch. „Leicht genervt, Süße?"

Sie funkelte ihn an. „Darf ich jetzt etwas sagen?"

Er musterte sie eine Minute. „Nein. Ich kann dir ansehen, dass du etwas sagen wirst, das mir nicht gefallen wird. Etwas, das ich nicht durchgehen lassen kann. Du solltest erstmal eine Bestrafung hinter dich bringen, meinst du nicht auch? Und jetzt: Geh in die Küche und hol uns beiden ein Glas Wasser. Nimm die roten Gläser."

Er wollte, dass sie mit diesen Teilen in ihren Öffnungen umherlief?

Er hob eine Augenbraue.

Verdammt, verdammt, verdammt. Sie wusste, dass sie o-beinig lief. Bei jeder Bewegung rieb der Rabbit gegen ihre Klitoris und sie spürte, wie sich der Analplug in ihr bewegte. Sie konnte es nicht erklären, aber all das erregte sie.

Sie fand die roten Plastikgläser und füllte Wasser rein. Auf dem Weg zurück ins Wohnzimmer erwachte der Rabbit plötzlich zum Leben. Das Ding pulsierte in ihrer Vagina und stimulierte ihre Klitoris. Dabei stieß es gegen den Analplug, der nur durch eine dünne Wand vom Vibrator getrennt war. Alles zog sich in ihr zusammen. Sie vergaß, wie man atmete und wurde von dem Orgasmus aus heiterem Himmel überrascht. Die Erlösung raubte ihr die Sinne.

Als ihr Sichtfeld wieder aufklarte, bemerkte sie, dass er die Vibrationen zu verantworten hatte. Und irgendwie hatte sie es sogar geschafft, die Gläser nicht fallen zu lassen. Sie wackelte zurück ins Wohnzimmer.

Logan saß auf der Couch, einen Arm über der Lehne und sah sie an. „Deine Kontrolle ist wirklich beeindruckend, Süße."

Verdrießlich schauend gab sie ihm ein Glas. Sie zitterte so heftig, dass das Wasser überschwappte. „Das hast du mit Absicht gemacht."

Bei ihrem Ton spannte er den Kiefer an. Er zeigte auf den Teppich vorm Kamin. „Nimm deine Sklavenposition ein."

Sie wollte ihn fragen, ob er die Teile jetzt wieder entfernen würde – schließlich hatte er seinen Punkt klar gemacht –, aber der Ausdruck auf seinem Gesicht hielt sie davon ab. Neben dem Kamin ließ sie sich auf den Boden. Durch die kniende Position und den Riemen glitten die Spielzeuge noch tiefer in sie hinein. Der Rabbit rieb über ihre geschwollene Klitoris und sie musste ein Winseln unterdrücken.

Sie richtete ihren Blick auf den Teppich. Ihr Körper war so empfindlich, dass sie fühlen konnte, wie Logan sich näherte. Seine Füße erschienen in ihrem eingeschränkten Sichtfeld.

Er trat hinter sie und legte ihr Handfesseln an. Die Innenseiten der festsitzenden Fesseln waren mit Fell gefüttert. Er verband die beiden Schnallen miteinander und sagte: „Meine Süße, ich will kein Wort von dir hören. Auch darfst du dich nicht bewegen; der Kopf bleibt gesenkt. Jeder Verstoß wird mit mehr Bestrafungszeit geahndet, in der du in dieser Position verharren musst. Die Handfesseln werden dir helfen."

Helfen? Dachte er, dass sie ohne die Handfesseln nicht stillsitzen und die Hände hinter dem Rücken lassen konnte? Sie schnaufte und zuckte gedanklich mit den Achseln. Was Bestrafungen anging, war diese auszuhalten. Es machte ihr nichts aus, auf dem Boden zu knien.

Sie hörte, wie die Couch quietschte.

Sie hörte, wie die Seiten eines Buches umgeblättert wurden.

Sie fühlte das Vibrieren in ihrer Vagina.

Sie unterdrückte ihr Stöhnen. In dieser Position vervielfachten sich die Vibrationen und rauschten wellenartig durch ihren erhitzten Körper. Der Teil vom Rabbit, der sich an ihre Spalte schmiegte, pulsierte bis zu ihrer geschwollenen Klitoris. Begierde und Lust zeigte sich und ihr Inneres zog sich in Erwartung eines neuen Orgasmus zusammen. *Oh Gott, oh Gott.* Sie würde es schaffen. Sie würde sich nicht bewegen. Sie hielt ihre Augen auf den Boden gerichtet und spannte die Schultern an, als plötzlich –

Alles stoppte. Überraschung durchfuhr sie, gefolgt von Frustration. Ihr Körper schwebte direkt an der Kante. In den Handfesseln ballten sich ihre Hände zu Fäusten. Nur langsam entspannte sie sich, als der Druck des abgewürgten Höhepunktes nachließ.

Schwere Schritte waren vor Logans Wohnungstür zu hören. Jemand kam die Treppe hoch. Ein Klopfen folgte. Die Tür öffnete sich und Rebecca schloss die Augen. Sie wartete, dass Logan seinen Bruder wieder aus der Tür schob, er etwas sagte oder sie wenigstens zudeckte.

Er machte nichts davon.

Erschreckt schaute sie auf und sah Jake auf der Türschwelle stehen. Sie starrte ihn ungläubig an. Sie war nackt, *verdammt nochmal!* Nackt mit Nippelklemmen und Objekten, die tief in ihr steckten. Ihr Schamgefühl paralysierte sie, sonst wäre sie geflüchtet.

Sie starrte Jake an und dessen Ausdruck wurde eiskalt. „Augen nach unten, Sub", fuhr er sie mit derselben Autorität an, die Logan – ein Dom – hatte.

Sie wandte den Blick ab und sah zu Logan.

Logan betrachtete sie. Seine grauen Augen kalt, als er auf seine Armbanduhr tippte. „Noch mal zehn Minuten oben drauf."

Oh Gott. Oh Gott. Oh Gott. Sie lief feuerrot an und senkte ruckartig den Blick. Ihr war so heiß. Sie hatte das Gefühl in einer Sauna zu sitzen. Wie konnte Logan ihr das bloß antun?

„Hübsches, kleines Ding hast du da, Bruder", sagte Jake.

„Nicht sehr gut trainiert. Hast du kurz Zeit oder ist es gerade schlecht?"

„Ich habe ein wenig Zeit. Nimm Platz."

Nimm Platz? Er hatte seinen Bruder eingeladen, sich hinzusetzen? Ihr Schamgefühl wandelte sich zu Wut. Sie spannte den Kiefer an, um das Verlangen zu unterdrücken, Logan anzubrüllen. Und seinen Bruder.

In dem Moment schaltete sich der Vibrator wieder ein. Sie presste ihre Augen zu und gab ihr Bestes, keine Reaktion zu zeigen. Nicht vor diesen Bastarden. Auf keinen Fall. Trotz Jakes Anwesenheit näherte sie sich wieder der Klippe. Ihre Hände ballten sich zu Fäusten und die Fingernägel bohrten sich in ihre Handflächen. Ihre Aufmerksamkeit galt nun vollkommen ihrer malträtierten Klitoris. Nicht mehr lange. Gleich war es soweit. Gleich würde sie ...

Alles stoppte.

Ein winziges Stöhnen entfuhr ihr. Sie bewegte keinen Muskel. Sie konnte nicht glauben, dass er es schon wieder getan hatte! Und er schien ihr noch nicht mal Beachtung zu schenken. Sie konnte hören, dass die Männer in ein Gespräch vertieft waren. Jetzt, da das Blut nicht länger durch ihre Ohren rauschte, konnte sie die tiefen Stimmen hören.

„Wirst du ihr ein Halsband anlegen, Bruder?"

Logan prustete, als hätte Jake gerade etwas Witziges gesagt. „Ich bin kein Vollzeit-Master."

„Es kann auch bedeuten, dass man eine Beziehung eingeht. Etwas Langfristiges."

Bitte was? Ein Halsband? Wie ein Hund? Wen meinte Jake damit?

„Genug, Arschloch", knurrte Logan. „Wird nicht passieren."

„Dann eben nicht." Danach wechselte Jake das Thema. Er sprach über eine Sturmfront, die für morgen angekündigt war, und wie sich das Wetter auf die Pläne für die Swinger auslösen würde.

Während die beiden miteinander sprachen, schaffte es

Rebecca, ihre Atmung wieder zu kontrollieren. Nur ihre Pussy war verloren.

Ein paar Minuten später ging der Vibrator wieder an. Bevor sie zum Höhepunkt kam, schaltete er ihn erneut ab. Dann noch einmal. An, aus, an, aus.

Irgendwann stellte sie erstaunt fest, dass Jake verschwunden war. *An. Aus.* Ihr Körper bebte. Sie bekam sich nicht wieder ein. Wären ihre Hände frei, hätte sie Logan angegriffen. Ihr ganzer Körper schmerzte. Wenn sie nur kommen könnte ... Sie wollte endlich kommen. Sie rutschte hin und her und versuchte, den Vibrator fester gegen ihre Klitoris zu pressen.

„Nicht bewegen. Sonst füge ich weitere zehn Minuten hinzu." Seine Stimme war tief und gelassen. Geradezu gefühllos.

Seine Foltermethoden lösten Mordgelüste in ihr aus: Bestimmt würde er nicht mehr so gelassen klingen, wenn seine Eingeweide von den Ästen –

An.

Als der Vibrator diesmal aufhörte, konnte sie das Stöhnen nicht unterdrücken und schon gar nicht die Tränen, die aus ihren geschlossenen Augen hervorquollten. Sie bebte so stark, dass sie befürchtete, sich nie wieder unter Kontrolle zu bekommen.

Narbige Hände umfassten ihre Wangen. Die plötzliche Wärme erschreckte sie. „Augen zu mir, Becca."

Sie schaute hoch. Ihr Sichtfeld war verschwommen. Trotzdem konnte sie sehen, dass er sie aus einem gemeinen Gesicht ansah. Wenn er sich so verhielt, mochte sie ihn nicht.

„Wenn du unter meinem Befehl stehst, wem gehorchst du dann, Becca?" Seine Worte waren schneidend.

„Dir", flüsterte sie. Hastig fügte sie ein „Sir" hinzu, als sich sein Kiefer anspannte.

„Musst du dir irgendwelche Sorgen machen oder an irgendwas denken, wenn ich die Kontrolle habe?"

„Nein, Sir."

„Okay, dann sag mir: Was ist deine einzige Aufgabe, Süße?"

Sie hatte keine Ahnung. Wenn er die ganze Kontrolle hatte und sie nicht denken durfte, was blieb dann noch übrig?

„Fühlen, Becca. Ich will, dass du fühlst."

Eine Aussage, die sie gleichermaßen schockierte und erregte. Die Kontrolle abgeben. Nicht über morgen oder die Zukunft nachgrübeln. Es blieb ihr nur eins: ihre Empfindungen. Das Zittern in ihr verstärkte sich und sie schloss die Augen.

Er trat hinter sie und machte die Handfesseln los. Er legte ihre Hände auf ihren Schoß und lehnte ihren Rücken gegen seine Schienbeine. Seine starken Hände massierten ihre schmerzenden Schultern. Die Hände in ihrem Schoß bebten, angeleitet von ihren zerrütteten Emotionen. Sie wusste nicht, was sie noch denken sollte.

Gerade eben hatte sie sich noch verletzlich gefühlt. Und jetzt? Jetzt wurde sie umsorgt. Sie konnte sich nicht mehr aufrecht halten. Sie wollte sich nicht mehr aufrecht halten.

Sie öffnete die Augen erst wieder, als Logan sie in die Arme hob. Rebecca sah in sein Gesicht: markanter Kiefer, Hals angespannt. In seinen Armen fühlte sie sich so verletzlich wie noch nie ... und so geborgen wie noch nie.

Er trug sie zum Bett und legte sie auf den Bauch. Sie drehte den Kopf und beobachtete ihn.

Er stand direkt neben ihr und streichelte über ihre Haare. „Die Bestrafung ist vorbei. Das hast du gut gemacht, Becca. Du hast mich zufriedengestellt." Sein lobendes Lächeln wärmte sie und brachte das Eis in ihrem Inneren zum Schmelzen.

Er griff ihre Hüften und zog sie auf ihre Knie. Mit dem Kopf auf der Matratze und dem Hintern in die Höhe gestreckt festigte er die Fesseln um ihre Knöchel. Danach zog er ihre Arme hinter ihren Rücken und verband die Handfesseln mit den Fußfesseln. Eine Position, die ihr einen Schauer über den Rücken laufen ließ.

Er war noch nicht fertig mit ihr.

Als er den Vibrator entfernte, hätte sie am liebsten geschrien. Sie war so empfindlich und noch immer so erregt. Er umkreiste ihre Klitoris und glitt durch ihre Nässe. Ihre geschwollene Klitoris brachte sie zum Winseln. „Rot und geschwollen", flüsterte er. „So wie ich es mag."

Sie schüttelte ihren Kopf und die Tränen kehrten zurück.

Er umfasste ihre Wange, drehte ihren Kopf zu sich und küsste sie sanft. „Becca? Was ist los?"

„Ich halte das nicht nochmal aus. Bitte mach das ... nicht nochmal."

Das Grübchen auf seiner Wange erschien, obwohl sie kein Lächeln sah. Abgelenkt wurde sie von der glühenden Hitze in seinen Augen. „Noch sind wir nicht fertig. Eines kann ich dir aber versprechen: Du wirst so hart kommen, dass deine Lustschreie in jeder Blockhütte zu hören sein werden."

Logan zog sich komplett aus und ihre Augen weiteten sich, als sein Schwanz heraussprang – lang und dick. Er umfasste seine Erektion. „Du warst nicht die Einzige, die gelitten hat, meine Süße."

Nachdem er sich ein Kondom übergezogen hatte, kniete er sich hinter sie und presste seine Brust gegen ihren Rücken. Er fühlte sich so warm an. So schwer – wie eine tröstende Decke um ihr verwirrtes Sein. Sein harter Schwanz kam in Kontakt mit ihren empfindlichen Schamlippen. Sie zuckte zusammen und musste ein Stöhnen unterdrücken. *Oh. Gott.*

Seine Hand fuhr über ihren Bauch, zu ihrem Venushügel und durch die kleinen roten Löckchen, bis er ihre geschwollene Klitoris fand. Er umkreiste das empfindliche Nervenbündel und sie stöhnte. Mit der Eichel umkreiste er ihren Eingang, glitt durch ihre feuchte Spalte und badete in ihrer Nässe.

Er zwickte in ihre Klitoris und vergrub sich mit seinem dicken Schwanz in ihr.

Jeder aufgeschobene Orgasmus entlud sich gleichzeitig und sie schrie. Sie schrie und schrie, als der ganze Druck von ihr abfiel. Ihr Sichtfeld verschwamm und sie bäumte sich auf. Explosionsartig wurde ihr Körper in Stücke gerissen. Die überschwappende Lust war zugleich überwältigend und beängstigend.

Seine Finger ließen von ihrer Klitoris ab. Er konzentrierte sich auf den Akt und kämpfte sich mit seinem Schaft durch ihr pulsierendes Geschlecht. Ihr Herz hämmerte so gewaltig in ihrer Brust, dass es sich anfühlte, als würde sie zerspringen. Sie bekam keine Luft mehr. Hatte er den Sauerstoff aus dem Zimmer gelassen? Verzweifelt japste sie und versuchte, Luft in ihre Lungen zu bekommen.

Er wickelte einen Arm um ihre Taille und stieß in einem gnadenlosen Rhythmus in sie hinein, an den sie sich noch immer nicht gewöhnt hatte.

Und heute fühlte es sich noch intensiver an. Als er sein Schambein gegen ihren Po presste, erinnerte sie sich auch, woran es lag. Er hatte den Analplug nicht rausgenommen: Bei jedem Stoß wurde sie an dieser Stelle stimuliert. Sie fühlte sich noch voller an und das löste Gefühle in ihr aus, die sie bisher nicht gekannt hatte. Gefühle, die sie eigentlich nicht mögen sollte! Das Problem: Es gefiel ihr. *Oh Gott, ja!* Es fühlte sich so ... belebend an.

Sie war so heiß und feucht. Er wollte sich tief in ihr vergraben und endlich kommen. Aber vorher musste er noch eine Sache erledigen. Also drosselte er das Tempo. Er gab ihr die Chance, sich zu erholen und wieder zu Atem zu kommen. *Verdammt*, er hoffte, dass sie das schnell tat. Für die Kontrolle eines Mannes war diese Position die reinste Folter.

Er versuchte, sich abzulenken und führte die Hände zu ihren Brüsten. *Gott*, ihre Brüste waren perfekt – so voll und saftig. Nicht einmal seine großen Hände schafften es, sie vollkommen zu bedecken. Nicht zu vergessen ihre Nippel! Sie waren so empfindlich: Jedes Mal, wenn er die Klemmen berührte, zog sich ihr Geschlecht um seinen Schwanz zusammen.

Er änderte den Winkel, damit er mit seinem Schwanz genau ihren G-Punkt traf. Sie erstarrte unter ihm und er grinste.

Anscheinend hatte er den Punkt nicht verfehlt. Ein Ort, der genauso empfindlich war wie ihre reifen Brüste.

Ihre Fesseln hatte sie offensichtlich vergessen. Sie stöhnte und versuchte, sich zu bewegen, wurde aber von den Fesseln an Ort und Stelle gehalten. Ihre Vagina bebte um seine Länge, als sie erkannte, wie verletzlich sie war. Ihre eiserne Kontrolle lag in Scherben; sie hatte ihren Willen an ihn übergeben, genauso wie ihren Körper.

Er drückte ihre Beine noch weiter auseinander, um dieses Gefühl der Verletzlichkeit zu verstärken und beobachtete, wie sich ihre Hände zu Fäusten ballten. *Zu Fäusten.* Den innersten Kern ihrer Unterwerfung hatte er noch nicht erreicht. Er griff nach den Kettchen der Nippelklemmen und zog bei jedem Stoß daran. Er beobachtete sie, interpretierte ihre Reaktionen und handelte dementsprechend. Sein Ziel war es, sie zu puren Gefühlen und purer Hingabe zu treiben. Er wurde an eine Sinfonie von Beethoven erinnert. An das Ende, das bewegende und tobende Finale, wenn sich alle Instrumente bündelten und Empfindungen auslösten, die nicht zu bändigen waren.

Die Wände ihres Geschlechts pulsierten. Zuerst zaghafte Zuckungen – wie eine Einleitung. Ihre gespreizten Schenkel bebten wie Espenlaub im Wintersturm. Nur durch die Fesseln wurde sie gebändigt. *Nicht mehr lange.*

Er lehnte sich zurück, schob eine Hand wieder zu ihrer Pussy und fand ihre geschwollene Klitoris. Mit der anderen Hand umfasste er das Ende des Analplugs in ihrem saftigen Hintern. Er wackelte daran, verstärkte ihre Empfindungen und damit ihre Unterwürfigkeit.

Ihr gesamter Körper bebte und ein undefinierbarer Laut löste sich aus ihrer Kehle. Ihre Hüften zuckten, wodurch sie versehentlich die Reibungskraft zwischen ihrer Klitoris und seinen Fingern erhöhte. Sie wimmerte und stöhnte. Endlich gab sie sich der Lust hin. Endlich gab sie sich ihm hin. Nur ein Dom konnte dieses berauschende Gefühl der Macht wirklich genießen.

Er stieß hart zu. Im gleichen Atemzug riss er ihr den Analplug heraus. Als er mit seinem Schwanz hinausglitt, führte er den Plug wieder ein. Sie erstarrte unter ihm, bäumte sich auf und streckte ihm ihren Arsch entgegen. Immer und immer enger schlang sich ihre Pussy um seinen Schwanz. Und dann war es soweit: Die Wände ihres Geschlechts kollabierten um seine harte Länge. Sie schrie ihren Orgasmus heraus. *Fuck*, er liebte ihre ungezügelte Lust. Was er noch mehr liebte: Dass sie Fesseln brauchte, um diese Zügellosigkeit zu erreichen.

Sie pulsierte um seinen Schwanz. Er war an dem Punkt angelangt, an dem er sich nicht mehr zurückhalten konnte. Ein letztes Mal vergrub er den Analplug in ihrem Loch. Dann packte er ihre Hüften und hämmerte erbarmungslos in sie hinein. Sein eigener Höhepunkt glich einem Vulkanausbruch – das Feuer bildete sich tief in seinem Inneren, schoss durch seine Adern und fand den Weg aus seinem Schwanz.

Als er wieder zu Atem kam, löste er die Kette, die ihre Hände mit ihren Fußknöcheln verband. Er ließ sich neben sie aufs Bett fallen und zog sie mit sich, bis sich ihr Rücken gegen seine Brust presste. Noch war er tief in ihr vergraben. Am liebsten würde er bis in alle Ewigkeit in dieser Position verharren. Er schlang seine Arme um sie und verbarg sein Gesicht in ihrem seidigen Haar. *Mein Gott*, er bekam nicht genug von dieser weichen, bebenden Sub in seinen Armen.

Die kleine Sub hatte ihm gerade das größte Geschenk gemacht, das sich ein Dom nur vorstellen konnte: tiefste, grenzenlose Hingabe. Zusammen mit diesem Glücksgefühl bahnten sich auch Angst und Sorge einen Weg in sein Bewusstsein. Es war erstaunlich. Binnen eines Tages hatte sie es geschafft, ihre selbstbestimmende Natur abzulegen, die sie der Öffentlichkeit Tag ein Tag aus präsentierte. *Verdammt*, wie sehr ihm das gefiel. Er bekam nicht genug von ihrer aufgeweckten Persönlichkeit. Bereits am Morgen verbreitete sie Frohsinn. Eigentlich sollte er sie allein dafür bestrafen. Dann dachte er an ihren Umgang mit Thor: Obwohl sie panische Angst vor seinem Hund hatte, streichelte sie ihn. Sie arbeitete daran, ihre Angst zu überwinden. Er wusste, dass sie Tiere mochte. Ihr Ausdruck, als sie die Hirschkuh mit ihrem Kalb erblickt hatte, war aussagekräftig gewesen. Aber nichts übertraf den Ausdruck in ihren großen, grünen Augen, als sie ihm bereitwillig ihre Handgelenke entgegengestreckt hatte.

Er wollte diese kleine, weiche Sub behalten. Er wollte ihr sein Halsband anlegen. *Gott möge ihm beistehen.*

Gewehrschüsse aus einer M16, die wie Silvesterknaller auf Steroide klingen. Das Beben der Erde, als die Sprengfalle explodiert. Der Pickup holpert über die Straße, schüttelt ihn und die anderen durch wie Murmeln auf Zementboden. Schreie ... so viele Schreie. Schweiß strömt über sein Gesicht. Oder handelt es sich um Blut? Sein Herz hämmert. Er rennt die Straße runter, in ein Haus. Sein Helm in der Eile vergessen. Das gleichmäßige, ratternde Geräusch eines Maschinengewehrs Kaliber 50 beginnt. Das Dröhnen von Rettungshubschraubern folgt. Er schaut über seine Schulter, obwohl er bereits weiß, was ihn erwartet. Es war zu spät. Sein Team, oh Gott, sein Team. Rote Pfützen im Sand wie ein blutgefülltes Kaleidoskop. Schmerzensschreie. Todeskampf. Männer rennen die Straße runter, auf der Suche nach ihm. Seine Hände packen sein –

„Logan!"

Hände auf ihm, die ihn wachrüttelten. Winzige Hände. Er griff nach dem Arm des Soldaten. Samtweiche Haut. Die Stimme war nicht richtig, zu hoch. Wer rief seinen Namen? Er blinzelte und sah große grüne Augen, blasse Haut mit Sommersprossen und rosafarbene Lippen. Er zwang sich, seinen Griff um ihren Oberarm zu lockern. „Becca." Seine Stimme heiser – als hätte er stundenlang geschrien.

„Bist du wach?" Sie strich ihm das Haar aus seinem verschwitzten Gesicht. „Das muss ein fruchtbarer Albtraum gewesen sein."

Einen gedehnten Seufzer später sagte er: „Kann man so

sagen." Er packte sie an den Schultern. Im Geiste sah er noch immer die Blutlachen vor sich. *Rot, alles rot.* Was hatte er getan? Hatte er sie verletzt? „Bist du in Ordnung?"

„Ja, na klar. Schließlich bin ich es nicht, die schlecht geträumt hat." Sie befreite sich aus seinen Armen und ging ins Badezimmer. Der Lichtschein von zwei Kerzen flackerte über ihre blasse Haut.

Er seufzte gequält. Seine Eingeweide verknoteten sich, zogen sich zusammen und ließen ihn nicht zu Ruhe kommen. Der Albtraum konnte sehr schnell zur Realität werden. *Heilige Scheiße.* Er war eingeschlafen. Das war nicht gut. Er hätte sie verletzen können.

„Logan." Ein Arm schob sich hinter seinen Rücken. Sie half ihm in eine sitzende Position und führte ein Wasserglas an seine Lippen. „Trink, Logan."

Kaltes Wasser spülte die Trockenheit aus seiner Kehle. Nachdem sie das Glas auf dem Nachttisch abgestellt hatte, wusch sie ihm mit einem Waschlappen den Schweiß aus dem Gesicht und von der Brust. „Na siehst du. Schon besser."

Bevor er ihr sagen konnte, dass sie verschwinden musste, drückte sie ihn wieder in eine liegende Position und kuschelte sich an ihn. Sie legte ihren Kopf auf seine Schulter, schmiegte sich an ihn und legte einen Arm über seine Brust. „Ich hasse Albträume", murmelte sie. Zwei Atemzüge später war sie eingeschlafen.

Logan starrte an die Decke. Er war sich nur allzu bewusst, dass sich eine Frau wie ein vertrauensseliger Welpe an ihn kuschelte. Sie schlief. Sorgenfrei. Er blinzelte, legte eine Hand in ihren Nacken und die andere um ihre Schulter. Sie war stärker, als sie aussah. Auch sie hatte ihre Albträume.

Und sie hatte ihre Ängste weitaus besser unter Kontrolle als er. Er saß jedes Mal zitternd auf der Bettkante. Das Glas Wasser von ihr hatte mehr gelindert als den trockenen Hals. Der Waschlappen hatte nicht nur den Schweiß von seinem Gesicht gewischt: Es war ihr gelungen, ihn in der Realität zu verankern.

Sie hatte seine normalen, erschreckenden Reaktionen auf einen dieser Albträume gebannt.

Logan fühlte ihren heißen Atem an seiner Schulter, während sich ihre Brust friedvoll mit jedem Atemzug hob und senkte.

Vorsichtig atmete er ein. Er konnte sich glücklich schätzen, dass er sie nicht verletzt hatte. Er wusste mit absoluter Sicherheit, dass er heute Nacht keinen Schlaf mehr finden würde. Trotz allem konnte er im Moment nicht glücklicher sein.

KAPITEL DREIZEHN

Rebecca schaute nach den Würstchen und dem Frühstücksauflauf. Gleich musste sie die Biscuits reinschieben.

Logan legte seine Arme um ihre Taille und zog sie an seine Brust. „Die anderen brauchen immer Hilfe. Wie schaffst du all das nur alleine?", fragte er.

Seine tiefe Stimme und sein fester Griff lösten einen Schauer in ihr aus, der sich bis in ihre Zehenspitzen vorwagte. „Ich habe viel Übung. Schließlich musste ich im Verbindungshaus viele hungrige Mäuler stopfen."

Er küsste sie auf den Hals. Sein Dreitagebart kratzte über ihre Haut, doch seine Lippen waren weich und warm. „Barfuß und in der Küche. Der Traum eines jeden Mannes. Zu dumm, dass zu viele Menschen in der Umgebung sind. Ansonsten würde ich dich auf den Tisch setzen, deine Beine auf meine Schultern heben und dich noch vor dem Frühstück vernaschen."

Im Inneren erschauerte sie. Äußerlich drehte sie den Kopf zum Tisch. „Ah, richtig, zu viele Menschen." Die Worte kamen heiser über ihre Lippen.

Er schob eine Seite ihres Flanellhemdes von ihrer Schulter und biss sie. Gleichzeitig packte er eine Pohälfte und rief ihr

damit die letzte Nacht in Erinnerung. Die ganzen Empfindungen kamen an die Oberfläche ... Sie dachte daran, was er sie
hatte fühlen lassen. *Mein Gott.* Sie musste ein Stöhnen unterdrücken.

Logan lachte. „Ich werde dir aus dem Weg gehen. Oder gibt
es etwas, mit dem ich dir helfen kann?"

„Nein, ich habe alles im Griff." Sie drehte die Hitze der
Würstchen runter, grinste bei den zischenden Geräuschen und
drehte sich zu ihm um. Mittlerweile hatte er sich hingesetzt. In
seinem dunkelblauen T-Shirt sah er einfach so männlich aus.
Wenn er sich bewegte, dann spannte sich sein Bizeps an und ihr
Mund trocknete aus. So verdammt attraktiv, aber ... Sie runzelte
die Stirn. Seine Sorgenfalten wirkten heute Morgen tiefer. „Du
siehst müde aus. Hast du Schwierigkeiten, nach deinen
Albträumen wieder einzuschlafen?"

Er zuckte zusammen und ließ ein schwaches Lächeln auf
seinem Mund erscheinen. „Mit dir in meinem Bett schlafe ich
nur zu leicht ein."

War das seine Antwort? Wollte er nicht über seine
Albträume reden? Das konnte sie gut verstehen.

Sie wurde gezwungen, sich wieder dem Kochen zuzuwenden.
Die Gravy blubberte und es war höchste Zeit, die Biscuits in den
Ofen zu schieben. Gravy und Biscuits, sie konnte es nicht erwar-
ten. Gelächter drang aus dem Speisesaal an ihre Ohren. Jenna
und Brandy kamen in die Küche, um für alle Geschirr und
Besteck zu holen. Sie sprachen von den Ereignissen der vergan-
genen Nacht. Als sie Rebecca und Logan sahen, richteten sie die
Blicke verheißungsvoll auf das Paar, als erwarteten sie auch eine
Zusammenfassung von ihnen.

Ganz bestimmt nicht, dachte Rebecca. Auf keinen Fall würde
sie darüber sprechen, was Logan die letzte Nacht mit ihr getan
hatte.

Schon vor Logans Auftauchen in der Küche hatten ihre miss-
handelten Nippel und ihre wund geriebene Klitoris gekribbelt.
Jede Bewegung rief ihr die letzte Nacht in Erinnerung. Und dass

Logan mit ihr im selben Raum war, machte jeden Millimeter ihrer Haut nur noch empfindlicher.

Sie versuchte, ihren Körper zu ignorieren, zog den Auflauf aus dem Ofen und legte den Bacon auf einen Teller. Die Biscuits kamen in ein mit Stoff ausgekleidetes Körbchen.

Von links hörte sie ein zufriedenes Brummen, bevor Logan sie sanft beiseiteschob, so dass er sich ein paar von den Biscuits stibitzen konnte. Dann küsste er sie auf die Wange, biss in ihr Ohrläppchen und setzte sich wieder an den Tisch. Der Schuft. Jetzt war ihr Körper wach. Wenn der Mann sie nicht bald allein ließ, würde sie sich wie ein rolliges Kätzchen an jeder verfügbaren Oberfläche reiben.

Konzentriere dich, Weib. Sie richtete die Augen auf das Essen und goss die Gravy in eine Schüssel. Inzwischen fanden sich alle in der Küche ein. Rebecca zeigte auf die Schüsseln und Platten, die in den Speisesaal getragen werden konnten. Mel kam ein zweites Mal zurück und Rebecca sagte zu ihm. „Das war alles. Ihr könnt essen."

„Großartig", sagte Mel und rieb sich über den Bauch. „Es sieht fantastisch aus, Rebecca. Du bist eine Wahnsinnsköchin."

„Danke." Sie nahm von dem Bacon und warf Thor seinen Leckerbissen hin, der auf seinem Platz neben der Tür geduldig wartete. Sie umarmte ihn, ließ sich zum Dank von ihm ablecken und gesellte sich dann zu Logan an die Kücheninsel. „Willst du nichts essen?", fragte sie.

„In einer Minute", sagte Logan, ohne aufzuschauen. Ihre Augen weiteten sich, als sie sah, was seine Aufmerksamkeit in Beschlag genommen hatte: Sie hatte ihr Skizzenbuch auf der Arbeitsfläche liegen lassen. *Verdammt.*

Sie streckte ihre Hand aus, um es ihm wegzunehmen. Er reagierte sofort, packte ihr Handgelenk und hielt sie mit Leichtigkeit in einem festen Griff. Sie konnte nicht fassen, dass sie das feucht machte. *Verdammt*, er sollte nicht imstande sein, einen solchen Effekt auf sie zu haben – schon gar nicht mit seiner Macho-Taktik.

Sein stahlblauer Blick traf sie. Es fühlte sich an, als befände sie sich in einem Fahrstuhl, der im rasanten Tempo auf dem Weg zum Mittelpunkt der Erde war. Nicht nur seine körperliche Stärke reizte sie, sondern auch die Autorität in seinem Blick und seine offensichtliche Überzeugung, dass sie gehorchen würde.

Sein Mundwinkel zuckte amüsiert. „Gehörst du auch zu diesen kreativen Leuten, die ihr Werk nicht teilen, bevor es fertig ist?"

Sie leckte sich mit der Zunge über die Lippen. Sie unternahm einen neuen Versuch und zog an ihrem Arm, um sich zu befreien. Es machte keinen Sinn. Es führte lediglich dazu, dass heiße Lava durch ihre Adern strömte. „Ah, ja, genau. Ich will nicht, dass es jemand sieht."

Seine Augen verengten sich. „Bisher hast du mich noch nie angelogen. Fang jetzt nicht damit an, Süße." Er stand auf, lehnte sich über sie, nahm ihr Kinn zwischen Daumen und Zeigefinger und zwang sie, seinen Blick zu erwidern. „Die Wahrheit bitte."

„Logan!" Sie wurde rot. Ja, sie hatte gelogen. „Einige dieser Skizzen sind mir ... peinlich, okay?"

„Ah." Wenn der Teufel ein Grinsen besaß, wurde sie gerade Zeuge davon. „Jetzt bleibt mir keine andere Wahl, als nachzusehen." Er setzte sich wieder hin, wickelte einen Arm um ihre Hüfte und zog sie an sich. Seite für Seite schaute er sich an.

Zeichnungen von Landschaften, Paul und Amy auf den Steinen am See, Szenen vom Yosemite-Wasserfall. Eine Skizze, die Jake zeigte: Er stand am Ufer eines Baches und erzählte von den einheimischen Fischen. Logan hinter seinem Tresen, ausdruckslos und unerbittlich, wie bei ihrer ersten Begegnung mit ihm.

Das nächste Bild brachte ihn zum Lachen: Ashley mit so großen Titten, dass sie sie mit beiden Händen halten musste. Zudem hatte Rebecca ihr eine Hakennase über dicken Schlauchbootlippen verpasst. „Erinnere mich daran, dich niemals zu verärgern, Süße."

Es folgte eine weitere Skizze von Logan in seiner Rolle als

Dom. Seine Dominanz prallte ihr von der Seite entgegen. Und zu guter Letzt eine Hirschkuh mit ihrem Kalb, das hinter den Beinen ihrer Mutter hervorlunzte.

Logan seufzte und nahm ihre Hand. „Du kannst so toll zeichnen. Warum verschwendest du dein Talent in einer Werbeagentur?"

Seine Frage verstärkte den Entschluss in ihr, über ihr Leben nachzudenken. Sein Tonfall beruhigte sie. Er klang nicht wertend; er war einfach nur neugierig und wollte mehr über sie erfahren.

Er blätterte weiter. Er fand zwei Zeichnungen von Thor. Die erste zeigte den riesigen Hund, wie sie ihn zuerst gesehen hatte: als knurrendes, furchteinflößendes Monster. Die andere hatte sie gestern gezeichnet: Es zeigte einen knuddeligen Teddybären mit heraushängender Zunge und einem Hundegrinsen. „Das musst du mir verkaufen."

Endlich hatte sie etwas gefunden, mit dem sie sich bei ihm bedanken konnte. Sie löste die Zeichnung aus ihrem Skizzenblog und reichte ihm das Platt Papier. „Es gehört dir."

Er zog die Augenbrauen hoch.

„Sieh es als Bezahlung für die ... Lektionen." Und sie wurde wieder rot.

Er zog sie zu sich und hielt sie zwischen seinen muskulösen Schenkeln gefangen. Seine Hände packten ihre Taille und sandten einen Lustschauer durch ihren Körper. „Denkst du wirklich, dass ich für das, was wir miteinander teilen, eine Bezahlung möchte?" Verärgert blickte er sie an.

„Ähm, nein, das denke ich nicht." Ihre Beine zitterten, als seine Hände zu ihren Brüsten wanderten und diese massierten. „Wie wäre es damit: Ich möchte dir das Bild schenken, weil ..." *Ich den Sex so heiß finde?* Sie klappte den Mund schnell wieder zu und wagte einen neuen Versuch. „Weil wir Freunde sind?" Sie waren mehr als Freunde, oder?

„Okay, damit bin ich einverstanden, kleine Rebellin", sagte er. Ein Grinsen zeigte sich auf seinen Lippen. „Wenn du nicht testen willst, ob der Schreiner mit dem Küchentisch einen guten Job gemacht hat, sollten wir lieber frühstücken gehen." Die Beule in seiner Jeans war eindeutig.

Sich von ihm loszureißen, war nicht einfach. Mal ganz abgesehen davon, dass sich ihre Beine während ihrer kleinen Unterhaltung zu Wackelpudding verwandelt hatten.

Logan hatte sich den restlichen Morgen in seiner Wohnung verbarrikadiert. Als er wieder rauskam, überredete er Rebecca, ihm bei Arbeiten auf dem Pfad zu helfen. Sie mussten ihr Vorhaben frühzeitig unterbrechen, da sich ein Gewitter ankündigte. Noch bevor es regnete, peitschten die Äste der Bäume durch die Luft und der Wind ließ die Holzhütten quietschen. Dann kam der Regen. Wie aus Eimern goss es auf die Erde nieder. Ihre Verbindungsmutter aus Texas nannte das immer einen Gulliheber.

Logan fragte an, ob sie mit ihm in die Stadt fahren wollte. Sie lehnte ab. Der Sturm verzauberte sie. Mit Thor hatte sie es sich auf der Veranda bequem gemacht, während die Natur eine andere Seite zeigte. Nach dem Regen trottete Thor davon. Rebecca konnte sich gut vorstellen, was er vorhatte. Sie verbrachte die nächsten Stunden mit ihrem Skizzenblog und versuchte, die geheimnisvollen Sonnenstrahlen auf dem Blatt einzufangen, die sich durch die dunklen, tiefhängenden Wolken wagten.

Ungestört konnte sie darüber nachdenken, was gestern passiert war ... und die letzte Nacht. Er hatte sie bestraft. Es hatte ihr nicht gefallen, aber selbst das hatte sie erregt. Logan hatte gestattet, dass Jake sie nackt sah. Auch heute ärgerte sie sich noch darüber. Offensichtlich hatte sie sich nicht genug darüber geärgert. Schließlich war sie Minuten später so hart wie noch nie gekommen. War sie wahnsinnig geworden? Wenn sie Logan Glauben schenken durfte, gab es eine erstaunlich große

Anzahl von Leuten, die auf Dominanz und Unterwerfung standen. Und auf Bondage. Den ganzen BDSM-Lifestyle.

Sie schaute verdrießlich. Logan, der Mann, machte sie heiß. Logan, der Dom, entfachte ein Feuer in ihr. Allein der Gedanke daran, wie er sie gefesselt hatte und in sie eingedrungen war! Er hatte ihr keine Wahl gelassen. Mein Gott, sie war noch nie so feucht gewesen.

Okay, Rebecca. Konzentriere dich aufs Zeichnen. Nicht nachdenken. Einfach zeichnen.

Als sie schließlich ihre Materialien wegräumte, stellte sie fest, dass sich ein breites Lächeln auf ihr Gesicht gestohlen hatte. Die Gedanken an die Swinger und an ihren Job, der sie schon lange nicht mehr glücklich machte, waren verstummt. Zurück blieb Glückseligkeit. In diesem Moment konnte sie nicht zufriedener sein.

Allerdings sollte sie endlich mit den Vorbereitungen fürs Abendessen beginnen. Für heute hatte sie ein einfaches italienisches Menü geplant: Spaghetti Bolognese, Salat und Knoblauchbrot. Sie holte das Fleisch aus dem Kühlschrank und öffnete dann für Thor die Hintertür.

Kein Thor.

Sie trat nach draußen. Sie atmete die frische Luft ein und suchte die Umgebung nach Logans Hund ab. *Komisch.* Er wartete zu jeder Mahlzeit an der Hintertür. Immer. Ohne Ausnahme. Logan hatte ihn nicht mit in die Stadt genommen und Jake war mit ein paar Clubmitgliedern Richtung Osten gewandert, um nach dem Sturm Regenbögen zu fotografieren. Als Thor sie nach dem Regen verlassen hatte, war er Richtung Westen gegangen.

Wo konnte er nur sein?

Die Pfanne war heiß und sie fügte das Fleisch hinzu. Danach ging sie wieder zur Hintertür. Sie rührte um. Ging wieder zur Hintertür. Rührte. Ging zur Hintertür. Nachdem sie die Nudeln in den riesigen Topf geworfen hatte, hielt sie es nicht mehr aus. Jake hatte gesagt, dass Thor noch nie eine Mahlzeit verpasst hatte. Sie konnte fühlen, dass Thor etwas passiert war.

Sie ging in den Hauptraum. Es waren nicht viele anwesend. Nur drei Männer, die Karten spielten.

„Ich gehe mit", knurrte Mel.

Paul schaute ihn finster an und bemerkte dann Rebeccas Anwesenheit. „Alles in Ordnung?"

„Ich bin mir nicht sicher. Thor ist nicht hier. Er kommt zu den Mahlzeiten immer nach Hause."

„Thor?" Christophs Augenbrauen zogen sich zusammen. „Wir haben hier keinen Thor."

„Das ist der Hund, du Idiot." Mel tätschelte Rebeccas Arm. „Wahrscheinlich jagt er hinter einem Hasen her. Mach dir keine Gedanken."

„Aber Jake meinte, dass er immer –"

„Lass sehen, was du hast, du Bastard." Mel klopfte auf den Tisch und die Aufmerksamkeit der Männer wandte sich wieder den Karten zu. *Vielen Dank auch*, dachte Rebecca.

Den Tisch umzuschmeißen, würde auch nicht helfen. Befriedigend, aber nicht hilfreich. Sie ging zur Vordertür heraus und schaute verdrießlich auf die Berge. Meilenweit nichts als Wald. In zwei Stunden ging die Sonne unter. Sie hatte nicht viel Zeit. Nichtsdestotrotz sollte sie ein wenig den Pfad hochgehen und nachsehen, ob er sich in der Umgebung aufhielt.

Okay, also dann. Sie überquerte die Lichtung und lief über die Kieselstraße. Im Matsch quietschten ihre Sneaker. Im Wald schien die Temperatur um zehn Grad zu fallen und die feuchten Kiefernnadeln fügten dem reinen Waldgeruch ihr scharfes Aroma hinzu. Sie hielt nur an, wenn sie Thors Namen rief. Sie folgte ausschließlich dem kurvenreichen Pfad. Stille umgab sie. Nur gelegentlich hörte sie ein Knacken, das Rauschen von Baumkronen, Regentropfen, den Schrei eines Falken in der Ferne oder den rauschenden Bach in der Nähe. War das die Melodie von Frieden und Eintracht?

Ihr Herz und ihre Lungen hatten sich in den letzten Tagen an das höhergelegene Gelände gewöhnt. Sie fühlte sich gut. Sie war fit. Sie stand nicht länger unter andauernder Anspannung.

Beim Gedanken daran, am Donnerstag wieder auf Arbeit gehen zu müssen, an die Meetings und den Druck, an all die Zickenkriege und Schwanzvergleiche, drehte sich ihr der Magen um.

Sie erreichte eine kleine Aussichtsplattform und hielt an, um die Wärme der Sonne zu genießen und Atem zu schöpfen. Über den hohen Bergen im Osten hingen dunkle Wolken. Regen fiel auf die Erde hinab und fing das Licht der Sonne ein. Ein goldfarbener Nebel legte sich über die Wipfel. Der Anblick löste einen Gedanken in ihr aus: Worin lag ihr Widerwillen, wieder zur Arbeit zu gehen? Lag es an der tollen Zeit, die sie in Serenity Lodge erlebt hatte oder steckte etwas Weitreichenderes dahinter?

Sie drehte sich um und betrachtete den Stand der Sonne. Sie hatte keine Zeit, sich in Gedanken zu verlieren. „Thor!", rief sie, während sie ihren Aufstieg fortsetzte.

Was sie an ihrem Job störte, war der Teil, in dem sie gezwungen war, mit Menschen zu kommunizieren. Sie hasste es, wenn sie ehrlich war. Warum zum Teufel wollte sie also Art Director werden? Dann wäre sie auf der Leitungsebene und hätte es nur noch mit bürokratischem Scheiß zu tun. Das machte doch nun überhaupt keinen Sinn. Der US-amerikanische Traum: *Scheffle viel Geld, sonst giltst du als Verlierer.*

An diesem Ort die Mahlzeiten zu kochen, hatte sie weitaus mehr befriedigt als ihre hochbezahlte Anstellung in San Francisco. Das Einzige, was sie an ihrer Arbeit immer geliebt hatte, war der schöpferische Prozess. Ein Konzept zu erstellen und es umgesetzt zu sehen, brachte ihr Freude. Wenn dies nur auch ohne die Kundenmeetings ginge. Sie seufzte. Wenn sie ehrlich war, würde sie lieber den ganzen Tag malen – für sich allein, nur weil es ihr Spaß machte und nicht, weil der Job es verlangte.

Abrupt kam sie zu einem Halt. Missmutig schaute sie auf den geschlängelten Pfad vor sich. Befand sie sich auf dem Pfad der Erleuchtung, oder was ging hier vor sich? *Zum Teufel*, sie musste von diesem Ort verschwinden, bevor noch ihre ganze Karriere den Bach runter ging.

Zu spät. Als sie einen Ast zur Seite schob, um sich den Weg frei zu machen, tropfte angesammeltes Regenwasser auf ihren Kopf. *Überlege dir einen Plan.* Sie würde zu ihrem Job zurückkehren und sehen, ob sie dort dasselbe beklemmende Gefühl überkam wie jetzt. Vielleicht lag es nur an den Bergen, dass sie ihre Lebensentscheidungen in Frage stellte.

Wenn sie sich dann noch genauso fühlte, würde sie sich umorientieren: Sie wollte etwas machen, dass ihr Spaß bereitete. Die Erleichterung und Vorfreude, die sie bei dieser Entscheidung durchfuhren, überraschten sie.

Sie erschreckte ein Reh. Was auf Gegenseitigkeit beruhte, denn Rebecca wäre fast aus ihren Sneakern gesprungen. Sie erreichte den nächsten Aussichtspunkt und hielt an. Es war so schön hier, dass es ihr in den Fingern kribbelte, zu malen. Im nächsten Moment fiel ihr der Stand der Sonne auf. Rebecca runzelte die Stirn. Wie lange war sie schon unterwegs? Vor Anbruch der Dunkelheit musste sie wieder in der Lodge sein, sonst würde es ungemütlich werden. „Thor!", schrie sie. „Thor!"

War das ein Winseln? Sie hob ihren Kopf und lauschte. Der Wind rauschte durch die Baumkronen über ihrem Kopf. Sie hörte den Bach und ... da war es wieder: ein Winseln. *Gott sei Dank.* „Wo bist du, mein Großer?"

Das Winseln kam vom Abhang. Sie verließ den Pfad und lief in die Richtung einer Grünfläche, die auf ein Flussbett schließen ließ. Sie stapfte durch Vegetation, überflutet vom letzten Regen. Am Bach hielt sie an und rief: „Thor?"

Das Winseln kam von der anderen Seite. Unter einem Haufen von Stämmen und Zweigen schimmerte sein braunes Fell. *Mist.* Der Bach toste nach dem Gewitter noch immer und stürzte gefährlich schnell den Berg herunter. *Wie soll ich nur zu ihm kommen?* Sie sah stromaufwärts und stromabwärts. *Warum zum Teufel gibt es hier keine Brücken?* Dann fielen ihr Felsen ins Auge, die aus dem Bach ragten. Auf diese Weise könnte sie aufs andere Ufer gelangen. Sie müsste lediglich von einem Stein zum nächsten springen.

Sie prägte sich ein, wo sie die Füße hinsetzen musste und sprang. Sie rutschte aus, konnte sich aber fangen. *Verdammt*, sie war nicht gerade die sportlichste Person auf diesem Planeten. Sprung. Die Steine waren glitschig vom Moos. Sprung. Schließlich blieb bloß noch ein weiterer Sprung – der Sprung ans andere Ufer. Kinderspiel. Jedenfalls hoffte sie das. Sie sprang. Ein Hochgefühl bemächtigte sich ihrer; sie schaffte es über die letzte Hürde. Leider landete sie mit dem starken rechten Fuß auf einem Zweig. Sie verlor das Gleichgewicht. Ihr Knöchel knickte um und sie fiel mit ihrer Schulter und ihrer Hüfte auf den unnachgiebigen Untergrund.

Verdammt, verdammt, verdammt. Nachdem sie wieder zu Atem gekommen war, hob sie sich in eine sitzende Position. „Anmutiger ging es wohl nicht, Rebecca?", stöhnte sie.

Na gut. Wenigstens hatte sie es über den Bach geschafft. *Ein Hoch auf mich.* Als sie Gewicht auf ihren Fuß legte, schoss Schmerz durch ihr ganzes Bein. Sie landete auf ihrem Hintern. „So eine verdammte Scheiße." Sie winkelte das Bein an und warf einen Blick auf ihren Fuß. Die kleinste Berührung schmerzte und sie zischte. Der Knöchel schwoll bereits an. Ihr ganzer Fuß pochte. Sicher nur eine Verstauchung. Es tat verdammt weh und sie bezweifelte, dass sie laufen konnte. Der Stand der Sonne bereitete ihr Sorgen. Nicht mehr lange und die Nacht brach über sie herein. *Verdammt, verdammt, verdammt.*

Ihr Knöchel beschwerte sich, sobald sie Gewicht auf den Fuß legte. Es war so schmerzhaft, dass ihr schwarz vor Augen wurde. Nicht gut. Das genaue Gegenteil von gut. Das mitleiderregende Winseln von Thor erinnerte sie an ihre Mission. „Okay, mein Süßer. Ich bin auf dem Weg." Sie würde Thor helfen und wenn sie zu ihm kriechen musste.

„Ach, Thor, hättest du dir nicht einen anderen Platz aussuchen können?", fragte sie, während sie näher zu ihm rutschte. Er saß in der Falle – gefangen unter heruntergefallenen und angeschwommenen Ästen, durch die er in ein Loch gefallen war. Bei ihm angekommen streckte sie die Hand nach ihm aus.

Er leckte ihre Hand und sie konnte beobachten, wie er sich durch ihre Gegenwart beruhigte. Sie begutachtete die Situation. Wenn sie an diesem Ast zerrte und dann noch an jenem ... Sie brach Zweige entzwei, riss andere zur Seite und gab dem Hund mehr Raum, um sich zu bewegen.

Er regte sich jedoch nicht.

Warum nicht? Sie schob ihr gesundes Bein unter einen Stamm und drängte sich kopfüber in sein Gefängnis aus Ästen. Ein spitzer Zweig hatte sich in die Pfote von Thor gerammt. Sie würde ihm den Zweig nicht entfernen können, ohne ihm wehzutun. In einem angespannten Ton sagte sie: „Bitte beiß mich nicht, okay?" Mit einem Ruck riss sie den Zweig aus seiner Pfote.

Er jaulte und wimmerte. Rebecca reagierte sofort und riss ihre Hand weg.

Doch Thor knurrte nicht. Ganz im Gegenteil: Schwanzwedelnd kletterte er aus dem Loch. Es gereichte ihm zum Vorteil, vier Beine zu haben. Denn selbst mit nur drei Beinen konnte er sich noch gut bewegen.

Rebecca kroch zurück und jaulte jedes Mal auf, wenn ihr geschwollener Knöchel gegen einen Ast stieß. Wenige Schritte vom Flussbett entfernt, lehnte sie sich gegen einen Baumstamm. „Lass mich mal deine Pfote ansehen, mein Großer."

Thor trottete zu ihr, nahm neben ihr Platz und hielt ihr tatsächlich seine Pfote hin. Ein kleines Rinnsal von Blut tropfte aus der ausgefransten Wunde. *Oh je.* „Ich kann nicht glauben, dass ich bei einem Hund Erste Hilfe leiste", sagte sie zu ihm. „Bitte tue mir nicht weh." Sie schob sich ihr Flanellhemd über die Schultern und zog sich das Tanktop darunter über ihren Kopf. *Elastisch, sehr gut.* Sie wickelte es um seine Pfote. Sein Winseln brach ihr das Herz. Mit den Trägern festigte sie den improvisierten Verband. „Na also. Viel besser", sagte sie und lächelte ihn zufrieden an. Als Dankeschön leckte er ihr über die Wange.

Als Nächstes werde ich ihm beibringen, wie man verbal Danke sagt.

Er rückte näher zu ihr und hob sein Vorderbein auf ihren Schoß.

„Ich weiß." Sie streichelte mit den Fingern durch sein weiches Fell. „Wir sind schon ein Paar. Wie sollen wir es bloß nach Hause schaffen?" Sie richtete ihre Aufmerksamkeit auf den Bach. Ihr verletztes Bein würde es unmöglich machen, über den Bach zu springen und der Weg durch das Wasser wäre zu gefährlich. Die Strömung war einfach zu stark; so würde sie sich nicht auf den Beinen halten können – schon gar nicht auf nur einem. *Verdammt, verdammt, verdammt.*

Thor winselte und legte seinen Kopf auf ihren Schoß. Sein erschöpftes Seufzen mischte sich mit ihrem.

„Wir sind so was von am Arsch."

Logan trug die Einkäufe in die Küche und schaute sich um. Paul und Mel räumten das Geschirr in die Spülmaschine, während Christopher im Spülbecken Töpfe schrubbte.

Es roch gut. Er hatte die Mahlzeit verpasst. *Verdammt.* „Spaghetti Bolognese?"

„Ja", sagte Mel. „Und das Essen wäre auch gut gewesen, wenn Rebecca nicht beim Kochen abgedampft wäre. Ashley hat die Nudeln zu lange im Topf gelassen und zu Brei verarbeitet."

„Was meinst du mit: *Rebecca ist abgedampft?*"

Hinter Logan öffnete sich die Küchentür und Jake kam mit den letzten Tüten durch die Tür. „Ich habe gesehen, dass du zurück bist. Ist das alles?"

„Ja, danke." Logan packte die Einkäufe aus und räumte alles an seinen Platz. „Hast du Rebecca gesehen?"

Jakes Hand blieb über einem Laib Brot stehen. „Ich dachte, sie ist mit dir in die Stadt gefahren."

Ein ungutes Gefühl überkam Logan. „Nein, sie wollte malen." Er drehte sich zu Mel. „Du meintest, sie war mit einem

Mal verschwunden. Hast du irgendeine Ahnung, wo sie hingegangen sein könnte?"

„Äh, also." Mel wechselte Blicke mit den anderen beiden Männern. „Sie hat nach dem Hund gefragt. Ich meinte zu ihr, dass er wahrscheinlich gerade einem Hasen nachjagt und sie sich keine Sorgen machen soll. Ich –"

„Ich erinnere mich nicht, sie danach noch mal gesehen zu haben. Eine Stunde ist es bestimmt schon her", sagte Paul stirnrunzelnd. „Um ehrlich zu sein, haben wir nicht groß über ihr Verschwinden nachgedacht, weil sie nicht wirklich ein Teil der Gruppe ist."

Logan rieb sich übers Kinn und schaute zu Jake. „Wenn sie sich wegen Thor gesorgt hat, dann ist sie bestimmt auf die Suche nach ihm gegangen."

Jake nickte. „Denke ich auch."

Logan schaute auf die drei Swinger. „Ihr bleibt in der Lodge. Ich brauche nicht noch jemanden, der verloren geht." Er wartete nicht auf eine Antwort, sondern eilte in den Hauptraum und hielt nur an, um sich eine große Taschenlampe zu greifen und seinen Rucksack vom Haken an der Wand zu nehmen. Jake folgte ihm auf den Fersen.

Draußen schaute Logan nach der Sonne und seine Eingeweide zogen sich zusammen. „Wir haben weniger als eine Stunde."

Jake grunzte als Antwort und ging zur Westseite der Lichtung, um nach Spuren zu suchen. Logan tat es ihm im Osten gleich. An der Straße fand er schwache Abdrücke. Kleine Sneaker von kleinen Füßen. „Ich denke, ich habe etwas!" Er folgte den Schuhabdrücken, die ihm zum Pfad in östlicher Richtung führten.

„Immerhin haben wir eine Stelle, wo wir beginnen können", sagte Jake und folgte Logan in den Wald. „Sonst hätten wir wirklich ein Problem."

Logan antwortete nicht. Besorgt rannte er los. *Kleine Rebellin, was hast du dir bloß gedacht?* Aber er wusste es. Sie hatte nur an Thor gedacht und dabei ihre eigene Sicherheit hinten angestellt.

Verdammt, er wusste, dass sie nicht dumm war. Ganz im Gegenteil: Sie hatte bestimmt gesehen, dass die Nacht kurz bevorstand. Hätte sie gekonnt, wäre sie rechtzeitig umgedreht. Ein Adrenalinschub ließ ihn schneller rennen, während er mit den Augen die Umgebung nach einem Zeichen von ihr absuchte. Jedes mögliche Szenario spielte sich vor seinem inneren Auge ab. Sie könnte verletzt sein, oder noch schlimmer ... *Gott*, er hoffte einfach nur, dass er nicht zu spät kam.

KAPITEL VIERZEHN

Thors Ohren stellten sich auf. Sofort setzte sich Rebecca aufrechter hin. „Was ist los, mein Großer?" Sie spitzte ihre Ohren und dann hörte sie es auch: ein schrilles Geräusch. Es wiederholte sich. Jemand blies in eine Pfeife.

Oh, Gott sein Dank. Ein Schluchzen brach aus ihr heraus und Tränen bahnten sich einen Weg über ihre Wangen. Jetzt, da Hoffnung auf Rettung bestand, konnte sie zugeben, wie fürchterliche Angst sie gehabt hatte.

Sie rieb sich die Nässe von den Wangen. *Sei nicht so ein Weichei.* Sie wusste einfach, dass es Logan war. Sie atmete einmal tief ein und schrie: „Wir sind hier!"

Sie richtete den Blick nach oben zum Pfad, den Abhang hinauf. Eine Sekunde später kam Logan graziös den Abhang runtergerutscht, Jake direkt hinter ihm. Sie folgten dem Pfad, den sich Rebecca durchs Gebüsch am Bachufer geschlagen hatte, um zu Thor zu gelangen.

Die zwei hoch gewachsenen und muskulösen Männer marschierten zum Bach – geschmeidig wie zwei Raubkatzen, denen der Wald gehörte. Am Ufer hielt Logan für eine Sekunde inne, bevor er den Bach auf den Steinen überquerte, die auch Rebecca genutzt hatte. Bei ihm sah es so einfach aus. *Wirklich nervig*, dachte sie sich. Jake folgte ihm in einem sicheren Abstand und schon bald erreichten sie Rebeccas Seite.

Sie sahen missmutig auf sie herunter.

„Ich habe mir den Knöchel verstaucht, denke ich", sagte sie in einem schwachen Ton. Am liebsten würde sie sich in Logans Arme werfen. „Auch Thor ist verletzt. In dem Loch habe ich ihn gefunden. Er kam nicht mehr raus." Sie zeigte auf das Loch mit dem Treibholz.

Ohne ein Wort zu sagen, kniete sich Logan neben sie. Seine Augen waren kalt und sein Kiefer angespannt. Er war wütend. Er kochte regelrecht vor Wut. Für eine Weile starrte er sie lediglich an. Würde er sie anschreien? Im nächsten Moment atmete er tief ein und beim Ausatmen entließ er auch seinen Ärger. Wie machte er das nur? Diese unmenschliche Kontrolle über seine Emotionen war unheimlich.

„Komm her", sagte er in einem sanften Ton und zog sie an seine Brust. *Oh Gott.* Sein Geruch umgab sie. Er wickelte die Arme um ihre Taille und sofort fühlte sie sich sicher und wohlbehütet. Sie schmiegte ihre Wange an seine starke Brust und unterdrückte verzweifelt ihre Tränen. *Nicht weinen, nicht weinen.* Sie versagte kläglich.

Logan streichelte ihr übers Haar. „Ist ja gut", flüsterte er. „Du bist in Sicherheit, meine Süße." Ein Knurren bahnte sich einen Weg in seinen Ton. „Zumindest fürs Erste."

Nach einer Minute kriegte sie sich wieder unter Kontrolle und stieß sich widerstrebend von ihm weg. Jetzt war nicht die Zeit dafür, sich wie ein Baby aufzuführen.

Logan strich ihr mit dem Daumen eine Träne von der Wange. Durchdringend blickte er sie an. Dann nickte er und wandte seine Aufmerksamkeit ihrem Knöchel zu. Er rollte ihr Hosenbein hoch und sah mit eigenen Augen, wie geschwollen ihr Knöchel war.

„Das sieht nicht gut aus", murmelte er. „Der Schuh bleibt erstmal dran. Für mehr Stabilität werde ich dir den Knöchel verbinden." Er zog Verbandszeug aus seinem Rucksack und machte ihr einen Verband.

Vor Schmerz knirschte sie mit den Zähnen und packte mit den Händen das Gras unter ihren Handflächen, um nicht loszuschreien. Am liebsten würde sie treten, weinen und sich selbst verfluchen. Logans Blick glitt über ihr Gesicht und ihre Hände, aber er ließ sich nicht von seiner Aufgabe abbringen.

Als er das Ende des Verbands erreichte, pochte ihr Knöchel im Rhythmus ihres Herzschlages. Rebecca holte tief Luft.

Ermutigend drückte Logan ihre Schulter. „Mutiges Mädchen", murmelte er, bevor er aufstand. „Wie geht's Thor?", fragte er Jake.

„Seine Pfote hat es schwer getroffen, aber das heilt wieder." Jake grinste Rebecca an. „Interessanter Verband, Rotschopf."

Logan starrte auf das blutgetränkte Unterhemd, das immer noch um Thors Pfote gewickelt war und lachte kurz auf.

„Am Intelligentesten wäre es, wenn wir westwärts Richtung Bear-Pfad gehen und dann den Cedar-Tree-Abzweig nehmen", sagte Jake.

Logan sah auf den Bach. „Denke ich auch." Er griff Rebecca unterm Arm und zog sie hoch.

Schmerz schoss durch ihren Knöchel, jedoch schaffte sie es, ihren Schrei zu unterdrücken. Heraus kam lediglich ein schmerzverzerrtes Zischen.

Logans Hand schloss sich um ihre Oberarme, um sie zu stützen. Er legte einen ihrer Arme um seine Schulter. „Du wirst Jake und mich als deine Krücken benutzen. Wenn es zu anstrengend wird und du es vor Schmerzen nicht mehr aushältst, werde ich dich tragen."

Sie tragen? Erschreckt schaute sie ihn an. Bevor sie das zuließ, würde sie lieber sterben. Zudem war sie nicht die einzige Verletzte. „Ich schaffe das schon. Du solltest Thor tragen."

Logans Augen verloren an Schärfe und er strich mit seinen Fingerknöcheln über ihre Wange. „Du hast so ein weiches Herz, meine Schöne." Er sah zu Thor. „Er hat vier Beine. Trotz der Verletzung wird er kaum Einbußen haben."

Jake nahm seinen Platz auf der anderen Seite von Rebecca ein. Zwischen den beiden fühlte sie sich wie ein Zwerg. Anscheinend lauschte er wieder einmal ihren Gedanken. „Okay, Kleine, halt dich gut fest. Wir sollten uns beeilen, bevor es zu dunkel wird und wir die Hand vor Augen nicht mehr sehen können."

Zurück in der Lodge war Logan schweißgebadet. Becca litt unter so starken Schmerzen, dass jegliche Farbe aus ihrem Gesicht gewichen war. Sein Stadtmädchen hatte sich auf dem ganzen Rückweg nicht einmal beschwert. Bei der Frage, ob es wehtat, hatte sie immer gesagt: *Mir geht's gut.* An sich bewunderte er ihre stoische Tapferkeit. Der Dom in ihm wollte ihr die Wahrheit entlocken. Dafür war im Moment jedoch nicht der richtige Zeitpunkt; für eine Lektion in Ehrlichkeit war später noch Zeit. Stattdessen hatte er sich damit beschäftigt, sie aufmerksam zu beobachten. Als die Sehnen an ihrem Hals hervortraten, sie die Lippen vor Anstrengung fest aufeinanderpresste und ihr Atem immer flacher wurde, traf er eine Entscheidung: Ihre Proteste ignorierend wies er Jake an, Rebecca auf seinen Rücken zu helfen.

Auf dem Weg zurück sprach sie nur, um ihre Sorge im Hinblick auf Logan und Jake zu äußern. Und Thor.

Und da Thor nun mal Thor war, merkte man kaum, dass er eine Verletzung hatte. Er führte sie trotz seiner schmerzenden Wunde den Pfad hinab. Seine weiße Schwanzspitze leuchtete ihnen den Weg durch die Dunkelheit des Waldes. Schließlich erreichten sie die Veranda der Lodge und Thor wartete darauf, dass ihm jemand die Tür öffnete.

„Er will wahrscheinlich sein Abendessen, der Bastard", grummelte Jake.

Rebecca hielt auf der Türschwelle an. „Jemand muss sich um seinen Fuß kümmern. Ich –"

Logan schüttelte seinen Kopf. *Das weichste Herz aller Zeiten.* Er und Jake hatten den Pfad gesehen, den sie im schlammigen Flussbett hinter sich gebracht hatte. Nachdem sie gefallen war, hatte sie sich kriechend fortbewegt, um zum verletzten Thor zu gelangen. Logan hob sie in seine Arme. „Jake kann sich um Thor kümmern."

Er trug sie die Treppe zu seiner Wohnung hoch und wies Jake an, den Swingern auszurichten, dass es ihr gut ging.

Trotz ihres halbherzigen Protestes zog er ihr die Kleidung aus und stellte sie unter die heiße Dusche. Eine Minute später gesellte er sich zu ihr. Sie so zu sehen, ihren nackten Körper an sich zu spüren, vertrieb auch seine letzten Sorgen.

Fuck, sie hatte ihn fast zu Tode erschreckt.

Beim Einseifen ihres Körpers wurde er wieder wütend. Überall auf ihren Armen waren rote Kratzer. Auch ihr Gesicht war nicht ungeschoren davongekommen. Ihre samtweiche Wange hatte einen Kratzer. *Gott*, sie war so verletzlich und winzig. Sie hätte heute Nacht sterben können. Es hätte nicht viel gefehlt und er hätte sie verloren.

Nach der Dusche wollte er sie abtrocknen. Jedoch riss sie ihm kopfschüttelnd das Handtuch aus der Hand. „Ich schaff das schon, Logan. Mein Knöchel ist zwar verletzt, sonst geht es mir aber gut."

Er unterdrückte ein Knurren. Er war noch zu wütend. Für ihre Bestrafung musste er sich noch gedulden. Mit ruckartigen Bewegungen zog er sich eine Jeans und ein T-Shirt an. Dann bereitete er das Bett vor. Er wollte es ihr so bequem wie möglich machen und platzierte Kissen an die Lehne. Zu guter Letzt holte er ein Glas Wasser, Schmerztabletten und einen Eisbeutel, und stellte alles auf dem Nachttisch für sie bereit.

Als Nächstes holte er aus ihrem Koffer ein Nachthemd und brachte es ihr ins Badezimmer. „Sag mir Bescheid, wenn du fertig bist."

Eine Sekunde später erschien sie an der Tür. Ihr verletzter Fuß berührte nur leicht den Fußboden.

Er ging zu ihr, hob sie in seine Arme und trug sie zum Bett. Sie roch so gut und in seinen Armen fühlte sie sich fürchterlich zerbrechlich an. Er wollte sie nie wieder loslassen. Er wollte sich tief in ihr vergraben. Vor allem wollte er ihren hübschen Arsch versohlen. Er setzte sie auf die Bettkante und gab ihr zwei Schmerztabletten und das Glas Wasser. „Schlucken. Indessen werde ich mir ansehen, wie schlimm es um deinen Knöchel steht."

Gehorsam schluckte sie die Tabletten. „Ich glaube, er ist nur verstaucht. Es tut fast gar nicht mehr weh."

„Ah ja." Seit er den Verband in der Dusche abgenommen hatte, war der Knöchel aufs Doppelte angeschwollen. Logan tastete sorgfältig die Knochen ab. Er konnte sehen, wie sie ihr Stöhnen zu unterdrücken versuchte. *Fuck*, er hasste es, ihr Schmerzen zuzufügen! Ein Mann sollte seine Frau beschützen. Er hatte versagt. Er hätte sie mehr über die Gefahren aufklären müssen. Er hätte sie mit in die Stadt nehmen sollen. Mit ihm wäre sie sicher gewesen. Niemals hätte er sie allein lassen dürfen. Er seufzte und ließ ihren Fuß los. „Ohne zu röntgen, kann ich es nicht genau sagen. Ich nehme aber an, dass du ihn dir nur verstaucht hast. Leg dich hin."

Er verband ihren Knöchel fest genug, um etwas von der Schwellung zurückzunehmen. Danach legte er das Bein auf ein Kissen.

Sie betrachtete sein Werk. „Das sieht gut aus. Zum ersten Mal hast du das sicher nicht gemacht."

„Sport, Militär, Förstertraining. Ich habe eine Menge Übung." Er griff nach einem Kissenbezug, den er mit einer Plastiktüte voller Eiswürfel gefüllt hatte und drapierte ihn über ihrem Knöchel.

Jemand klopfte an die Tür. Ohne auf eine Antwort zu warten, kam Jake hereingeschlendert.

Logan schaute ihn finster an. „Dass ich nicht gestört werden will, ist dir nicht in den Sinn gekommen?"

„Später ist das sicher der Fall. Allerdings kenne ich dich. Du würdest sie nicht bestrafen, solange sie Schmerzen hat." Das Glitzern in Jakes Augen zeigte, dass er genau wusste, was Logan mit ihrem hübschen Arsch vorhatte. „Hier ist etwas Suppe. Ich hoffe, dass sie dadurch etwas in den Magen bekommt." Er stellte das Tablett neben Rebecca aufs Bett: eine dampfende Schüssel und Toast mit Butter.

Hier in der Gegend war Jake einer der beliebtesten Doms. Er konnte streng sein, aber wenn es um eine verletzte Frau ging, war er so weich wie die Butter auf dem Toast.

Rebecca kostete von der heißen Suppe, entließ ein zufriedenes Seufzen und sagte: „Danke, Jake."

„War mir eine Freude." Er nickte Logan kurz zu, ging zur Tür und stapfte die Treppe hinunter.

Logan drehte sich wieder zu Becca. Fuß hochgelegt und gekühlt, Wasser auf dem Nachttisch, Essen in der Hand. Ihre Wangen füllten sich wieder mit Farbe und ihr Gesicht schien nicht mehr so angespannt. Während seine Angst um sie abnahm, wuchs der Drang in ihm, sie wegen ihres dämlichen Verhaltens anzubrüllen. Er wusste, dass er sich umdrehen und sie für eine Weile in Ruhe lassen sollte. Sie musste sich von den Strapazen der letzten Stunden erholen. Um sicher zu gehen, fragte er: „Geht's dem Fuß besser?"

Sie testete den Knöchel. „Nur noch ein leichtes Pochen. Morgen geht's mir sicher wieder gut."

„Du wirst den Fuß ein paar Tage nicht belasten können. Wenn es morgen nicht besser ist, müssen wir ihn röntgen lassen." Dann würde er sie zum Arzt fahren. „Iss auf. Danach möchte ich, dass du etwas schläfst. Jake und ich werden in der Nähe bleiben. Wenn du etwas brauchst, schreist du. Auf keinen Fall stehst du auf. Ist das klar?"

Sie nickte; sie schien nichts gegen seine Anweisungen zu haben.

Mal was ganz Neues.

Tränen brannten in Rebeccas Augen, als er das Zimmer verließ. Es hatte all ihre Willenskraft gebraucht, um nicht aufs Neue vor Logan zusammenzubrechen. Er hatte sie gerettet. Er hatte sie nach Hause getragen. Er hatte sie umsorgt, als wäre sie seine feste Freundin. Jedenfalls hoffte sie, dass er mit keiner anderen von den Gästen in die Dusche gestiegen wäre, um sie mit sanften Händen zu waschen.

Sie seufzte. Sie war so erschöpft; noch immer jagte Adrenalin durch ihre Adern. So viele Emotionen brachen gleichzeitig über ihr zusammen. Es fühlte sich an, als wäre sie einen Marathon gelaufen. Aus diesem Grund folgte sie Logans Anweisung: Sie aß, trank Wasser und machte ein Nickerchen.

Ein Klopfen an der Tür weckte sie auf. „Ja?" Verschlafen schaute sie sich im Zimmer um. Logan musste zwischendurch hier gewesen sein, denn es war dunkel und alle Lichter waren aus. Sie schaute auf den Wecker mit den leuchtenden Ziffern. Zehn Uhr dreißig. Sie hatte fast drei Stunden geschlafen. „Komm rein", rief sie.

Sie konnte Schritte hören. Matt trat ein. „Hey, Babe. Wie geht's dir?"

„Besser." Sie zog eine Grimasse. „Ich habe mir aber meinen Knöchel verstaucht."

„Habe ich gehört." Er strich ihr übers Haar. „Ich wusste nicht, dass du alleine los bist. Warum bist du nicht zu mir gekommen, um mich zu bitten, dich zu begleiten?"

„Ich dachte, dafür wäre nicht genug Zeit. Ich habe mir zu viele Sorgen um Thor gemacht." Berechtigter Weise, wie sich herausgestellt hatte. Schließlich hatte sie ihn verletzt gefunden. Er hatte ihre Hilfe gebraucht. „Hast du ihn gesehen? Geht es ihm gut?"

„Ja, Logan hat seine Pfote verarztet und ihm einen Verband

umgelegt." Matt grinste. „Binnen drei Minuten hatte Thor den Verband wieder ab."

Rebecca lachte und der sorgenvolle Knoten in ihrem Bauch löste sich. Thor würde wieder gesund werden.

„Aber gut. Ich bin aus einem anderen Grund hier. Morgen ist unser Abreisetag. Ist es in Ordnung für dich, wenn wir vor Sonnenaufgang aufbrechen?"

Aufbrechen? Die unerwartete Erinnerung an die Abreise traf sie wie ein Schlag. Ihr stockte der Atem. Morgen würden sie abreisen. *Ich bin noch nicht bereit.* Sie wollte sich am Bett festklammern und schreien: *Ich will nicht gehen!*

Unrealistisch, Rebecca. Sicher, sie hatte noch nie so für einen Mann empfunden, aber ihr Zuhause war in San Francisco. Emotionen überwältigten sie, als ihr ein Gedanke kam: Bisher hatte Logan noch kein Wort darüber verloren, was aus ihnen werden sollte. Wollte er mehr mit ihr? Wollte er sie wiedersehen?

War er zu schüchtern, sie darauf anzusprechen?

Logan? Schüchtern? Wovon träumst du nachts? Vielleicht sollte sie das Thema ansprechen? Schließlich war das nicht verboten, richtig?

Zuerst musste sie jedoch Matt eine Antwort geben. Später konnte sie ihre Pläne immer noch ändern. „Sonnenaufgang klingt gut. Wir können uns auf der Veranda treffen." Sie nickte zu ihrem Koffer. „Kannst du mir für morgen noch ein paar Sachen rauslegen und dann den Koffer mitnehmen? Mit meinem kaputten Knöchel bin ich mir nicht sicher, ob ich ihn die Treppe runterkriege."

„Mach ich." Er kniete sich neben den Koffer und nahm einen BH und ein passendes Höschen heraus. Dann folgte eine Jeans. Beim Oberteil fragte er nach, um sicherzugehen: „Ist das T-Shirt okay?"

Ihr Herz schmerzte; keine Flanellhemden von Logan mehr. „Sicher." Sie machte sich noch nicht mal die Mühe hinzusehen. Es war ihr egal, was es für ein Oberteil war. „Passt schon."

„Okay." Er legte die Sachen in einem Stapel auf die Kommode und ging mit dem Koffer zur Tür. „Ich geh jetzt besser, damit du noch etwas Schlaf bekommst."

Sie setzte ein Lächeln auf. „Dann bis morgen in aller Frühe."

Nachdem Logan von seiner Runde übers Gelände zurückkam, ging er zum Hauptraum. Jake saß neben dem Kamin, Thor zu seinen Füßen, und er redete mit Ted und Vince. Den beiden gehörte eine Firma, die sich auf Freizeitsport konzentrierte und sein Bruder hatte Interesse an neuem Equipment für die Lodge.

Logan nickte Ted und Vince zu und richtete das Wort an Jake: „Alles in Ordnung mit unseren Gästen?"

„Alles prima. Die meisten sind im Spielzimmer; drei sind zu den Hütten gegangen."

Logan hatte das Bett in Hütte Drei quietschen hören.

„Willst du ein Bier, Bruder?", fragte Jake.

Ein Bier würde guttun, aber nein. Logans Kiefer spannte sich an. „Nein, ich brauche einen klaren Kopf für den Rest der Nacht."

„Ah." Jake nickte ihm verständnisvoll zu. „Sei nicht so hart zu ihr. Sie hat es gut gemeint."

„Sie wäre fast gestorben." Schlimm genug, dass sie morgen zurück in die Stadt fuhr. Wenn er daran dachte, was ihr hätte passieren können ... Ihr Starrsinn, ihr Humor, die Wärme ... er hätte sie heute verlieren können. Er hätte sie tot auffinden können, die Augen leblos. Er wusste, wie gewaltsamer Tod aussah. Sein Magen drehte sich. Sofort wandte er sich um und marschierte zu seiner Wohnung.

Oben angekommen ging er ins Schlafzimmer. Rebecca saß auf dem Bett und las in einem Buch, das zuvor im Bücherregal auf der anderen Seite des Raumes gestanden haben musste. Sie hatte ihren Knöchel belastet. Er unterdrückte ein genervtes Knurren und lehnte sich gegen den Türrahmen.

Sie ist wunderschön. Ihre Haare hatten die Farbe des Sonnenuntergangs und fielen ihr über die Schultern. Der Umriss ihrer vollen Brüste unter dem weichen Nachthemd machte seinen Schwanz hart. *Beherrsche dich.*

Erst kam die Pflicht, dann das Vergnügen.

Der Master in ihm kochte vor Wut. Sie hatte seine Sicherheitsanweisungen ignoriert und sich selbst in Gefahr gebracht. In den letzten Tagen war er ihr Dom gewesen und er war noch nicht fertig damit, sie zu unterweisen. Dabei spielte es auch keine Rolle, dass sie bald abreisen würde. Ihre gemeinsame Zeit kam zu einem Ende. Der Gedanke gefiel ihm ganz und gar nicht. Er schob das Gefühl des Verlustes zur Seite.

Bisher hatten sie nur die einfachen Lektionen behandelt. Er hatte ihr eine Kostprobe gegeben. Wäre sie immer noch so hingebungsvoll, wenn er einen Schritt weiterging? „Becca."

Sie zuckte zusammen. Sie fand seinen Blick und ihre Lippen formten sich zu einem schüchternen Lächeln, dass sein Herz zum Schmelzen brachte. „Logan. Hast du dich ein wenig ausruhen können? Hast du gegessen?"

„Das habe ich." Ja, er hatte einen kleinen Snack zu sich genommen. Zum Entspannen hatte es jedoch nicht gereicht. Dafür hatte sie ihn zu sehr erschreckt. „Wie geht's dem Knöchel?"

„Schon viel besser. Es tut nur weh, wenn ich laufen will. Ein wenig kann ich ihn aber belasten."

„Habe ich dir nicht gesagt, dass du im Bett bleiben sollst? Und dass du rufen sollst, wenn du etwas brauchst?" Er ging zum Bett und sah sie grimmig an.

KAPITEL FÜNFZEHN

Nicht einmal Thor kam an das bedrohliche Knurren von Logan heran. Rebecca legte ihr Buch auf den Nachttisch und schaute ihn wachsam an. „Ich wollte –"

„Und genau da liegt das Problem, Becca", unterbrach Logan sie. Er setzte sich neben sie aufs Bett und die Matratze gab unter seinem Gewicht nach. Seine Augen, mehr grau als blau, sandten einen Schauer über ihren Rücken. „Wenn ich eine Anweisung gebe, dann erwarte ich, dass sie befolgt wird."

Ihre Augen verengten sich. „Ist das wieder so eine Dom-Sache? Du meintest doch, dass das nur im Schlafzimmer gilt."

Er neigte seinen Kopf und hielt ihren Blick gefangen. „Das stimmt auch. Allerdings bin ich ein Dom, Becca. Meine Natur ändert sich nicht, nur weil die Sonne scheint. Außerhalb des Schlafzimmers höre ich mir deine Meinung an und bin immer bereit für Kompromisse." Er nahm ihre Hand. Die Narben an seinen Fingern fühlten sich bedrohlich an, während er mit dem Daumen über ihren Handrücken strich. „Du hast die Angewohnheit, meinen Anweisungen erst zuzustimmen, nur um sie im gleichen Atemzug zu ignorieren. Wieder einmal hast du nicht gehorcht."

Nicht gehorcht? „Logan, ich bin kein Kind mehr", sagte sie.

Ihre heisere Stimme schockierte sie. Sein Ton löste einen Schauer in ihr aus, den sie nicht kontrollieren konnte.

„Oh ja. Du bist ganz Frau", sagte er mit einem schwachen Lächeln. „Zudem bist du eine Sub. Und für den Moment bist du *meine* Sub."

Für den Moment. Warum taten diese Worte so weh?

Er fuhr fort: „Das bedeutet, dass ich dir gegenüber bestimmte Pflichten zu erfüllen habe. Was wäre ich für ein Dom, wenn ich deinen Ungehorsam zulasse, ohne dich angemessen zu bestrafen?"

Bestrafen? Er klang so ernst und der Ausdruck in seinen Augen verstärkte den Schauer, der durch ihren Körper jagte. Mittlerweile zitterte ihre Hand in seiner. Voller Schrecken starrte sie auf ihre bebende Hand. Was war nur mit ihr los? Angst hatte sie keine, nicht direkt, aber –

„Becca, schau mich an."

Sie hob ihre Augen.

„Wir können diese Situation auf zweierlei Weise handhaben. Wir können als Freunde auseinandergehen. In dem Fall würde ich dich belehren und dir aufzeigen, wie falsch dein Verhalten war. Danach kannst du dich zu den anderen in der Lodge gesellen."

Der Gedanke brach ihr das Herz. „Was wäre die Alternative?", flüsterte sie.

„Wenn du mich für deinen restlichen Aufenthalt als deinen Dom akzeptierst, dann wirst du als Sub behandelt. Das bedeutet, du bekommst deine angemessene Bestrafung." Seine freie Hand streichelte über ihre Wange. Die sanfte Berührung stand im krassen Widerspruch zu seinem Gesichtsausdruck. Sie wusste nicht, was sie sagen sollte. „Eine Dom-/Sub-Beziehung, egal wie kurz oder lang, kann nur Bestand haben, wenn zwischen den Parteien ein gewisses Maß an Vertrauen und Ehrlichkeit besteht. Also entscheide dich, mein Kleines. Du hast zwei Antwortmöglichkeiten: ‚Lass uns Freunde bleiben' oder ‚Ich unterwerfe mich, Sir'."

Seine Hand auf ihrer Wange wärmte ihre kalte Haut. Zudem hielt er sie mit der Hand davon ab, dass sie sich von ihm abwandte. Seine Augen waren durchdringend. Sie hatte das Gefühl, dass er direkt in ihr tiefstes Inneres sehen konnte. Sie bebte und sie wusste, dass er ihre Reaktion auf seine Worte spüren konnte. *Denk nach, Rebecca.* Aber sie hatte ihre Fähigkeit zu denken verloren. Zusammen mit ihrer Willenskraft. Nur mit ihm befreundet zu sein, nach allem was sie miteinander geteilt hatten, konnte sie nicht akzeptieren. Sie wollte sich noch nicht von ihm verabschieden. Sie versuchte zu schlucken. Ihre Kehle war vollkommen augestrocknet. Dennoch schaffte sie es zu sagen: „Ich unterwerfe mich, Sir."

Er nickte, sein Gesicht ausdruckslos. „So sei es." Er packte ihre Handgelenke. „Ich werde dich dafür bestrafen, dass du alleine in den Wald gegangen bist. Dafür, dass du niemandem Bescheid gegeben hast, wohin du gehst." Seine Stimme wurde rauer. „Eine Stunde später hätten wir keine Chance gehabt, dich noch lebend zu finden. Es war noch mehr Regen angekündigt und zusammen mit der einbrechenden Dunkelheit ... Auf keinen Fall hättest du die Nacht überlebt."

„W-was wirst du –"

„Du hast nicht die Erlaubnis, zu sprechen."

Oh Gott, was hatte sie getan? Trotzdem musste sie zugeben, dass sein Griff sie erregte. Doch dann zog er sie plötzlich mit dem Gesicht nach unten auf seinen Schoß. Er positionierte ihre Hüfte über seinem Schritt. Ihre Beine und ihr Hintern hingen über eine Seite, ihr Oberkörper auf der anderen. Ihr Kopf drehte sich und sie legte ihre Hände flach auf den kleinen Bettvorleger, um den Versuch zu unternehmen, sich hochzudrücken. Als er ihr Nachthemd hochschob und kalte Luft über ihren Hintern strich, wurde ihr bewusst, was er vorhatte.

„Du willst mir den Hintern versohlen? Auf keinen Fall!" Sie versuchte, rückwärts von seinem Schoß zu rutschen, aber ohne Erfolg. Sie versuchte die Flucht nach vorn, doch er packte – wie sie annehmen musste – ihr Nachthemd. Es gab kein Entkommen. Er legte eine Hand auf ihren Rücken und sie presste heraus: „Lass mich los!"

„Es wird weniger wehtun, wenn du dich entspannst", sagte er, als hätte sie nichts gesagt und nicht gerade den Versuch unternommen, seiner Bestrafung zu entkommen.

„Du verdammter –"

Der erste Schlag traf sie unerwartet, direkt auf ihre rechte Arschbacke, und es brannte fürchterlich.

„Aua!"

Er machte eine Pause. „Lass mich hören, wenn es dir leidtut, was du getan hast. Andernfalls mache ich einfach solange weiter, bis meine Hand müde wird." Eine Pause.

Schlag, Schlag.

„Du verdammter Mistkerl!"

Schlag. Eine Pause.

„Ich hasse dich, du Bastard!"

Schlag. Schlag.

„Du bist krank. Sadistisch."

Jeder weitere Schlag, der nun erbarmungslos folgte, war härter und traf ihre samtweiche Haut. Es tat mehr weh, als sie es sich hätte vorstellen können. Ihr Hintern hatte Feuer gefangen.

„B-bast –" Ihre Stimme brach. Ein Schluchzen bahnte sich den Weg aus ihrer Kehle und Tränen schossen ihr aus den Augen. Sie hasste ihn.

Seine Hand streichelte sanft über ihren Hintern. „Du hast mich zu Tode erschreckt, Süße. Wenn wir dich nicht gefunden hätten, bevor es dunkel geworden wäre, dann ..."

Schlag, Schlag.

Sie knirschte mit den Zähnen und versuchte, ihre Schluchzer zu unterdrücken. Sie versuchte, ihn nicht anzuflehen.

Er fuhr fort, als führten sie eine Unterhaltung. „Selbst Thor hätte dich nicht warmhalten können. Du warst den Elementen vollkommen ausgeliefert und durch deine Verletzung wurde dir die Möglichkeit genommen, dir einen Unterschlupf zu suchen." Pause.

Schlag. Schlag. Ihre Fingernägel krallten sich in den Bettvorleger.

„Jake und ich haben uns wahnsinnige Sorgen gemacht. Wir sind den Pfad hinaufgerannt."

Sie waren gerannt? Es war schon anstrengend für sie gewesen, den Pfad in einem normalen Tempo zu bewältigen. Auf dem Weg zurück hatte er sie auch noch tragen müssen. Und warum? Weil sie unvorsichtig und dumm gehandelt hatte. Ihre Wut auf seine Bestrafung verebbte, zusammen mit ihrem Widerstand.

Schlag.

„Es tut mir leid", flüsterte sie. „Bitte ... Es tut mir so leid."

„Na siehst du. Das war doch nicht so schwer." Er hob sie hoch und setzte sie auf seinen Schoß. Schmerz durchfuhr sie, als ihr Po an seiner Jeans rieb. Sie schaffte es nicht, die Flut aus Tränen zu stoppen. Die tiefen Schluchzer brachten ihren Körper zum Beben und schmerzten in ihrer Brust. Verwirrt und verärgert, verletzt und um Verzeihung bittend versuchte sie, sich von ihm wegzuschieben. „Fass mich nicht an", sagte sie erstickt.

Anstatt sie loszulassen, festigte er seinen Griff. Eine Hand legte er auf ihre Wange und presste ihr Gesicht gegen seine Schulter. „Es ist vorbei, kleine Rebellin. Es ist überstanden."

Er strich über ihre Haare; die sanften Bewegungen trösteten sie. Und ja, sie fühlte sich getröstet, doch eine andere Emotion überwog: Verwirrung. Erst hatte er sie geschlagen und jetzt hielt er sie zärtlich in den Armen. „Es tut mir leid."

„Ich weiß, meine Süße." Er küsste ihre Stirn. „Aber verdammt, du hast mir so eine Angst eingejagt." Seine Arme schlossen sich so fest um sie, dass sie kaum Luft bekam. „Ich war so verärgert, dass ich mich zuerst beruhigen musste. Bevor ich dir deine Bestrafung geben konnte, musste ich erst meine eigene Kontrolle zurückerlangen. Wäre ich früher zu dir gekommen, hättest du eine Woche nicht sitzen können."

Durch seine Worte wurde sie an das Brennen ihres Hinterns erinnert. „Kann ich vermutlich trotzdem nicht, du Ars ..." Sie brach ab und beendete den Satz mit: „Sir."

„Gerade nochmal die Kurve gekriegt, mein Kleines." Er hob sie in seine Arme und trug sie ins Bad. Dort setzte er sie auf den geschlossenen Toilettendeckel. Sie zischte bei dem Kontakt mit ihrem Hintern. Feuer züngelte über ihr empfindliches Fleisch. „Wasch dir das Gesicht und mach dich fürs Bett fertig. *Ruf mich*" – er schaute sie mit einem eindeutigen Blick an – „wenn du fertig bist."

„Ja, Sir."

Nachdem er sie ins Bett zurückgetragen hatte, ging er durchs Zimmer und zündete Kerzen an. Sie folgte ihm mit den Augen. Ihre Emotionen tobten in ihr.

Er zog sich aus. Sie musste die Augen schließen. *Gott*, warum war er nur so hinreißend?

Sie hörte, wie er ein Kondompäckchen aufriss. Wollte er jetzt tatsächlich Sex mit ihr haben? Nachdem er ihr den Arsch versohlt hatte? Das konnte doch nicht sein Ernst sein. Er hatte sie geschlagen und nun dachte er, dass sie ihn ... ficken wollte? *Auf keinen Fall!* Sie zog die Decke bis unter ihr Kinn und verschränkte die Arme unter der Brust. Das Problem war allerdings, dass ihre harten Nippel verräterische Bastarde waren. Dann spürte sie, wie die Matratze unter seinem Gewicht nachgab. Sie öffnete die Augen.

Er lag neben ihr, den Kopf auf eine Hand abgestützt.

Sie schaute ihn missmutig an. „Ich will jetzt schlafen, *Sir*. Ich habe Kopfschmerzen."

Logan musterte ihr Gesicht. Nach einer Weile verengte er misstrauisch die Augen und spannte den Kiefer an. „Nein, hast du nicht." Er hob ihr Kinn an. Als sie es schließlich wagte, ihm in die Augen zu sehen, ging ihr sein durchdringender Blick durch Mark und Bein. Ihr Herz rutschte ihr ins Höschen. „Du weißt, was ich von Lügen halte, kleine Sub. Denkst du nicht, dass du für heute Abend genug hast?"

Seine Augen wanderten zu ihren harten Nippeln. Sein Mundwinkel zuckte. Er hob die Hand, mit der er sich nicht abstützte, und rieb mit den Fingerknöcheln über die aufgerichtete Knospe.

Das Lächeln, das folgte, war von teuflischer Natur. „Eigentlich wollte ich nach deiner Bestrafung sanft mit dir sein. Dieses Privileg hast du verloren. Stattdessen werde ich dich jetzt hart rannehmen."

Ihre Kinnlade fiel auf. Bevor sie ihm antworten konnte, riss er ihr die Decke vom Leib und drehte sie auf den Bauch. Rücksichtslos drängte er ihre Beine auseinander, achtete jedoch stets darauf, niemals ihren Knöchel zu berühren. Er zog sie auf ihre Knie, so dass sie ihm ihren Hintern darbot.

Er vergeudete keine Zeit und schob ihr Nachthemd über ihre Hüften. Ein Finger berührte ihre Pussy, fand ihre feuchte Spalte und das, obwohl sie sich gegen seine Berührungen wehrte. Er entließ einen befriedigten Laut. „Du bist feucht, meine Süße. So, so feucht."

Im nächsten Augenblick presste sich etwas gegen ihren Eingang und mit einem Stoß vergrub er sich in ihr. Sie schrie auf und ihre Hände krallten sich am Bettlaken fest. Die Wände ihres Geschlechtes umfingen seinen Schwanz. Mit seinen Hüften spreizte er sie noch weiter, um tiefer in sie einzudringen. So tief, dass sie seine Schamhaarlinie an ihrem Hintern spüren konnte. Durch diese plötzliche Invasion stand sie unter einem Schock. Logan nahm darauf keine Rücksicht: Er zog sich aus ihr zurück, nur um sich erneut in ihrer feuchten Höhle zu verlieren.

Er hatte nicht untertrieben. Dieses Mal handelte es sich nicht um eine süße Verführung. An dem Akt war nichts sanft. Ganz im Gegenteil: Er packte ihre Hüften und entzog ihr jegliche Kontrolle. Bei jedem seiner gewalttätigen Stöße entfuhr ihr ein Schrei. Und doch, trotz der Rücksichtslosigkeit, mit der er sie überfallen hatte, stand ihr Körper in Flammen. Ihr Geschlecht war feucht, ihre Klitoris pochte und ihr Verlangen wuchs. Sie vergrub ihr Gesicht im Kissen, welches ihre Lustschreie dämpfte. Mehr konnte sie auch nicht tun. Überwältigt, vollkommen in seiner Gewalt. Er ließ es nicht mal zu, dass sie sich seinen Stößen anpasste. Sie konnte nichts tun, als seine Bestrafung über sich ergehen zu lassen.

Der Gedanke machte sie noch heißer. Sie konnte spüren, wie sie sich um seinen Schaft zusammenzog. Ihr Körper bebte. Ihre Beine zitterten. Sie biss sich auf die Unterlippe, um ein Wimmern zu unterdrücken.

Er gab ein kurzes Lachen von sich und fand mit einer Hand ihre Klitoris. Er schnellte mit seinen schwieligen Fingern über das empfindliche Nervenbündel. Die Rauheit an ihrem feuchten Fleisch war aufregend. Ihre Hüften zuckten. Sie lehnte sich vor. Es war zu viel. Was er in ihr auslöste ... Natürlich ließ er sie nicht entkommen. Er presste seine Brust gegen ihren Rücken, stützte eine Hand neben ihrem Kopf ab und schnellte mit der anderen über ihre geschwollene Klitoris.

Seine schweren Hoden klatschten gegen ihre Pussy. Bei jedem Stoß stöhnte sie lauter. Die Lustschauer verstärkten sich und jagten unkontrolliert durch ihren Körper. Der Druck stieg an und sie wusste, was bevorstand. Nach Luft schnappend kratzte sie mit den Fingernägeln übers Bettlaken.

Er zog sich fast ganz zurück und sie wimmerte. Dann stieß er so hart zu, dass sie ein Schreien nicht unterdrücken konnte. Tief in ihr hielt er inne. Er rieb über ihre Klitoris und brachte sie allein dadurch der Erlösung nahe. Wenige Sekunden später entzog er ihr seinen folternden Finger und zog seinen Schwanz aus ihrer Hitze. Wieder stieß er hart in sie. Wieder kam sein Finger zum Einsatz. Er wiederholte diese Methode, bis er alle Gedanken aus ihrem Verstand gefickt hatte. Es zählten nur noch zwei Dinge: Seine talentierten Finger und sein Schwanz, der ihr so viel Lust bereitete. Mit einem Mal erstarrte sie. Ihre Hände ballten sich zu Fäusten.

Auch er spürte ihre Reaktion und handelte: Er zwickte in ihre Klitoris und stieß ein letztes Mal in sie hinein.

„Aaaaah!" Sie explodierte. Sie bäumte sich auf, doch seine Finger ließen nicht von ihr ab. Ihre Pussy massierte bei dieser verführerischen Tortur seinen Schaft.

Seine Stöße nahmen an Tempo ab. Plötzlich stieß er kraftvoll zu, wodurch er einen blendenden Schwall der Lust durch sie sandte, der einen neuen Höhepunkt auslöste. *Oh Gott.*

Erst dann ließ er von ihrer Klitoris ab.

Blut schoss in die erogene Zone zurück und sie schrie. Gleichzeitig rammte er seinen harten Schwanz in ihr williges Fleisch und der nächste Orgasmus ließ nicht lange auf sich warten. Sie konnte nur noch fühlen. Ihr Verstand war wie leergefegt.

„Oh Gott. Oh Gott. Oh Gott." Sie vergrub ihr Gesicht im Kissen. Alles war so empfindlich. Er musste aufhören! Sie versuchte, sich von ihm zu lösen und jegliche Reibung zu unterbinden. Ihre Beine zitterten heftig. Sie wusste, dass sie nur durch ihn ihre derzeitige Position beibehalten konnte. Ein Wimmern entrang ihren trockenen Lippen.

Er lachte. Seine unnachgiebigen Hände hielten ihre Hüften fest und dann legte er wieder los: erbarmungslose Stöße, ruckartig und hart. Er richtete sie aus, wie er sie brauchte und nahm, was er wollte. Dann spürte sie, wie sein Schwanz anschwoll und er sich zuckend in ihr ergoss.

Eine Minute verging. Zwei Minuten. Er bewegte sich nicht. Er hielt sie einfach in den Armen. Sein Atem normalisierte sich. Als er sich zur Seite rollte, nahm er sie mit.

„Hast du immer noch Kopfschmerzen?", flüsterte er ihr die Frage ins Ohr.

„Du bist ein Arsch."

Er lachte. „Das ist wahr." Er spreizte die Finger auf ihrem Bauch und presste sie enger an sich.

Für eine Weile lagen sie einfach nur verschlungen auf dem Bett und kamen wieder zu Atem. Schließlich löste er sich von ihr und stand auf. Mit einem weiteren Eisbeutel kam er zurück. Logan missachtete ihren schläfrigen Protest und rollte sie auf den Rücken. „Knöchel hochlegen, kleine Rebellin", sagte er und küsste ihre Wange. „Die Schwellung sieht besser aus."

In dieser Nacht nahm er sie noch zweimal. Das erste Mal weckte er sie, indem er einen Nippel in seinen Mund saugte.

Beim zweiten Mal leckte er mit seiner Zunge über ihre Klitoris. Subtil hatte er sich in ihre Träume geschlichen, bis sie vom Orgasmus in die Wirklichkeit gerissen wurde. Sie wollte ihre Hände in seinen Haaren vergraben, musste jedoch feststellen, dass er ihre Handgelenke am Kopfteil festgebunden hatte. Ihre Knie lagen ebenfalls in Fesseln, so dass ihre Schenkel gespreizt waren. Vom Höhepunkt noch völlig mitgenommen, riss sie an ihren Fesseln. Er grinste lediglich und senkte den Mund erneut auf ihr Geschlecht. Sanft und betörend. Kraftvoll und erbarmungslos. Sie lag aufgeschlagen vor ihm wie ein Buch. Er konnte mit ihr tun, was er wollte. Und sie kam, wieder und immer wieder. Als er schließlich von ihr abließ, zögerte er nicht lange und schob sich über ihren Körper. Auf dem Weg saugte er einen Nippel in seinen heißen Mund, bis er ihm salutierte. Dann fand er ihren Blick, vereinnahmte ihren Mund mit seinen Lippen und drang hart in sie ein. Es dauerte nicht lange, bis sie von einem weiteren markerschütternden Höhepunkt überrascht wurde.

Nachdem er aufgeräumt hatte, legte er ihren Knöchel zurück aufs Kissen, platzierte darauf das Eis und legte sich neben sie.

„Du bist schlimmer als meine Mutter", grummelte sie, als er sie an seine Seite zog. „Ich hasse es, auf dem Rücken zu schlafen."

Er lachte tief, antwortete aber nicht. *Der Schuft.* Sie konnte immer noch nicht fassen, wie sehr sein dominantes Verhalten sie erregte.

Er streichelte ihre Brüste, liebkoste und neckte sie. Es gefiel ihm, sie anzufassen. Er schaffte es einfach nicht, die Finger von ihr zu lassen. Im Bett hatte er entweder den Arm um ihre Taille gelegt oder er erkundete sie, wie er das jetzt tat. Seine Berührungen, seine zärtlichen Erkundungstouren entfachten ein Gefühl in ihr, dass sie so bisher noch nie mit einem Mann erlebt hatte: Sie fühlte sich wunderschön. Sie fühlte sich begehrenswert.

Sie rollte mit den Augen. Natürlich half es, dass er sich so sehr nach ihr verzehrte und sie in den letzten Stunden fünfzig Trilliarden Mal genommen hatte. Sie legte ihre Hand in seine.

Bei dem Größenunterschied durchfuhr sie ein Schauer. Zudem war er gebräunt, schwielig und muskulös. Er ließ zu, dass sie ihn erkundete und hob sogar den Kopf, um sie in dem schwachen Kerzenlicht zu beobachten. Sie presste einen Kuss auf seine Handfläche und ließ ihn wieder los.

Ein träges Lächeln huschte über seine Lippen. Er sah ihr tief in die Augen, strich über ihre Wange und murmelte: „Du beunruhigst mich, kleine Sub. Haben deine Eltern vergessen, bei dir einen Mitteilungsknopf anzubringen?"

Sie runzelte die Stirn. „Was meinst du damit?"

„Nach deiner Bestrafung hätte ich erwartet, dass du mich den Rest des Abends verfluchst. Stattdessen verbuddelst du deine Gedanken. Rede mit mir." Seine blauen Augen waren intensiv auf sie gerichtet. „Wie hast du dich dabei gefühlt, als ich dir ein Spanking verpasst habe?"

Sie wandte das Gesicht ab, doch das ließ er nicht zu. Sanft umfasste er ihr Kinn und zwang sie, ihn anzusehen. „Tut mir leid, es gibt keinen Mitteilungsknopf", sagte sie. Sie bezweifelte, dass das Thema damit vorbei war. „Es ist Zeit fürs Bett. Ich bin wirklich müde."

Sein Daumen zeichnete die Konturen ihrer Lippen nach. „Haben deine Eltern dir hin und wieder den Arsch versohlt?"

Dickköpfiger Schuft. „Meine Mom, aber nur zweimal." Sie versuchte, sich zu erinnern. „Das erste Mal, weil ich weggelaufen war. Und das zweite Mal, weil ich mit Streichhölzern gespielt habe."

„Okay. Und dein Vater?"

Sie schüttelte den Kopf. „Er ist ausgezogen, als ich acht war." Weil sie und ihre Mutter fett und langweilig waren. Ohne darüber nachzudenken, schob sie Logans Hand von ihrem Gesicht weg.

Seine Augen verengten sich. „Hat er dich geschlagen? Dir körperlich wehgetan?"

„Ich habe doch schon ‚Nein' gesagt, oder?" Sie unternahm den Versuch, von ihm wegzurutschen. Nicht so einfach mit dem verletzten Knöchel auf dem Kissen.

Nur ein unzufriedenes Grunzen warnte sie, bevor er seinen Arm um ihre Taille legte und ihrem Vorhaben ein jähes Ende setzte. „Also hat er dich mit Worten verletzt. Was hat er gesagt?"

„Hör zu, Logan", fauchte sie. „Ich will schlafen. Auf Psychospielchen habe ich keinen Bock, okay?"

„Dünn", murmelte er. „Ich erinnere mich wieder. Du meintest, dass dein Daddy schlanke Frauen bevorzugte."

Sie schnappte nach Luft. Seine Worte drangen wie ein Messer direkt in ihr Herz.

„Oh nein." Er festigte seinen Arm um sie und presste sie noch enger an seinen warmen Körper. „Becca, dein Vater war ein blindes Arschloch. Ich mag dich genauso, wie du bist." Er lachte tief. „Ich bevorzuge es, einen saftigen Hintern zu versohlen."

Das Messer steckte noch immer in ihrem Herzen, aber es rotierte nicht länger. Umgeben von seiner Wärme entspannte sie sich allmählich. „Warum fragst du mich immer nach dem Spanking? Denkst du, es hat mir Spaß gemacht?"

„Manchmal kann es passieren, dass durch emotionale oder körperliche Bestrafung alte Wunden aufgerissen werden. Du hast wütend reagiert. Ansonsten ist mir nur aufgefallen, wie sehr es dich erregt hat." Sein Grinsen blitzte auf. „Allerdings kommt es vor, dass mir etwas Wichtiges entgeht. Deswegen ist es so wichtig, dass du mit mir redest, Kleines."

Er hatte sie so genau beobachtet? Aber warum überraschte sie das eigentlich? Er beobachtete sie immer. Seine Worte kamen bei ihr an und sie verzog das Gesicht. „Ich war nicht angetörnt."

„Du brauchst es nicht zu leugnen. Sonst hätte ich dich nicht ohne ein bisschen mehr Vorspiel von hinten nehmen können."

Er grinste befriedigt und sie spürte, wie sie feuerrot anlief. *Oh Gott*, es erregte sie, wenn sie den Arsch versohlt bekam? „Das klingt einfach so ... falsch."

„Menschen sind eben verschieden." Er grinste. „Dich über mein Knie zu legen, habe ich sehr genossen. Dein weicher Hintern unter meiner Handfläche hat mich im Gegenzug erregt.

Bei jedem Schlag hat er gewackelt und sich langsam rot gefärbt."
Seine Hand strich über ihre Brüste und ihr wurde bewusst, dass
ihre Nippel sich ihm entgegenstreckten. „Ich hätte auch eine
andere Bestrafung wählen können, aber ich wollte wissen, wie du
auf Schmerz im sexuellen Kontext reagierst."

Sie blitzte ihn an. „Schmerz ist Schmerz."

Er kniff in ihren Nippel und sie konnte fühlen, wie das
Stechen direkt zu ihrem Geschlecht schoss.

Seine Augen glitzerten vor Belustigung. „Nicht ganz."

Sie errötete und ihre Augen weiteten sich. Was gäbe er darum,
ihr noch mehr über Schmerz und Lust beizubringen. Auch mit
ihrer verschobenen Selbstwahrnehmung wollte er sich genauer
befassen. Ihr Vater hatte sie nicht unbeschadet zurückgelassen.
Leider hatte er weder das Recht noch die Zeit dafür.

Wenn er bedachte, wie erschöpft er war, wäre es am intelligentesten, das Bett zu verlassen, bevor er einschlief. „Ich muss
kurz runter und etwas nachsehen."

Es überraschte ihn, als ihre Hand daraufhin zu seinem
Schwanz wanderte, der noch kein Interesse an Schlafen hatte.

Über ihr Spanking zu sprechen, war nicht besonders intelligent gewesen.

Ihre weichen Lippen formten ein Lächeln. „Habe ich die
Erlaubnis, dich zu verführen, Sir?", fragte sie mit kehliger
Stimme. Mit einer geschmeidigen Bewegung drückte sie ihn auf
den Rücken und setzte sich rittlings auf ihn. Mit Bedacht, um
ihren Knöchel nicht zu belasten, rutschte sie nach unten, bis
ihre Pussy über seine Länge glitt.

Na gut. Er konnte immer noch später abhauen. „Gewährt.
Führe mir deine Verführungskünste vor."

KAPITEL SECHZEHN

Rebecca erwachte in Logans Armen. Die Weckeranzeige glühte im dunklen Zimmer. Fünf Uhr am Morgen. Nicht mehr lange bis zur Morgendämmerung. Nicht mehr lange, bis sie in Matts Auto steigen und diesen Ort verlassen musste. Und Logan.

Gott, sie wollte nicht gehen. Nicht so – nicht, bevor sie Pläne für ein Wiedersehen getroffen hatten.

Warum sehnte sie sich so sehr nach einem Wiedersehen? Sie war doch sicher nicht in ihn verliebt, oder? Auf keinen Fall. Schließlich kannte sie ihn erst seit ein paar Tagen.

Außerdem gab es noch ihre Liste. Er war nicht gerade der Inbegriff ihres perfekten Mannes.

Nummer Eins: Intelligent.

Na gut, in dem Punkt gab es kein Problem.

Nummer Zwei: Er sollte die Stadt lieben.

Sie rümpfte die Nase. Vielleicht sollte sie diesen Punkt streichen. Schließlich zweifelte sie langsam selbst an, ob die Stadt der richtige Ort für sie war.

Daraus folgte wohl, dass sie auch den Punkt streichen konnte, der besagte, dass er beruflich erfolgreich sein musste.

Andererseits hatte er sich hier in der Wildnis eine erfolgreiche Ferienanlage aufgebaut. Das galt doch als beruflich erfolgreich.

Dann gab es noch den Punkt, dass er kein Macho sein durfte? *Durchgefallen hoch zweihundert.*

Was sagte das über sie aus, dass seine Dominanz sie so erschauern ließ? Dass es ihr gefiel, wenn er sie ans Bett fesselte? Der Gedanke allein machte sie heiß und feucht. *Mein Gott.*

Je länger sie über den letzten Punkt nachdachte, desto klarer wurde ihr, dass er kein Macho war. Ein Beispiel dafür war der Tag, an dem sie zusammen den Pfad von Geröll befreit hatten. Ja, er hatte es genossen, mit ihr zu diskutieren. Allerdings war er jemand, der zuhörte. Er hatte ihren Vorschlägen gelauscht und sie sogar als besser empfunden. Genauso verhielt es sich im Schlafzimmer. Er agierte mit Verstand. Das gefiel ihr. *Dominant im Schlafzimmer, während der Rest verhandelbar war.* Damit konnte sie leben.

Sie schaute missmutig. Sein Kleidungsstil war nicht der Beste. Und er mochte wahrscheinlich auch kein chinesisches Essen. *Rebecca, was soll das? Nichts davon ist von Bedeutung.* Sie wusste genau, was los war. Ihr Herz schmerzte, weil sie dieser dominante Macho immer noch nicht gefragt hatte, ob sie ihren Urlaub verlängern oder ihn schon bald wieder besuchen kommen möchte. Oder er könnte sie besuchen kommen. Sie war sich ziemlich sicher, dass er sie gernhatte, also warum sprach er das Thema nicht an?

Sie biss sich auf die Lippe. Die Schmetterlinge in ihrem Bauch machten sich auf den Weg zu ihrer Kehle. Wenn er nichts sagte, musste sie das eben tun.

Hände umklammern seine Arme. Ein Messer schlitzt ihm die Brust auf, unbeschreiblicher Schmerz folgt. Sein Blut spritzt auf die staubbedeckte Kleidung des Angreifers. Er verdrängt den Schmerz aus seinem Kopf und reißt sich vom Mann hinter ihm los. Macht eine Faust. Holt aus –

„Ganz ruhig, es ist nur ein Albtraum."

Logan erstarrte. Er gab keine Regung von sich. Er wartete darauf, dass der scharfe Geruch nach Schießpulver, Schweiß und Blut aus seinen Sinnen verschwand. Schließlich konnte er das ruhige Atmen von jemandem neben sich hören, begleitet von seinen schweren und panischen Atemzügen. Er hatte seine Hand nicht wie sonst zu einer Faust geballt. Stattdessen musste er erkennen, dass er sich an einer kurvigen Hüfte festkrallte. „Becca?"

Ein tiefes Lachen. „Ich hätte nicht gedacht, dass jemand noch schlimmere Albträume haben könnte als ich."

Sie hatte keine Ahnung.

Ihre Hand streichelte über seine schweißgebadete Brust und sie kuschelte sich näher an ihn. „Logan. Sir. Ich habe nachgedacht. Wir sind gut zusammen. Äh, also, ich mag dich wirklich gern und vielleicht ... Eigentlich fahre ich heute nach Hause, aber ich würde ... ich würde dich gerne wiedersehen. Vielleicht könnte ich bald für einen längeren Zeitraum zurückkommen oder du –"

„Nein." Das Wort brach aus ihm heraus, geboren aus dem blutigen Nebel, der immer noch sein Sichtfeld blockierte. Es schien ihr gut zu gehen. Er hatte sie nicht verletzt. Was war beim nächsten Mal? Er setzte sich auf und schob Rebecca von sich. „Becca ..." Er rieb mit seinen Händen übers Gesicht – brutale Hände, die töten, verstümmeln und zertrümmern konnten. „Unsere gemeinsame Zeit ... ich habe sie genossen. Aber jetzt ist sie vorbei."

Einzig und allein ihr abgehackter Atem war zu hören. Er wollte ihren Gesichtsausdruck nicht sehen, weswegen er sich von ihr abwandte. Obwohl es dunkel war, hätte er ihren Schmerz gesehen! Es wäre zu viel für ihn gewesen. Noch mehr Emotionen hätte er nach diesem Albtraum nicht ertragen können. „Geh nach Hause, Stadtmädchen. Kehre in dein Leben zurück."

Er rollte sich aus dem Bett. Er gab sich nicht damit ab, nach Kleidung zu suchen. Er würde die restliche Nacht auf Jakes

Couch verbringen. Und morgen ... morgen würde er sein Bestes geben, sich auf zivilisierte Art und Weise von ihr zu verabschieden.

Rebecca saß wie festgefroren auf dem Bett. Auch nachdem die Tür ins Schloss gefallen war, schaffte sie es nicht, sich aus der Schockstarre zu befreien. Sie starrte in die Dunkelheit, die sie umgab. Die Kerzen waren in den letzten Stunden vollkommen heruntergebrannt. Es war dunkel und jetzt wurde ihr auch noch kalt. Eine Kälte, die sich von ihrem Herzen ausbreitete.

Sein Geruch verblasste und sie konnte die Tränen nicht länger unterdrücken. Sie hatte es versucht, *verdammt*. Sie hatte wahren Mut bewiesen; sie hatte sich aus ihrem Schneckenhaus gewagt. Und er hatte sie eiskalt abgewiesen.

Ihr Magen drehte sich und ihr Herz ... Ein Schluchzen löste sich aus ihrer Kehle. *Oh Gott*, sie bekam keine Luft. Sie wischte sich die Tränen von den Wangen. Zwecklos. Es kamen immer mehr Tränen. Sie rollte sich auf den Bauch, vergrub ihr Gesicht im Kissen und ließ den Tränen freien Lauf.

Sie liebte ihn nicht. Nein, das konnte sie nicht. Schließlich kannten sie sich erst seit wenigen Tagen. Was wirklich schmerzte, war der Gedanke, dass er sie nie wirklich gewollt hatte. Wenn er sie mögen würde, hätte er sie sanft abgewiesen. Nicht mal das hatte er für nötig gehalten. Offensichtlich war sie bloß ein bequemer Wochenendfick für ihn gewesen. Vier Tage. Und jetzt war er von ihr gelangweilt.

Verständlich. Schließlich war sie langweilig und fett.

Die Dinge, die er zu ihr gesagt hatte – dass er ihr Aussehen mochte – war anscheinend gelogen gewesen. Taten zählten mehr als Worte. Lag er gerade neben ihr im Bett? Nein, er war geflüchtet.

Oh Gott, ich lag in seinem Bett. Ich muss hier raus.

Während sie sich anzog, konnte sie nicht aufhören zu weinen. Die Schluchzer ließen ihren Körper erbeben. Indessen hieß sie den Schmerz in ihrem Knöchel willkommen. Es war ein realer Schmerz, der es schaffte, das Brennen in ihrer Brust für einen Moment zu übertönen. Sie schnappte sich ihr Nachthemd und ließ den Blick übers Zimmer schweifen. Nichts von ihr würde zurückbleiben. Als wäre sie nie hier gewesen.

Mitten im Zimmer stehend hoffte sie noch immer darauf, dass er zurückkam. Sie hoffte, seine Schritte zu hören. Sie hoffte, dass er durch die Tür preschte und ihr sagte, wie viel sie ihm bedeutete. Sie rieb sich mit dem Unterarm über die Augen und presste die Lippen fest aufeinander. Sie wollte glauben, dass er sie nicht für eine bedauernswerte Verliererin hielt, die um einen Mann weinte, der nur einen Wochenendfick in ihr sah.

Als hätte sie jemand erhört, traten Schritte an ihre Ohren. Ihr Herz machte einen Satz. Die Tür öffnete sich und Matts Gesicht erschien. Er runzelte die Stirn, als er sie sah. „Bist du okay, Babe?"

Sie ballte die Hände zu Fäusten und vergrub die Fingernägel in den Handflächen, um nicht wieder in Tränen auszubrechen. Sie versuchte, zu lächeln. „Mir geht's gut", sagte sie leichthin. „Müssen die Hormone sein. Ich bekomme bald meine Periode." Nur, weil sie es hasste, wenn Männer den Zyklus einer Frau als Beleidigung nutzten, hieß das nicht, dass sie den monatlichen Horror nicht als Ausrede benutzen konnte. Irgendeinen Vorteil musste man ja daraus ziehen.

„Oh. Okay." Matt fuhr ihr mit der Hand durchs Haar und schenkte ihr ein verständnisvolles Lächeln. „Jake hat mich rein-gelassen, damit ich dir mit dem Koffer helfen kann. Bist du fertig oder brauchst du noch eine Minute?"

Hier zeigte sich wieder, warum sie Matt für den perfekten Mann gehalten hatte. Logan war das wirklich nicht. Sie atmete einmal tief durch. Sofort meldete sich ihr verkrüppeltes Herz. Sie reagierte, indem sie den verletzten Knöchel belastete und ihr Verlangen zu weinen verklang. *Keine Tränen mehr.* „Nein, ich bin fertig. Ich will nach Hause."

Das Sonnenlicht berührte bereits die Couch, als Logan erwachte. Er duschte sich schnell, übersprang das Rasieren und eilte in den Hauptraum. Thor lag neben dem Kamin auf einer Decke. Logan hielt an, um nach ihm zu schauen. Die Wunde an seiner Pfote sah sauber aus. „Manchmal lässt deine Intelligenz zu wünschen übrig", sagte er und kraulte ihm hinterm Ohr.

Er nickte den drei Swingern zu, die im Speisesaal saßen und frühstückten, und ging direkt in die Küche. Irgendwie musste er Rebecca erklären, warum es keine Besuche geben konnte. Beim Gedanken daran, ihr – überhaupt irgendjemandem – von seinen Albträumen zu erzählen, wurde ihm flau im Magen.

Er fand Jake am Spülbecken, der angebrannte Eier aus der Pfanne kratzte.

Logan schaute auf die schwarze Masse. „Ich vermute, dass Rebecca nicht gekocht hat?"

„Richtig geraten. Sie und Matt sind schon zum Morgengrauen abgereist."

Ein Schlag direkt in seine Magengegend. Ihm stockte der Atem. Und doch musste er irgendein Geräusch gemacht haben.

Jake drehte sich zu ihm und runzelte die Stirn. „Hast du ihr letzte Nacht nicht Lebewohl gesagt?"

„Mir war nicht klar, dass sie so früh abreisen wollte." Sie hatte es ihm nicht gesagt. Warum hätte sie das auch tun sollen, nachdem er sie vorige Nacht so grausam abserviert hatte? Er hatte es versaut. Jetzt standen diese hässlichen Worte zwischen ihnen. Nicht, dass es am Ausgang etwas geändert hätte, aber zumindest hätte er sie sanfter abweisen können. Ohne unehrlich zu sein. Er hätte sie wissen lassen können, wie sehr er ihre Gesellschaft genossen hatte. *Verdammte Scheiße.* „Ich hätte nicht gedacht, dass ich so lange schlafen würde."

Jake wandte seine Aufmerksamkeit wieder der Pfanne zu. „Keine Überraschung, wenn man bedenkt, dass du in all den Tagen nie mehr als ein paar Stunden geschlafen hast. Und dann hast du sie auch noch den Großteil den Berg runtergetragen. Und wie ich dich kenne, hast du die halbe Nacht damit zugebracht, sie zu vögeln. Überraschend ist eigentlich nur, dass du es noch zur Couch geschafft hast und nicht direkt auf ihr eingeschlafen bist."

„Ich bin eingeschlafen. Neben ihr. Was zur Folge hatte, dass ich mitten in der Nacht auf deine Couch umziehen musste." Logan schaute finster. „Verdammt, normalerweise habe ich nie Probleme damit, wach zu bleiben." Seit der Nacht, in der er Jake fast umgebracht hatte, vermied er es, in der Gegenwart von weiteren Personen im Zimmer einzuschlafen.

„Ich weiß, Bruder." Jake spülte die Pfanne aus und stellte sie in den Abtropfkorb. „Seit deiner Scheidung war Rebecca die erste Frau, der du wirklich vertraut hast."

„Du hast deinen Job gekündigt. Du und dein Freund habt den Mietvertrag gekündigt. Und er ist nicht länger dein Freund." Rebeccas Mutter schritt durchs Wohnzimmer und ihre Stiletto-Absätze klickten über den Hartholzboden.

„Das ist eine gute Zusammenfassung." Rebecca nahm sich eine Stange Sellerie von der Porzellanplatte auf dem Couchtisch und lehnte sich in dem weißen Sessel zurück.

„Du bist zu jung für eine Lebenskrise."

„Nein, Mutter. Ich meine, ja, Mutter. Zu jung. Ich habe mir viele Gedanken gemacht. Ich möchte herausfinden, was ich wirklich mit meinem Leben anfangen will." *Gott*, sie hasste Sellerie. Sie wartete, bis ihre Mutter ihr den Rücken zudrehte und in die andere Richtung marschierte. Das war der perfekte Moment, um die Selleriestange in ihrer Handtasche verschwinden zu lassen. Später würde sie das Hamsterfutter entsorgen.

„Hat Matthew mit dir Schluss gemacht?" Ihre Mutter drehte sich um, stemmte die Hände in ihre knochigen Hüften und schaute sie finster an. „Zweifellos wegen deines Gewichtes.

Schau dich nur an, Rebecca. Du musst dich operieren lassen. Nach einem Magenband und einer Bauchstraffung kannst du –"

„Mutter, ich will keine Schönheitsoperationen. Und ich war diejenige, die Schluss gemacht hat."

„Aber warum?"

„Ich habe jemanden kennengelernt" – der stechende Schmerz schien nicht nachlassen zu wollen – „und festgestellt, dass Matt und ich nicht füreinander geschaffen sind."

„Oh." Ihre Mutter spitzte die Lippen. „Dann solltest du ihn mal zum Abendessen mitbringen, damit Vincent und ich den neuen Mann in deinem Leben kennenlernen können. Wie klingt Freitag?"

„Ich ... Wir sind nicht mehr zusammen." Vier Tage. Die kürzeste Beziehung in der Menschheitsgeschichte. *Wochenendfick.*

„Mal ehrlich, Rebecca. Du hast ihn kennengelernt und schon wieder verloren? Denkst du nicht, dass dein Gewicht etwas damit zu tun haben könnte?" Ihre Mutter setzte sich auf die Armlehne von Rebeccas Sessel. „Und diese Bluse. Für diesen Stil sind deine Brüste viel zu groß. Niemand will das sehen."

„Okay." Das nannte man wohl eine Rechts-Links-Kombination, richtig? Erst hatte Logan sie k. o. geschlagen und als sie sich gerade wieder aufgerichtet hatte, schickte ihre Mutter sie zurück auf die Bretter. Vielleicht hatte ihre Mutter recht. Offensichtlich war sie nicht attraktiv genug, um einen Mann halten zu können.

Logan blickte zu seinem Hund. Thor lag auf der Verandatreppe und sah mit großen, dunklen Augen zur Straße. Die Person, auf die er wartete, würde nicht erscheinen. Logan seufzte. Am liebsten würde er sich neben Thor legen. Auch er hörte immer noch Rebeccas heiseres Lachen. Wenn er die Augen schloss, sah er ihre wunderschönen, roten Haare und des Nachts suchte er instinktiv mit den Händen nach ihrem kurvigen Körper.

„Ihr zwei seid so deprimierend", sagte Jake und schaute missmutig erst zum Hund und dann zu Logan. „Hol dir endlich dein Mädchen zurück, verdammt. Wenn du sie überreden kannst, hier als Köchin zu arbeiten, dann komme ich auch für das Gehalt auf."

„Das geht nicht." Seit sie abgereist war, beschäftigte er sich mit körperlich anstrengender Arbeit, um nicht an sie denken zu müssen. Sein Körper war wund. Jeder Muskel brannte und doch ... es half nichts. Logan lehnte sich in seinem Stuhl zurück. „Sie kann froh sein, dass sie ohne Narben davongekommen ist."

„Was hat sie dazu gesagt?"

Logan sah ihn finster an. „Nichts. Ich habe es ihr nicht erzählt." *Oh, übrigens: Ich habe die Angewohnheit, Leute umzubringen, wenn ich schlecht geträumt habe. Super Idee.*

Jetzt blickte Jake finster drein. „Ist das nicht eine Information, die man ... na ja ... mit seiner Sub teilen sollte? Jetzt wirst du nie erfahren, wie sie reagiert hätte. Ich bin mir aber sicher, dass sie gerne die Wahl gehabt hätte. Vielleicht wäre sie für dich das Risiko eingegangen."

„Ich wollte nicht, dass sie sich diesem Risiko aussetzt!", platzte es aus Logan heraus. Und er wollte auch das Thema nicht länger diskutieren. Seine Hände ballten sich zusammen, sobald er auch nur im Entferntesten daran dachte, was er ihr hätte antun können. Zweimal hatte sie ihn aus einem Albtraum aufgeweckt. Zweimal.

Es war erstaunlich, dass er sie nicht geschlagen oder versucht hatte, sie zu ...

Plötzlich sprang Logan auf.

„Was ist?" Jake neigte fragend den Kopf.

„Sie hat es geschafft, mich zweimal aus meinen Albträumen zu reißen, ohne dass ich sie anschließend angegriffen habe."

„Tatsächlich? Na, sieh mal einer an."

Logan rieb sich über den Kiefer. „Wie hat sie das bloß hinge-kriegt? Du hast das nie geschafft."

Jake dachte einen Moment nach. „Entweder sind deine Albträume mittlerweile weniger intensiv. Oder ... du vertraust ihr auf eine Art, die nicht mit meiner zu vergleichen ist."

„Könnte beides sein."

„Na ja. Mir ist aufgefallen, dass du nachts nicht mehr rumbrüllst", sagte Jake. Er lehnte den Kopf zurück und fuhr fort: „Und schlafwandeln tust du auch nicht mehr."

„Nein, Gott sei Dank." In seinen Träumen regierten zwar immer noch Blut und Tod, aber zumindest wachte er jetzt dort auf, wo er eingeschlafen war. Bisher hatte er nie viel darüber nachgedacht, aber ... „Die Albträume an sich scheinen nicht besser zu werden. Und vielleicht haben sie nicht mehr so eine starke Wirkung auf mich."

„Das wäre auch meine Vermutung."

Aber vertraute er sich genug? Würde er es auf Dauer schaf-fen, sie nicht zu verletzen? Er ließ die Hoffnung fahren. Dass sie es zweimal überlebt hatte, bedeutete einen Scheißdreck. Er schüttelte den Kopf. „Nein, ich habe nicht –"

„Logan", unterbrach ihn sein Bruder. „Du hast dem kleinen Rotschopf nicht wehgetan, obwohl sie jede Nacht mit dir im Bett geschlafen hat. Zur Hölle nochmal, als du mich angegriffen hast, stand ich am anderen Ende des Zimmers und du bist auf mich zugerast."

Logans Augen verengten sich. *Verdammte scheiße*, und er wollte sie so sehr. Er wollte sie in seinem Bett und in seinen Armen. Zuerst musste er jedoch sicher gehen, dass er sie nicht verletzen würde. Er schaute zu seinem Bruder. „Denkst du, du bist mutig genug, um deine Theorie zu testen, Bruder?"

Nachdem er sich gezwungen hatte, einen Kriegsfilm anzuschauen – etwas, das er normalerweise vermied, weil er davon unweigerlich Albträume bekam – ging Logan ins Bett.

Heiße, trockene Luft und Schweiß kitzeln über seinen Rücken. Der gepanzerte Waffenwagen rattert über die Straße. Soldaten auf beiden Seiten überblicken die Umgebung. Ein Schrei. Ein Aufständischer rennt auf sie zu und wird von zwei Soldaten niedergemäht. Bevor der Körper den Boden berührt, explodiert er. Blut und Eingeweide spritzen ihm –

Ein lauter Knall. „Stirb!"

Logan saß senkrecht im Bett.

Wie ein dümmlicher Idiot grinste ihn sein Bruder von der Türschwelle an. Die Tür prallte von der Wand ab.

Logan rieb sich übers Gesicht und fühlte den Schweiß auf seiner Stirn. „Stirb?"

„Schien mir ein gutes Wort zu sein, um bei dir etwas auszulösen." Jake kratzte seinen Rücken am Türrahmen. „Wir haben ein negatives Ergebnis. Freu dich. Nacht, Bruder."

„Nacht." Logan fiel zurück aufs Bett. Adrenalin schoss durch seine Adern, als hätte er vor dem Schlafengehen fünf Tassen Kaffee getrunken. „Danke." *Denke ich.*

KAPITEL SIEBZEHN

Die erste **Woche** in San Francisco war für Rebecca hektisch gewesen. Eigentlich hatte sie so viel um die Ohren gehabt, dass sie keine Zeit hatte, um an Berge, Blockhütten oder ... Männer zu denken. Sie hatte auch nicht an *Männer* gedacht. Nur an einen. An einen Mann, der sie nicht wollte. In regelmäßigen Abständen hatte sie das Gefühl, dass sie in den Bergen etwas vergessen hatte. Dann hielt sie inne und kramte durch ihre Tasche. Schlüssel, Handy, Geldbörse. Nichts fehlte.

Sie war davon ausgegangen, dass sie ihre gemeinsame Wohnung mit Matt vermissen würde. Das tat sie nicht. Ihr Job? Die Kündigung hatte bei ihr nichts weiter hinterlassen als ein Gefühl der Freiheit. Nun musste sie den Fakten ins Auge sehen: Sie vermisste die Berge und die Lodge so sehr, dass ihr die Erinnerungen an die Zeit wie ein schwerer Stein im Magen lagen. Wenn sie kochte, legte sie kleine Bissen für Thor zur Seite. Und wenn sie an Logan dachte − sie versuchte wirklich ganz, ganz sehr, nicht an ihn zu denken −, sehnte sie sich so sehr nach ihm, dass sie jedes Mal nach den Autoschlüsseln griff. Nachts suchte sie nach seiner Wärme und nach seinen starken Armen. Vier Tage. Sie verstand einfach nicht, wie sie ihm innerhalb weniger

Tage so sehr hatte verfallen können. Das ergab doch keinen Sinn.

Gleich in der ersten Woche hatte sie sich fünf Flanellshirts gekauft.

Wirklich jämmerlich, Rebecca. Seufzend verließ Rebecca ihr vorübergehendes Schlafzimmer und ging in Peppers Wohnzimmer. Sie nickte ihrer großen, schlanken Freundin zu, blickte auf die purpurrote Couch und ließ sich kopfschüttelnd auf einen knallgrünen Sessel fallen. „Es überrascht mich, dass du noch keinen Augenkrebs hast."

„Du bist nur neidisch, dass nicht jeder bei Purpurrot so ausgewaschen aussieht wie du." Pepper grinste und schüttelte ihr schwarzes Haar. „Hast du alles ausgepackt?"

„Alles erledigt."

„Job gekündigt, Apartment gekündigt, Habseligkeiten einge-lagert. Du bist wirklich geschäftig gewesen." Pepper verschwand in der winzigen Küche des Apartments und kam mit zwei Flaschen Bier zurück. „Also, was steht nun als nächstes auf deiner To-do-Liste, meine Künstlerfreundin?"

Rebecca nahm einen Schluck von dem eiskalten Bier. „Eigentlich handelt es sich bei der Liste nur um Dinge, auf die ich keinen Bock mehr habe: Nie wieder einen Job, der mich nicht erfüllt. Nie wieder in einer Großstadt leben." Und nie wieder langweiligen Sex.

„Langsam glaube ich, dass dir in deinem Urlaub jemand Drogen zugeführt hat."

Rebecca lachte. „Nein. Aber ich habe gemalt." *Und hatte haufenweise Sex.* „Etwas, das ich nie wieder missen möchte. Während der Uni habe ich ein paar Kinderbücher illustriert. Heute habe ich meine Kontakte von damals angerufen und es sieht so aus, als könnte ich einen Halbtagsjob an Land ziehen." Wodurch sie die restliche Zeit zum Malen nutzen konnte. Ein Buch zu beenden, war ein berauschendes Gefühl. Was ihr aber am meisten gefiel, war die Freude auf dem Gesicht eines Kindes zu sehen, wenn es das Buch das erste Mal durchblätterte. *Ist das eine richtige Fee, Daddy?*

„Okay, bei der Suche nach einem neuen Job kannst du also ein Häkchen dransetzen." Pepper klickte mit ihren gold-lackierten Fingernägeln gegen die Bierflasche. „Wo willst du wohnen?"

„Na ja, als Illustrator kann ich überall leben." Rebecca lehnte ihren Kopf zurück. „Noch bin ich nicht bereit, diese Entscheidung zu treffen." Sie könnte das Land erkunden. Sie konnte hingehen, wohin sie wollte.

Rebecca presste die Lippen aufeinander. Jake hatte erwähnt, dass die Männer in regelmäßigen Abständen nach San Francisco fuhren, um für die Lodge Besorgungen zu machen und Spaß zu haben. Bei der Übergabe ihres alten Wohnungsschlüssels war ihr bewusst geworden, wie sehr sie darauf gehofft hatte, dass Logan unerwartet vor ihrer Tür auftauchen würde. Lächelnd würde er vor ihr stehen und sie daran erinnern, dass sie ihm noch einen Blowjob schuldete. Er war nicht aufgetaucht. Und nun hatte sie auch keine Tür mehr, an die er klopfen konnte. *Sei verdammt, Logan.* Das Brennen in ihrer Kehle erschwerte es ihr, das Bier in ihrem Mund herunterzuschlucken.

Auf ihrer Liste stand noch ein dritter Punkt. Diesen Punkt musste sie angehen, bevor sie im ländlichen Amerika abtauchen konnte. Nach ihrer Zeit blieb eine Frage offen: War der Sex mit Logan so spektakulär gewesen, weil sie Gefühle für ihn hatte? Oder lag es einzig und allein an der Dom-/Sub-Sache? Was würde passieren, wenn sie einen anderen Dom fand? Würde er die gleichen Empfindungen in ihr freisetzen? Das konnte sie sich nicht vorstellen! Andererseits hatte sie vor dem verlängerten Wochenende auch nicht geglaubt, dass es sie so dermaßen erregen würde, wenn sie jemand fesselte.

„Wow, Mädchen, du bist ja feuerrot." Pepper grinste. „Ich denke, es gibt etwas, das du mir verschwiegen hast. Erzähl mir, was genau in den Bergen passiert ist. Bisher weiß ich nur, dass Matt und du euch getrennt habt."

Rebecca fühlte, wie ihr Gesicht noch heißer wurde. Und dann lachte sie. „Ein großartiger Mann ist passiert. Und heißer, kinky Sex."

Pepper blinzelte. „Du? Kinky Sex?" Sie stellte ihr Bier auf den Couchtisch und lehnte sich vor. „Erzähl mir alles und lass kein Detail aus!"

„Keine Details, aber ich brauche deine Hilfe. Und dabei geht es um kinky Sex." Sie schaute Pepper an. Sie war ihre beste Freundin. Sie wussten so viele Geheimnisse voneinander. Trotzdem würde es jetzt unangenehm werden. „Du kennst doch jeden in der Stadt."

„Also, ja. Ich betreibe eine Bar. Da kommt man mit einigen Menschen in Kontakt."

„Ähm." Rebecca rollte die Flasche zwischen ihren Handflächen. „BDSM. Kennst du jemanden, der darauf steht? Ich will in einen der Clubs gehen und dachte, es wäre nett, wenn ich einen Tourguide hätte."

„Heilige Scheiße! Willst du mir etwa sagen, dass du auf Bondage stehst und −" Peppers hellblaue Augen wurden immer größer. „Das tust du. Wow. Wow." Sie ließ sich gegen die Lehne fallen und lachte laut los. Sie verschluckte sich, lachte weiter und verschluckte sich wieder.

Rebecca schaute sie finster an. „Weißt du, deine Reaktion ist leicht beleidigend. Ich bin doch schließlich keine Jungfrau mehr."

„Nein, aber −" Pepper zog sich an der Sofalehne wieder in eine sitzende Position. „Okay, okay, lass mich nachdenken. Angela. Oh ja, es würde ihr gefallen, dich herumzuführen. Du kennst sie bereits. Erinnerst du dich an Lews Weihnachtsparty?"

„Blondine, groß, hohe Absätze und ein hautenges Kleid?"

„Korrekt. Sie ist eine Domina. Wenn du dich an ihren Rockzipfel hängst, wird dich im Club niemand behelligen. Es sei denn, du willst, dass dich jemand behelligt."

Rebecca biss sich auf die Unterlippe und nickte. Es hatte

keinen Sinn, auf Erkundungsreise zu gehen und dann auf halber Strecke kehrt zu machen.

***

Noch war die Sonne nicht aufgegangen. Logan öffnete die Augen, blieb jedoch ruhig liegen. Was hatte ihn aufgeweckt? Er lauschte. Er konnte nur die typischen Geräusche dieser verdammten Großstadt hören.

Eine frische Brise fegte über seine Wange, obwohl er das Fenster vorm zu Bett gehen geschlossen hatte. Und warum wurde es plötzlich heller?

Ah. Die Hotelzimmertür war einen spaltbreit geöffnet und vom Hotelflur fiel Licht durch den Schlitz. Kaum hörbare Schritte traten an seine Ohren. Hinter ihm.

Er hatte einen Einbrecher in seinem Zimmer.

Adrenalin durchfuhr ihn, trotzdem zwang er sich, langsam und gleichmäßig zu atmen. *Siehst du, ich schlafe noch. Komm nur näher, wenn du dich traust.*

Er wartete, wartete, wartete ... Beim nächsten Geräusch sprang Logan aus dem Bett und warf dem Eindringling die Decke über den Kopf. Er stellte sich hinter ihn, wickelte die Arme um ihn und –

„Verdammt, Logan." Jakes Stimme. Unter der Decke.

„Was zur Hölle sollte das werden?" Logan schlug seinem Bruder auf den Hinterkopf, bevor er die Decke wegzog.

„Du Arschloch", knurrte Jake. „Schläfst du denn überhaupt niemals?"

„Du hast's nicht mehr drauf, Bruder. Ich habe dich schon gehört, als du zur Tür reinkamst", log Logan ihn an. „Was machst du hier?"

Jake ließ sich in den Sessel neben dem kleinen Nachttisch fallen. „Ich dachte, ich teste nochmal, ob du dich wirklich unter Kontrolle hast." Jake salutierte sitzend. „Mit Bravour bestanden, Soldat."

„Verdammt, ich dachte, ich würde zumindest eine Nacht mal durchschlafen können."

In den letzten paar Wochen hatte Jake ihn jede Nacht aufgeweckt. Zu Beginn war es immer Jake gewesen. Mit der Zeit waren alle Veteranen aus der Gegend zusammengekommen, um ihm ein sicheres Gefühl zu geben.

Dabei sagte Jake immer, er sei kein Sadist. *Wer's glaubt.* Mit einem ärgerlichen Grunzen legte sich Logan wieder ins Bett. „Hast du dich in der Nähe einquartiert?"

„Mein Zimmer ist den Flur runter. Ich fahre erst morgen zurück nach Hause. Ich wollte nur sicherstellen, dass du außerhalb deines eigenen Bettes nicht auf Probleme triffst."

„Guter Gedanke. Danke."

„Gern geschehen. Nicht." Jake rieb seinen Kopf und zog eine Grimasse. „Wo ist dein Rotschopf? Sollte sie nicht neben dir im Bett liegen?"

Logan knurrte. „Was für eine Person meldet denn ihr Telefon ab, ohne eine neue Nummer zu hinterlassen?"

„Das hat sie gemacht?"

„Ja. Und ihre Post geht an ein Postfach."

„Sie hat sich aus dem Staub gemacht? Wieso?"

„Keine Ahnung." Logan stand auf und lief im Zimmer auf und ab. Er war zu aufgedreht, um still sitzen zu bleiben. „Aber das werde ich verdammt nochmal rauskriegen. Tue mir einen Gefallen: Wenn du nach Hause kommst, musst du die Telefonnummern der anderen Swinger raussuchen. Einer von ihnen muss doch etwas wissen – wahrscheinlich das Arschloch eines Freundes."

„Kein Problem." Jake schaute auf seine Uhr. „Am frühen Nachmittag sollte ich daheim sein."

„Geht klar." Logan ließ sich aufs Bett fallen und schaute auf die Uhr. *Verdammt nochmal*, es war zwei Uhr in der Nacht. „Und Jake: Wenn du mich noch einmal nachts aufweckst, zertrümmere ich dir dein hübsches Gesicht. Mit einem Albtraum wird das aber nichts zu tun haben."

„**Wow.**" **Rebecca betrat** das Dark Haven und hielt kurz inne, als eine nackte Frau an ihr vorbeilief. Aus dem hinteren Teil des Clubs trat scheußliche Musik. Sofas und Sessel standen überall verstreut und formten kleine abgetrennte Bereiche. An einer Seite standen entlang eines Metalltresens weitere Tische und Stühle. Überall waren Menschen. Der Gothic-Look war vorherrschend. Ein Mann lief an ihr vorbei, in nichts weiter außer seinen Tattoos und einem Lendenschurz. Eine Menge Handschellen sowie Fesseln an Hand- und Fußgelenken bei beiden Geschlechtern. Manche Frauen waren so angezogen wie Angela: Latexstiefel mit hohen Absätzen, hautenger Latexanzug, der die Brüste nach oben drückte und Metallarmbänder. Diesen Frauen wollte Rebecca nicht im Dunkeln begegnen. Dabei spielte es auch keine Rolle, wie groß oder klein sie waren. Eine trug eine Peitsche an ihrem Gürtel. Dann gab es noch die andere Kategorie: Diese Frauen trugen Hand- und Fußfesseln und wenn sie Kleidung trugen, dann handelte es sich um Bustiers, transparente Leibchen und Miniröcke.

Angela lachte und schlang einen Arm um Rebecca. „Willkommen im Land des unheimlich Wundervollen."

„Genau getroffen." Rebecca schüttelte ihren Kopf. „Ich fühle mich wie Alice im Fetischland." Gott sei Dank hatte sie Angela an ihrer Seite. Sonst hätte sie dieser Ort vollkommen überwältigt. Angela war wundervoll. Ohne sie wäre sie bereits geflüchtet. Nachdem Angela mit einer riesigen Auswahl Kleidung bei Pepper aufgetaucht war, hatte ihr die Domina Ratschläge gegeben, was sie anziehen sollte. Rebecca hatte ihr erzählt, was sich an diesem einen verlängerten Wochenende abgespielt hatte. Angela hatte interessiert gelauscht und ihre moralische Unterstützung zugesagt.

Rebecca strich den Faltenrock aus Vinyl glatt. Sie wünschte wirklich, dass das gute Stück zehn Zentimeter länger wäre. Das

Gute war, dass der Rock ihre breiten Hüften zu umspielen vermochte und das schwarze Korsett ihren Bauch flachdrückte.

Angela rieb ihr ermutigend über den Arm. „Du siehst hinreißend aus. Zu dumm, dass du nicht vom anderen Ufer bist." Sie grinste und zwinkerte. „Also gut, lass uns eine Runde drehen. Irgendwann muss ich mich aber verziehen, sonst denken die Mitglieder, dass wir ein Paar sind. Schließlich wollen wir ja, dass dich ein Dom anspricht."

Rebecca schaute zur Bar. Eine Flasche Bier würde ihr gerade echt guttun.

Angela folgte ihrem Blick. „Kein Alkohol für dich. BDSM und beeinträchtigtes Urteilsvermögen passen nicht gut zusammen. Insbesondere, wenn du und dein potentieller Dom euch noch nicht kennt."

Zwei Frauen kamen vorbei. Eine lief zwei Schritte hinter der anderen Frau und trug ein Lederhalsband. Es sah aus wie das von Thor. *Wow.* Rebecca runzelte die Stirn. Eine erstaunliche Anzahl von Leuten – Subs – trugen Halsbänder. Rebecca betrachtete die Situation genauer: Die Subs, die ein Halsband trugen, wurden immer von einem Dom begleitet. Ein Nietenhalsband. Aus Leder und so breit, dass die Person gezwungen wurde, den Kopf oben zu halten. An den meisten hing ein O-Ring, an dem Ketten für die Nippelklemmen oder Handfesseln befestigt waren. Nachdenklich verengte Rebecca die Augen.

Die Nacht in Logans Zimmer ... Sie erinnerte sich an Jakes Worte: „*Wirst du ihr ein Halsband anlegen, Bruder?*"

„Diese Halsbänder" – Rebecca wandte sich abrupt zu Angela – „Was bedeuten sie?"

„Das variiert." Grinsend sah Angela zu einer Frau, die an die Wand gekettet war. „Manchmal haben sie einfach nur einen bestimmten Zweck." Dann nickte sie zu einem schwulen Paar hinüber. „Aber für Leute wie Alan und Peter, die in einer Vollzeit Master-/Slave-Beziehung leben, ist das Halsband mit einem Ehering vergleichbar. Manchmal kann es auch bedeuten, dass du in einer Dom-/Sub-Beziehung lebst und nicht verfügbar bist.

Meggie trägt mein Halsband nur, wenn wir den Club besuchen."

Beziehungen. Was hatte Logan gesagt? *Ich bin kein Vollzeit-Master.*"

„Es kann auch bedeuten, dass man eine Beziehung eingeht. Etwas Langfristiges."

„Genug, Arschloch", hatte Logan geknurrt. „Wird nicht passieren."

Rebecca griff sich an den Hals und erinnerte sich, wie Logan ihre Kehle mit seiner Hand umschlossen hatte. Er hatte ihr nicht wehgetan, sondern ihr dabei deutlich gemacht, wer die Kontrolle hatte. Ein Halsband wäre ein Symbol für diese Kontrolle. Für seine Kontrolle. Damit hätte, doch er hatte entschieden, dass –

„Rebecca, du musst aufhören, über die Vergangenheit nachzugrübeln. Du bist hier, um Spaß zu haben." Angela tätschelte Rebeccas Arm. „Und immer in Erinnerung behalten: Wenn du mit einer Situation nicht einverstanden bist und dich unwohl fühlst, dann sag einfach ‚Nein'. Ich bleibe in der Nähe."

Spaß haben. Erfahrungen sammeln. *Nach vorne blicken.* „Danke, Angela."

„Du hast mich mehr als entschädigt. Das Bild, das du von Meagan in ihrer Sub-Position gezeichnet hast, hat mir den Atem geraubt." Angela grinste sie verschlagen an. „Außerdem gefällt es mir, Neulinge im Club zu beobachten. Und jetzt geh und such dir einen Dom."

Rebecca holte tief Luft und bahnte sich einen Weg durch die Menge. Sie versuchte, ihre neugierigen Blicke zu kontrollieren und niemanden anzustarren. Eine Mammutaufgabe. Die gut beleuchteten Bühnen auf beiden Seiten waren von Menschen umgeben. Auf der Linken demonstrierten zwei Männer, wie man eine Frau mit Tausend Trilliarden Seilen fesselte und dann an die Decke hängte. Auf der rechten Bühne stand ein älterer Mann mit einer Peitsche. Bei den Lauten, die die Peitsche von sich gab, als sie auf die Haut des jungen Mannes traf, der an einen Pfosten gefesselt war, wurde Rebecca ganz flau im Magen.

Angela hatte zu ihr gemeint, eine Etage tiefer zu gehen, wenn sie Leute kennenlernen und das Equipment benutzen wollte. Rebecca legte eine Hand auf ihren rebellierenden Magen und blinzelte bei dem Gefühl des Latex unter ihren Fingerspitzen. Sie machte sich in Richtung Treppe auf. Bevor sie die Stufen hinunterging, warf sie einen letzten Blick über ihre Schulter. Angela lächelte ihr ermutigend zu. Sie atmete tief ein und wagte den ersten Schritt.

Im Untergeschoss wusste sie nicht, wo sie zuerst hinsehen sollte. Merkwürdiges Equipment soweit das Auge reichte: X-förmige Gestelle, kreuzförmige Rahmen, Sägeböcke zu Tischen umfunktioniert und Handschellen, die von niedrigen Deckenbalken baumelten. Auf langen, hüfthohen, mit Leder bedeckten Tischen waren Leute festgebunden. Ein Dom tropfte Wachs auf die nackte Brust seiner Sub. Rebecca zuckte zusammen. Die Geräusche hier unten übertönten die Musik aus dem Erdgeschoss: Zischende Peitschen und klatschende Paddel, die auf nacktes Fleisch trafen. Ganz abgesehen von dem Stöhnen, Ächzen und Schreien.

Ihr Mantra: *Du musst nichts machen, was du nicht willst.* Sie schaute sich um und versuchte, verfügbar auszusehen. *„Sprich keinen Dom an"*, hatte Angela ihr gesagt. *„Alle Annäherungsversuche gehen von ihnen aus."*

Beim Erkunden der Kellerräume kamen immer wieder Männer auf sie zu. Doms. Sie redete mit ihnen; jedoch bildete sich schnell ein Muster: Sobald sie gefragt wurde, ob sie an einer Session Interesse hätte, wies sie die Männer ab. Sie drehte eine Runde und kam wieder zu der Stelle, an der die Handfesseln von der Decke baumelten. Wie es sich wohl anfühlte, auf diese Weise gefesselt zu werden? Die gefesselte Frau war mit dem Gesicht zur Wand ausgerichtet. Ihre Partnerin war eine Frau in einem dunkelroten Catsuit. Mit einem langen Stock teilte sie Schläge auf Rücken und Hintern aus. Rebecca konnte mit eigenen Augen beobachten, wie sich die Haut der Sub rot färbte. Ihr Magen drehte sich bei dem Anblick, bis sie ein kehliges Stöhnen vernahm. Das hörte sich nicht gerade nach Abscheu an, dachte Rebecca.

Ein Mann in den Vierzigern näherte sich Rebecca. Er trug einen schwarzen Anzug, stellte sich neben sie und folgte Rebeccas Blick, bevor er ihr in die Augen sah. „Bist du zum ersten Mal hier?"

„Ähm. Ja. Ich weiß sehr wenig über ... diesen Lifestyle." Sie wagte es, ihm in die Augen zu sehen. Sofort überkam sie dieses Gefühl, dass auch Logan in ihr ausgelöst hatte. Nur der *Gott ich will dich*-Blitzschlag blieb aus. „Ähm."

Er lächelte, trat näher und drang in ihren persönlichen Distanzbereich ein. Absichtlich. Dunkle, braune Augen beobachteten sie. Augen, die sie an Logan erinnerten. Ihr stockte der Atem, als ihr Erinnerungen an ihm hochkamen.

Er runzelte die Stirn und sie zwang sich dazu, Logan aus ihren Gedanken zu vertreiben. Stattdessen konzentrierte sie sich auf den Dom vor sich: ein Meter achtzig groß, mit definierten Schultern. Seine Schläfen silberfarben und seine Züge aristokratisch. Das krasse Gegenteil zu Logans rauem Auftreten. Was die beiden Männer gemein hatten: ihre dominante Ausstrahlung.

„Bist du mit jemandem hier?" Seine Stimme war tief und dunkel.

Sie schüttelte den Kopf.

„Du machst den Anschein, dass du gerne spielen würdest." Dann wartete er auf ihre Antwort.

„Ähm. Ja." *Denke ich.* Sie biss sich auf die Lippe. Er schien nett zu sein und definitiv erfahren. Nicht so steif wie der erste Dom, und er bedrängte sie auch nicht gleich so wie der zweite Dom. Er verströmte diese Aura von Selbstbewusstsein, die sie auch bei Logan und Jake fühlen konnte. Wenn man ihn in eine unbekannte Situation werfen würde, wüsste er sofort, was zu tun war.

Und sein Blick. *Oh Gott.* Genauso durchdringend wie bei Logan.

Er streckte seine Hand aus. „Mein Name ist Simon. Ich bin

in der Community ein geschätztes Mitglied. Falls du dich erst über mich umhören willst, kannst du das gerne tun. Wenn du mit jemandem eine Session spielen willst, musst du bei ihm ein sicheres Gefühl haben. Auch hilft es, die Sache nicht zu übereilen."

„Ich bin Rebecca." Sie schüttelte seine Hand. Aus den Augenwinkeln sah sie Angela. Sie stand nur wenige Meter entfernt und beobachtete die beiden. Mit einem Lächeln auf den Lippen nickte sie Rebecca zu.

Simon folgte ihrem Blick. „Angela", sagte er. Die Domina gesellte sich zu den beiden hinzu. Simon legte den Kopf auf die Seite und fragte: „Gehört sie zu dir?"

„Nein, sie ist eine Freundin. Es ist ihr erster Tag und ich habe ein Auge auf sie." Sie sah zu Rebecca. „Er ist erfahren, wird von allen geschätzt und ist" – sie grinste – „streng, aber fair."

Simons Lippen verzogen sich zu einem Lächeln. „Na das ist doch mal eine Empfehlung."

Rebecca atmete tief ein. Zeit für eine Entscheidung. Er war attraktiv, ein Dom. Das Problem war nur, dass sie sich nicht im Geringsten zu ihm hingezogen fühlte. Aber irgendwo musste sie ja anfangen. „Ich würde es gerne versuchen."

Simon streckte seine Hand aus, die fast so groß wie Logans war. Sie zögerte nur kurz und legte ihre Hand in seine. Sie fühlte sich gleichermaßen sicher und verängstigt. Nur die sexuelle Anziehungskraft ließ immer noch auf sich warten. *Wirklich merkwürdig.*

Zu ihrer Überraschung führte er sie nicht zum Bondage-equipment, sondern zu einer Couch in der Nähe. „Hast du Erfahrungen in BDSM?"

Sie errötete.

„Das war wohl ein ‚Ja'." Er massierte sanft ihre Hand. „Fesselspiele?"

Sie nickte. Auch bei den nächsten Punkten nickte sie: Nippelklemmen, Spankings und Spielzeuge.

„Analsex?"

Die Erinnerung an das Ding, den Analplug, den Logan in sie eingeführt hatte, ließ sie erschauern. „Nein. Nicht direkt."

Ein tiefes Lachen folgte. „Ich verstehe. Flogging, Auspeitschen?"

Sie rückte von ihm weg und schüttelte vehement den Kopf.

„Keine Bange. Mit einer neuen Sub würde ich das nicht machen. Nicht beim ersten Mal." Er drückte ihre nackte Schulter, eher auf eine besänftigende und nicht sexuelle Weise. „Befehle? Positionen?"

„Ein paar."

„Ausgezeichnet." Er wies auf den Fußboden. „Zeig mir, was du gelernt hast."

Sie glitt von der Couch herunter und kniete sich vor ihn. Ihre Hände verschränkte sie hinter ihrem Rücken. Obwohl sie ein Höschen trug, war es ihr zu unangenehm, die Beine zu spreizen.

Er hob eine Augenbraue. „Er muss sehr neu in der Szene sein, wenn er dich so erbärmlich ausgebildet hat."

Sie errötete. Sie konnte nicht zulassen, dass er schlecht von Logan dachte. Sie spreizte die Beine so weit, wie sie es gelernt hatte. „Ich bitte um Verzeihung, Sir."

„Ah, Schamgefühl. Der Lehrer war also doch nicht schuld." Er musterte sie. Eine Minute verging. Die zweite Minute. Sie hielt die Augen auf die Knie gerichtet. „Schau mich an, Rebecca."

Sie hob den Blick. Er lehnte sich vor und strich mit einem Finger entlang ihres Bustiers. Die Berührung erinnerte sie an Logan.

Sie zuckte von ihm weg. Ihm war ihre Reaktion nicht entgangen. Seine Hand fiel von ihr ab. „Erzähl mir von dem Dom, der dich unterwiesen hat. Wie lang bist du mit ihm zusammen gewesen?"

„Vier Tage."

„Müssen sehr intensive vier Tage gewesen sein." Er lehnte sich auf der Couch zurück. Seine durchdringenden Augen blieben auf ihr Gesicht gerichtet. „Hattet ihr Geschlechtsverkehr?"

Für eine Sekunde verlangte es sie so stark nach Logan, dass sie hätte weinen können. „Ja", flüsterte sie.

Simons Lächeln war schwach. „Du empfindest offensichtlich noch etwas für ihn. Warum bist du hier?"

Sie senkte den Blick. Wie konnte sie einem völlig Fremden von ihren Zweifeln erzählen? Er schob zwei Finger unter ihr Kinn und zwang sie dazu, ihn wieder anzusehen. Sein Blick fing ihren ein. „Antworte mir."

„Ich war mir nicht sicher, ob ich diese Gefühle nur wegen der Unterwerfungssache empfinde oder ob es an ihm liegt. Ich dachte, dass ich mir darüber klar werden sollte."

Er ließ sie los. „Erstaunliche Erkenntnis, Kleine. Und was ist dein Urteil?"

„Ich denke, dass es an ihm liegt." Die Antwort fühlte sich richtig an. Leider kamen damit einher eine ganze Wagenladung Probleme.

„Ich denke, du hast recht. Nichtsdestotrotz bist du eine Sub, Rebecca. Wenn du es mit einem neuen Mann probieren willst, solltest du das im Gedächtnis behalten." Simon lehnte sich zurück, legte seine Hände auf die Couchlehne und studierte sie. Anziehungskraft oder nicht, sie fühlte sich unter seinem dunklen Blick verletzlich. „Bei BDSM muss es nicht immer nur um Sex gehen. Würdest du gern etwas von dem Equipment ausprobieren, ohne dir darum Sorgen zu machen?"

„Wirklich?" Sie schaute zu den baumelnden Handfesseln und stellte fest, dass die Frauen gegangen waren.

Er gab ein tiefes Lachen von sich und erhob sich in einer geschmeidigen Bewegung. „Komm mit, Kleines. Ich gebe dir deine nächste Lektion." Er packte ihre Oberarme und half ihr auf die Füße. „Wie lautet dein Safeword?"

Ein Schauer durchlief sie, als er sie zu den Fesseln führte. Er hatte ihr rechtes Handgelenk in einem festen Griff. Nicht ihre

Hand, ihr Handgelenk. Ein Symbol. Sie war ihm nicht gleichgestellt. „Rot, Sir."

„Gute Wahl."

Rebecca wollte sich zur Wand drehen, doch Simon hielt sie auf. „Nicht abwenden, Kleines. Ich will dein Gesicht sehen und ich will, dass du mich siehst." Er grinste. „Das Gefühl wird verstärkt, wenn man sieht, wer einen beobachtet."

Er hatte ihre Aufmerksamkeit so komplett in Beschlag genommen, dass ihr die Zuschauer bisher nicht aufgefallen waren. Ihr Gesicht wurde heiß und sie trat einen Schritt zurück.

Sein Ausdruck wurde eisig, genau wie seine Stimme. „Rebecca."

Sie erstarrte bei seinem Ton.

„Wenn dir eine Situation zu viel wird oder du etwas nicht mehr aushältst, dann benutzt du dein Safeword. Andernfalls wirst du jetzt gefesselt."

Oh Gott, oh Gott, oh Gott. Aber sie hielt still und gestattete ihm, ihre Handgelenke zu fesseln. Ihr Atem beschleunigte sich. Was überraschend war: Sie konnte ihre Arme noch bewegen, sich sogar an der Nase kratzen.

Er musterte sie. Dann ging er zur Wand und zog an den Ketten, die vom Deckenbalken hingen. Mit einem Ruck hatte er den Spielraum für ihre Arme verkleinert. Straff hingen sie auf Kopfhöhe.

Gefesselt und verletzlich. Sie hatte das Gefühl, dass der Boden unter ihr schwankte. Mit jedem Atemzug verstärkte sich das Gefühl. Ihr klopfendes Herz schlug ihr bis zum Hals.

„Sieh mich an, Rebecca." Simons Körper blockierte ihr Sichtfeld. Sie konnte die anderen Menschen nicht sehen. Stattdessen konzentrierte sie sich wieder auf sein Gesicht. Seine dunklen Augen waren intensiv. „Du bist ein braves Mädchen." Er umfasste ihre Wange. Seine Hand fühlte sich warm und tröstend an.

Sie testete die Ketten und versuchte, sich auf die tobenden Gefühle in ihrem Inneren einzulassen.

„Gefällt es dir, gefesselt zu werden?", fragte er.

Wenn Blicke töten könnten, würde er jetzt am Boden liegen. Genau wie Logan fragte er nicht nur unmögliche Fragen, sondern versuchte zudem, ihre emotionale Tiefe auszuloten.

„Rebecca, wenn ich dir eine Frage stelle, erwarte ich eine Antwort. Was ich ganz und gar nicht gutheiße, ist dieser Blick."

Sein tadelnder Ton traf sie bis ins Mark. Sie bebte und entschied, mit der Wahrheit herauszurücken: „Es macht mir Angst. Ich weiß auch nicht. Ich ..."

„Die Kontrolle abzugeben, ist ein Verlangen, bei dem einem nicht unbedingt behaglich zumute ist, insbesondere am Anfang." Er neigte seinen Kopf zur Seite. „Und in der Öffentlichkeit ange-bunden zu werden? Magst du es, Zuschauer zu haben?"

Sie versuchte, mit den Schultern zu zucken. Ihre Position verhinderte dies. Das löste einen erneuten Ansturm dieser unheimlichen Gefühle in ihr aus. „Ich hätte gedacht, dass es mir mehr ausmachen würde."

Er strich mit zwei Fingern über ihren Ausschnitt, entlang der oberen Haken ihres Bustiers. „Und wenn ich dir das hübsche Bustier ausziehe? Würdest du dann noch genauso empfinden?"

Nackig? Entblößt? Instinktiv zog sie an den Fesseln. Nichts passierte.

Er lachte. „Anscheinend nicht. Ich habe eine schamhafte kleine Sub vor mir, stimmt's?" Rebecca schaute an ihm vorbei auf die Menschenmenge, die sich gebildet hatte. Wenn er sie auszog, würden all diese Leute ihre breiten Hüften sehen. Ihr Blick schweifte über jedes einzelne Gesicht. Dann sah sie etwas, das ihr den Atem raubte. Jemanden.

Unerschütterliche blaue Augen in einem sonnengebräunten Gesicht. Beine leicht gespreizt. Eine Lederweste, die den Blick auf verschränkte, muskulöse Arme freigab. *Logan.* Ihr Herz galoppierte davon. Sie war sich sicher, dass alle Clubmitglieder ihren Herzschlag hören konnten. Simon schien ihr wild pochendes Herz zu hören, denn er drehte sich um und folgte ihrem Blick.

Ohne ein Wort lief er davon: Er ging direkt zu Logan und ließ sie in ihrem verletzlichen Zustand zurück. Sie riss an den Fesseln. Ihr Magen drehte sich. Er war hier. Ihre Freude über seine Anwesenheit war begleitet von eine Millionen Fragen. Was machte er hier? Was ging ihm durch den Kopf, wenn er sie so sah? Mit Simon?

Sie erinnerte sich daran, dass das Dark Haven ein sehr beliebter BDSM-Club war. Er war nicht wegen ihr gekommen. Ihre Hoffnung starb einen frühen Tod und ihr ganzer Körper erschlaffte. Sie versuchte, den Blick von ihm abzuwenden, und doch war es ihr nicht möglich.

KAPITEL ACHTZEHN

„**S**ieh sie dir an", sagte Simon. „Sie will so verzweifelt deinen Namen rufen, dass sie fast daran erstickt."

Logan unterdrückte die blanke Wut darüber, dass seine kleine Rebellin jemandem erlaubt hatte, sie zu berühren. „Ich habe nicht erwartet, dass sie durch den Club spaziert und nach Gesellschaft sucht", knurrte er.

Simon gab ihm einen Klaps auf den Rücken. „Ganz ruhig. Sie versucht herauszufinden, ob ihre Hals-über-Kopf-Reaktion auf dich davon kommt, dass sie den Lifestyle mag. Deswegen ist sie hier, um zu testen, ob ein anderer Dom sie auf die gleiche Weise erregt."

„Du machst Witze."

„Nicht im Geringsten, alter Freund. Verdammt umsichtig von ihr, wenn du mich fragst."

Logans Augen verengten sich. „Ich hoffe, dir ist klar, dass ich dich ausweiden werde, wenn es dir gelungen ist, sie feucht zu machen."

„Nochmal Glück gehabt, denn sie hat nicht das kleinste Interesse an mir gezeigt", sagte Simon leichthin.

Logan war derjenige, der sich glücklich schätzen konnte. Er hatte gesehen, wie Simon mal einen Betrunkenen angegriffen hatte. Er hatte locker das Doppelte von Simon gewogen. In weniger als einer Minute hatte Simon ihn auf die Matte gejagt. Das Endresultat: ein gebrochener Kiefer und zwei geprellte Rippen.

„Logan", sagte Simon in einem ernsten Ton. „Sie ist entzückend und ich hätte es sehr genossen, mit ihr weiter in die Session einzutauchen. Ich bin auch nicht der Einzige. Das Problem: Sie war an keinem anderen interessiert, der auf sie zugekommen ist. Ich denke, dass sie einfach nur gefühlt hat, was für eine Art von Dom ich bin. Da sie sich selbst etwas beweisen will, war ich die sichere Wahl."

Logan nickte in die Richtung ihrer Fesseln.

„Ich habe sie gefragt, ob sie etwas von dem Equipment ausprobieren will, wenn sie schon mal bei uns ist." Simon grinste. „Ich konnte nicht anders. Ich musste die Gelegenheit nutzen und sie fesseln. Ihre Reaktion, das erste Mal in der Öffentlichkeit gefesselt zu werden, war Belohnung genug."

Langsam verebbte Logans Zorn. Er nahm einen tiefen, kontrollierten Atemzug und drehte sich, damit er seine Sub und Simon gleichzeitig ansehen konnte. „An sich bin ich froh, dass sie dich gefunden hat." Er schaute Simon finster an, der wie ein Model aus der GQ aussah. *Verdammt.* „Lieber wäre es mir jedoch gewesen, sie hätte einen pickeligen Schwächling ausgesucht und nicht den beliebtesten Dom im Dark Haven."

Simon grinste. „Ich habe es eben noch drauf. Jetzt werde ich mich aber verziehen, bevor du dir deine Hand an meinem Gesicht brichst."

„Das würde ich sehr begrüßen." Allmählich entspannte sich Logan. Jetzt konnte er den Anblick seiner kleinen Rebellin in Ketten genießen. Ihr rotes Haar fiel in Wellen über ihre blassen, von Sommersprossen bedeckten Schultern. Ihre Brüste quollen fast über das enge Korsett und bettelten darum, von ihm berührt zu werden. Der kurze Faltenrock schaffte es kaum, ihren saftigen Hintern zu bedecken. *Verdammt*, sie war hinreißend. Gefesselt und verletzlich. Er unterdrückte ein Stöhnen.

Nur seine Erektion konnte er nicht auf dieselbe Weise bändigen.

Er konzentrierte sich auf ihr Gesicht und runzelte die Stirn. Ihre Augen waren immer noch auf ihn gerichtet und ihrem freudigen Staunen war Unsicherheit und Traurigkeit gewichen. Und Kummer? Was zur Hölle ging ihr gerade durch den Kopf?

Logan schaute sich um. Simon hatte sich in der Nähe in einem Sessel niedergelassen und plante offensichtlich, dem Schauspiel für eine Weile beizuwohnen. „Simon, was hast du ihr gesagt, kurz bevor sie mich erblickt hat? Es hat eine erschreckte Reaktion hervorgerufen."

Simon stieß ein Lachen aus. „Sie meinte, dass ihr die Zuschauer nichts ausmachen. Daraufhin fragte ich sie, ob sie noch genauso empfinden würde, wenn ich ihr die Kleidung ausziehe."

„Dann weiß ich ja, was ich zu tun habe." Aber erst würde er ergründen, warum sie ihn aus diesen traurigen Augen ansah.

„Ich werde kurz mit ihrem Wachhund reden, damit sie dich nicht in der Luft zerreißt." Er nickte in die Richtung einer großen Domina. Sie war im Dark Haven ein angesehener Stammgast und im Moment war ihr gesamter Fokus auf Logan gerichtet. „Deine Sub ist eine vorsichtige Frau."

Logan neigte seinen Kopf und die Domina erwiderte seine Geste. „Danke, Simon." Für zwei Minuten beobachtete er Rebecca, ohne sich zu rühren. Das Bedürfnis, sie in die Arme zu nehmen, war überwältigend. Er musste sich zwingen, die Sache langsam anzugehen. Schließlich atmete er tief ein und ging zu ihr.

Ihre Augen waren auf ihn fixiert. Je näher er kam, desto angespannter wurde sie. „Logan, was machst du hier?", flüsterte sie.

„Dich betrachten, kleine Rebellin. Und was machst du hier?"

Zu seinem Erstaunen senkte sie den Blick und sagte: „Es tut mir leid. Ich wusste nicht, dass du heute hier sein würdest. Ich werde gehen."

Gehen? Sie wollte wegen ihm verschwinden? Das gefiel ihm nicht. Sie klang nicht gerade wie eine verliebte Frau. Er erinnerte sich jedoch an die Freude auf ihrem Gesicht, als sie ihn das erste Mal in der Menge erblickt hatte. Und dann hatte sich ihr Gehirn eingeschaltet. „Warum willst du gehen, Becca? Es wäre eine Schande. Schließlich bin ich doch nur hier, um dich zu finden."

Ruckartig hob sie den Kopf. Freudestrahlend sah sie ihn an. Doch genauso schnell, wie die Freude kam, verschwand sie auch wieder. „Is' klar. Lass mich einfach runter, Logan."

„Du glaubst nicht, dass ich meine Meinung geändert haben könnte und mich auf die Suche nach dir begeben habe?"

„Doch, sicher. Immerhin will doch jeder Kerl in seinem Bett eine pummelige Frau." Ihre Lippen pressten sich aufeinander. „Hör auf, Spielchen zu treiben und mach mich los."

Jemand hatte ihr Selbstwertgefühl ruiniert. Und er wusste, dass er es nicht gewesen war. Dennoch wurde er von Schuldgefühlen getroffen. Er war sich ziemlich sicher, dass er mit seiner ruppigen Art alles verschlimmert hatte. Er hatte sie aus seinem Leben geworfen, ohne ihr dafür einen Grund zu liefern. Danach war sie so schnell wie möglich geflüchtet und war auf demselben Pfad aus Selbsthass weitergegangen, den sie schon seit Jahren beschritt.

Er wünschte sich einen anderen Pfad für sie. Und er wollte ihr dabei helfen, den neuen Pfad zu finden. Er betrachtete sie. Ihre Arme hübsch drapiert. Ausgehend von dem Ausdruck in ihren Augen würde er sie wahrscheinlich nie wieder in dieser Position vorfinden.

Jetzt oder nie.

Er musste sich endlich trauen, über seine Albträume zu sprechen. Der Gedanke jagte ihm eine Heidenangst ein. Ihm wurde schlecht, wenn er daran dachte, was er Jake angetan hatte. Jedoch schuldete er ihr eine Erklärung. Er hatte ihr Informationen vorenthalten. Als Folge daraus hatte sie leiden müssen.

. . .

Logan stand vor ihr und sah sie aus unergründlichen Augen an. Rebecca blinzelte, um die Tränen zurückzudrängen. *Verdammt*, sie wollte nicht in Tränen aufgelöst vor ihm stehen. „Lass mich runter. Sofort."

„Erinnerst du dich daran, dass ich dir gesagt habe, dass zwischen einem Dom und einer Sub Ehrlichkeit herrschen muss?"

Anscheinend hatte er nicht vor sie runterzulassen. Stattdessen wollte er sich mit ihr unterhalten. Nur zu dumm, dass sie ihm nicht zuhören wollte. Nie wieder. „Logan, ich will runter." Ihr Kinn bebte. *Ich will nach Hause.*

Er kam näher, trat so nah an sie heran, dass ihre Brüste gegen seinen Oberkörper streiften. Eine Hand hob er auf ihre Wange. „Ganz ruhig, kleine Rebellin."

Auf dieses Zeichen der Zuwendung hin füllten sich ihre Augen mit Tränen. Sie versuchte, den Kopf wegzudrehen. Sie konnte es nicht ertragen, wenn er nett zu ihr war. *Oh Gott*, sie wollte nicht weinen.

Er hob auch die zweite Hand zu ihrem Gesicht und hielt sie davon ab, sich von ihm wegzudrehen. Stattdessen zwang er sie, ihm in die Augen zu sehen. „Becca, dass ich dich weggeschickt habe, hatte rein gar nichts mit deinem Aussehen zu tun."

„Wenn du meinst."

Sein Griff wurde fester. Er schloss kurz die Augen, atmete tief ein und nagelte sie erneut mit seinem Blick fest. „Ich habe Jake die Narbe in seinem Gesicht verpasst."

Ihr Mund klappte auf und sie sah ihn ungläubig an.

„Seit meiner Entlassung aus dem Militärdienst leide ich unter Albträumen. Seit Jahren. Ich kann nicht – konnte nicht – unterscheiden, wo der Albtraum endet und die Realität beginnt. Vor ein paar Jahren hat Jake mich nachts aufgeweckt, woraufhin ich ihn angegriffen habe." Er presste seine Stirn gegen die ihre und sie konnte seinen Atem auf ihrem Gesicht spüren. „Seit damals habe ich mit niemandem mehr zusammen in einem Bett geschlafen. Und dann bist du in mein Leben getreten. In unserer letzten gemeinsamen Nacht hatte ich auch einen von diesen Albträumen. Fuck, meine Süße, nachdem du mich aufgeweckt hast, nahm ich zuerst an, dass ich dich verletzt hätte." Wie eine Katze rieb er seine Wange an ihrer. „Nur deshalb habe ich dich auf diese Weise von mir gestoßen."

Sie hatte ihn noch nie in ihrer Gegenwart das F-Wort sagen hören. Als er in dieser Nacht aus dem Albtraum erwacht war, hatte er am ganzen Leib gezittert. Sie erinnerte sich daran. „Albträume." Sein Geruch umgab sie, so vertraut und wundervoll, dass ihr Herz für einen Schlag aussetzte.

„Richtig." Er holte hörbar tief Luft. „Ich habe dich nicht verletzt. Es dauerte eine Weile, bis dieser Gedanke bei mir ankam. Etwas muss sich in den letzten Jahren verändert haben. Jake hat mir geholfen, meine Kontrolle zu testen. Mittlerweile greife ich niemanden mehr an, wenn sie mich aufwecken. Ich versuche nicht länger, die Menschen in meiner näheren Umgebung umzubringen." Seine Augen blieben kalt, doch sein Mundwinkel zuckte. „Verstehst du, warum ich dich wegschicken musste?"

Okay, er hatte also Albträume. Aber wollte er sie wirklich? „Ich bin Zeuge deiner Albträume geworden", sagte sie.

Sein Blick intensivierte sich. „Auf eine Ja-/Nein-Frage folgt normalerweise auch eine Ja-/Nein-Antwort. Becca, glaubst du, dass ich auf der Suche nach *dir* in den Club gekommen bin?"

Da er seine Ehrlichkeit so sehr liebte, würde er das auch bekommen. „Nein."

„Weil du denkst, dass niemand kurvige Frauen mag. Ist das korrekt?"

Sie nickte.

„Verstanden." Seine Hand krallte sich in ihr Haar und er zog ihren Kopf nach hinten. In der nächsten Sekunde presste er seinen Mund auf ihre Lippen. Sein Kuss war hart. Eine Bestrafung. *Oh Gott*, wie konnte sich eine Bestrafung so gut anfühlen? Seine Lippen wurden sanfter. Er strich über die ihren und flüsterte: „Simon meinte, dass du an einer Session interessiert warst. Ist das korrekt?“

Ein Lustschauer durchfuhr sie. Mit Logan eine Session zu vollführen, war nicht, was sie sich unter heute Abend vorgestellt hatte. Mit ihm wäre alles anders. Bei einem Fremden waren ihre Gefühle sicher. Aber es verlangte ihr so sehr nach ihm. Noch ein einziges Mal, selbst wenn sie wusste, wie es enden würde. Sie leckte sich über ihre trockenen Lippen. „Ja.“

Er nickte. Sein Kiefer spannte sich an. „Dann werden wir spielen, Süße. Wie lautet dein Safeword?“

„Rot.“

„Sehr gut. Da es dir anscheinend nichts ausmacht, dich vor diesen Menschen zu präsentieren“ – ein teuflischer Funke zeigte sich in seinen Augen, während er ihr Gesicht studierte – „sollten wir es richtig machen.“ Seine Finger glitten zu ihrem Ausschnitt und er öffnete die Haken an ihrem Bustier. Einen nach dem anderen, bis ihre Brüste komplett entblößt waren.

„Logan, lass das“, zischte sie.

„Wie hast du mich genannt?“, fragte er, ohne seinen Fortschritt zu unterbrechen.

„Logan – ich meine: Sir.“

Er machte den letzten Haken auf und warf das Korsett beiseite. Er leckte sich über die Lippen und direkt vor aller Augen packte er ihre Brüste.

Sie schüttelte fieberhaft mit dem Kopf und versuchte, die Lustschauer zu ignorieren, die seine Hände in ihr auslösten.

Er schaute sie finster an. Seine Daumen setzten sich in Bewegung und umkreisten ihre Nippel auf eine Weise, die direkten Einfluss auf ihr Geschlecht hatte. „Wem gehört dieser Körper? Wer ist der Einzige, der damit spielen darf, Sub?“

„Logan ...“

Missmutig hob er die Augenbrauen.

„Du meintest, dass du nicht teilst“, flüsterte sie. Sie konnte fühlen, dass ihre Nippel auf seine Berührungen reagierten.

„Keiner darf dich anfassen“, murmelte er. „Aber es macht mir nichts aus, wenn sie zugucken." Im gleichen Atemzug lehnte er sich vor und saugte einen Nippel in seinen Mund. Sie wimmerte und streckte ihm ihre Brüste entgegen. Sie konnte nicht fassen, wie schnell es ihm gelang, Erregung in ihr auszulösen. Ihre Pussy war feucht und sehnte sich nach ihm. Nur nach ihm.

Sie riss an den Ketten, doch nichts regte sich.

„Du kannst nicht weglaufen, kleine Sub. Ich kann mich nach Lust und Laune mit dir vergnügen. Und du kannst nichts dagegen tun." Er zwickte einen Nippel und sein Mundwinkel zuckte amüsiert, als sie nach Luft schnappte. Seine Hand glitt unter ihren Rock und er runzelte die Stirn. „Beim nächsten Besuch: keine Unterwäsche. Meine Regel. Habe ich mich klar ausgedrückt?" Seine stählernen Augen fingen ihren Blick ein. Geduldig wartete er auf ihre Antwort.

Sie nickte.

Er riss ihr das lästige Kleidungsstück von der Hüfte und ihr Höschen fiel zu Boden. Ihr Rock folgte. Gerade noch spürte sie die kalte Brise über ihre nackte Pussy fegen, da legte er plötzlich seine Hand auf sie. Er schob die Finger zwischen ihre Schamlippen und glitt durch ihre Spalte. *Oh ja*, er glitt. „Du bist feucht, kleine Rebellin", sagte er mit tiefer Stimme und richtete die Augen auf sie. „Beeindruckend, wenn man bedenkt, dass du es doch nicht magst, in der Öffentlichkeit präsentiert zu werden."

Beschämt schloss sie die Augen. In dem Moment drang er mit den Fingern in sie ein und sie zuckte zusammen. Gleichzeitig umkreiste er mit dem Daumen ihre Klitoris. Bei jeder Runde näherte er sich ihrem Nervenbündel. Sie brannte innerlich. Ihr Verlangen nach ihm verzehrte sie.

Er trat von ihrem gefesselten Körper zurück. „Du bist nackt, Becca. Alle können jeden Zentimeter deines hinreißenden Körpers sehen. Und all die Imperfektionen, die du zu verstecken suchst."

Seine Worte trafen sie wie einen Schlag in den Magen. Sie schnappte nach Luft. Instinktiv wollte sie sich mit den Armen bedecken, doch die Ketten verhinderten dies. Sie konnte sich nicht verstecken. Konnte nicht fliehen. Sie hatte nur eine Möglichkeit, sich dem Moment zu entziehen: Sie schloss ihre Augen.

Erbarmungslose Finger packten ihr Kinn. „Öffne die Augen. Sieh mich an!"

Sie traf seinen Blick. Sie musste sich zusammenreißen. Auf keinen Fall wollte sie diesem demütigenden Moment die Krone aufsetzen, indem sie in Tränen ausbrach.

„Ich mag meine Frauen weich und kurvig." Seine blauen Augen glühten. „Ich lüge nicht, Becca. Ich liebe deinen Körper – jede einzelne Kurve, jede Delle, jede Narbe."

Sie schüttelte den Kopf. *Lüge.* Das konnte er einfach nicht meinen.

„Süße, ich bin nicht der Einzige, der Kurven bevorzugt." Er schaute über seine Schulter. Sie folgte seinem Blick und stellte fest, wie viele Zuschauer ihre Session hatte. Sie wurde feuerrot. *Oh Gott, die sehen mich alle an.* „Bisher liefern wir ihnen keine große Show. Das bedeutet, dass ihnen gefällt, was sie sehen. Und wen sehen sie? Dich, meine Süße." Seine Hand streichelte über ihre Brüste. Heiße Erregung schoss durch ihre Adern. „Trotzdem zweifelst du noch an meinen Worten. Habe ich nicht recht?"

Ihr ausdrucksloses Gesicht musste ihm Antwort genug sein, denn er seufzte und sagte: „Okay, dann werde ich fragen."

Er drehte sich zu der Menschenansammlung. „Meine Sub glaubt nicht, dass es jemanden gibt, dem weiche, kurvige Frauen gefallen. Also frage ich euch: Wer von euch bevorzugt einen Körper wie den meiner kleinen Sub?"

Applaus und Gejohle folgten auf seine Frage. Erstaunt riss sie die Augen auf. *Gott, bitte lass mich runter. Ich will mir ein Loch suchen, in das ich kriechen kann.* Sie erschauerte und bebte und zitterte. Sie wusste nicht, was sie noch davon halten sollte.

„Sehr gut. Lasst uns einen Schritt weitergehen. Im Moment ist sie sehr verletzlich und ich will, dass das endlich in ihren Kopf reingeht. Ich finde, dass sie den perfekten Körper zum

Ficken hat. Würde jeder, der mir zustimmt, einen Schritt vortreten."

Stühle scharrten, während Männer – und sogar ein paar Frauen – aufstanden und nach vorne kamen. So viele Augenpaare und sie alle zeigten den gleichen Ausdruck: Begehren.

Ihre Kinnlade fiel herunter.

„Sehr gut. Sie fängt an, zu zweifeln." Logan kam zu ihr und küsste sie. Er eroberte ihren Mund und zeigte ihr, wie froh er darüber war, dass sie seinen Worten endlich Glauben schenkte. Zu früh beendete er den Kuss, trat zurück und musterte sie. Sie wollte ihn so verzweifelt berühren. Noch war sie sich nicht sicher, dass er wirklich vor ihr stand.

Er nickte, als hätte er einen Entschluss gefasst, und lief davon. Sie verdrängte ihren ersten Instinkt, nach ihm zu rufen. Schließlich hatte er sich nicht weit entfernt. Er ging lediglich zu einer schwarzen Tasche, die an der Wand auf einem Tisch lag. Er zog ein peitschenähnliches Ding heraus. Es hatte einen Ledergriff. Am Ende hing eine Vielzahl von Lederriemen herunter. „Das hier ist ein Flogger."

Oh, nein. Sie schüttelte den Kopf, versuchte zurückzuweichen und kam doch nicht vom Fleck.

„Becca, vertraust du mir?" Er schaute ihr in die Augen. „Vertraust du mir genug, um etwas Neues auszuprobieren? Vertraust du darauf, dass ich dir niemals zu viel zumuten würde?"

Sie biss sich auf die Unterlippe. Es schien so falsch zu sein, dem zuzustimmen, aber … ja, sie vertraute ihm. Sie schaffte es, zu nicken, obwohl ihr Körper nicht angespannter sein konnte.

„Falls es zu viel für dich wird, benutzt du dein Safeword, okay?"

Sie schloss ihre Augen und bereitete sich mental auf den Schmerz vor. Etwas strich über ihr Bein, etwas Weiches. Es kitzelte. Sie riss die Augen auf.

Schweigend fuhr er mit den Lederriemen des Floggers über ihre Beine und bahnte sich seinen Weg über ihre Haut. Das Gefühl war sinnlich, die Riemen aus Veloursleder. Er wanderte über ihre Brüste zu ihrem Hals. Ihre Haut wurde immer empfindlicher und sie reckte sich ihm entgegen.

Bei dieser Reaktion trat er einen Schritt zurück, holte aus und landete einen Schlag auf ihrem rechten Bein. Es fühlte sich an, als hätte er sie mit dünnen Zweigen erwischt. Kein Stechen, kein Schmerz. In einem sanften Rhythmus sandte er die Riemen über ihren Körper, bis ihr Innerstes mit dem Flogger zu vibrieren schien.

Er stoppte, trat einen Schritt auf sie zu, legte eine Hand zwischen ihre Schenkel und glitt durch ihre Falten. Er rieb mit seinen schwieligen Fingern über ihre Klitoris. Neckte, betörte, umkreiste. Wieder und wieder, bis sie sich ihm entgegenstreckte. Wortlos flehte sie ihn an, ihr mehr zu geben. Der Druck in ihr baute sich auf. Wie schaffte er es nur, dass sie die vielen Menschen um sich herum ausblenden konnte? Die Zuschauer gerieten in Vergessenheit, wenn er ihr so nah war und er sie mit seinen ausdrucksstarken Augen in den Bann zog.

Bevor sie den Höhepunkt erreichte, trat er zurück. Sie unterdrückte ein Wimmern.

Er holte wieder mit dem Flogger aus. Dieses Mal waren die Schläge kraftvoller. Trotzdem spürte sie keinen Schmerz, nicht direkt.

„Ich bin nur aus einem Grund in die Stadt gekommen", sagte er. „Um dich zu finden." Hart kollidierte der Flogger mit ihrer Wade. „Dein Telefon war abgemeldet." Die andere Wade empfing einen Schlag. Sein Kiefer war angespannt. Sein Blick schweifte über ihr Gesicht, ihre Hände, ihren Mund, ihre Arme. Nichts unterbrach seine Konzentration, während der Flogger sie in einem komplizierten Muster traf. Jeder Schlag schockierte sie ein bisschen mehr. Jeder Schlag schmerzte ein wenig mehr und sandte Stromstöße an ihre Klitoris, die mittlerweile so geschwollen war, dass es wehtat.

„Deine Wohnung hat bereits einen neuen Mieter", knurrte Logan. „Hast du versucht, mich abzuhängen?"

Es dauerte eine Weile, bis die Bedeutung hinter seinen

Worten durch den Lustnebel traten. Schockiert schüttelte sie den Kopf. *Nein, nein, nein.*

Er trat wieder nah an sie heran, umfasste eine Brust mit seiner schwieligen Hand und küsste ihre Lippen so besitzergreifend, dass ihre Knie nachgaben und sie zusammensackte. Die Ketten rasselten. Wenn die Ketten nicht wären, würde sie jetzt zu seinen Füßen liegen. Ein Finger fand ihre Klitoris. Sofort war sie dem Orgasmus wieder quälend nah. Doch er zog sich erneut zurück und schwang den Flogger. Ihre pulsierende Pussy passte sich dem Rhythmus seiner Schläge an. Sie verkniff sich ein Stöhnen.

„Ich musste Matt anrufen, um an die Nummern deiner engsten Freunde zu kommen." Langsam wurden die Schläge schmerzhaft. Mittlerweile überraschte es sie nicht länger, dass sich der Schmerz sofort in Erregung umwandelte. Siedend heiße Begierde schoss durch ihre Nervenenden bis zu ihrer Klitoris. Jeder Aufprall mit ihrer Haut brachte sie einem vernichtenden Orgasmus näher. „Ich bin bei Pepper gewesen. Und sie hat mich in diesen Club geschickt."

Er hat nach mir gesucht. Er hatte wirklich nach ihr gesucht! Das Flogging schmerzte. Der Schmerz schien ihr Gehirn kurzzuschließen, während ihre Gefühle auf und nieder wogten. *Er will mich. Genau das hat er gesagt.* Aber das konnte nicht wahr sein. Wie sollte sie ihm das glauben? Sie stöhnte.

„Simon denkt, dass du eine Beziehung mit mir willst." Logan hörte auf zu sprechen und sein Flogger übernahm.

Ihr Körper brannte. Sie hatte das Gefühl, zu schweben.

„Willst du mit mir zusammen sein, kleine Rebellin?"

Ihr Verstand hatte sich abgeschaltet. Sie konnte nur noch fühlen. Seine Worte waren wie ein Schwert, das die Armee um ihr Herz niederstreckte. „Ja", flüsterte sie stöhnend. „Ich will dich." Der Druck in ihr baute sich auf. Es war unerträglich, unerträglich erregend. Die einzelnen Partien des Floggers fühlten sich wie Finger an, die ihren Körper auf bestrafende Weise erkundeten.

Der nächste Schlag landete auf ihren Brüsten. Ein sanfter Schlag. Doch an ihren harten Nippeln und ihren geschwollenen Brüsten fühlte es sich wie ein Blitzschlag an. So schockierend, dass sie wimmerte. Aus dem Nichts wurde sie von einer tosenden Sintflut gepackt. Ihr Rücken drückte sich durch. Sie ließ den Kopf in den Nacken fallen. Jemand schrie. Sie schrie. Sie war es, die ihre Lust herausschrie. Sie schämte sich nicht dafür. Sie konnte nur noch fühlen.

„Du hast mir die richtige Antwort gegeben, meine kleine Rebellin." Logans starke Hände machten erst ihre Beine und dann ihre Arme los. Ein starker Arm legte sich um ihre Taille, damit sie nicht zusammenklappte. Er zog sie in seine Arme, legte ihren Kopf auf seine Schulter und wiegte sie vor und zurück. „Ganz ruhig, meine Süße. Alles ist gut."

Ein Lustschauer nach dem anderen nahm von ihrem Körper Besitz. Ihre Wangen waren nass. „Logan", flüsterte sie. „Sir."

Er hob ihren Kopf und lächelte sie an. Dabei strich er sanft mit den Fingerknöcheln über ihre Wange. „Und jetzt werde ich dich nehmen. Ich werde dir jeden Zweifel nehmen, dass ich dich will." Seine Augenbrauen zogen sich zusammen. „Ich werde dir zeigen, wer dein Dom ist."

Hier? Vor all den Leuten?

Er führte sie zu seiner hüfthohen Bank und legte sie auf den Bauch. Sie blinzelte. Allmählich klarte ihr Verstand auf. Er spreizte ihre Schenkel und fand ihre Klitoris. Mit der anderen Hand drückte er sie flach gegen die Bank. Er zögerte nicht lange. Mit einem harten Stoß drang er tief in sie ein.

Heftig schreiend kam Rebecca erneut. Sie bäumte sich auf und ihre winzigen Hände krallten sich an der Bank fest. Die Wände ihres Geschlechts bebten um seine Länge. Noch gab Logan die Kontrolle nicht auf. Was nicht einfach war. *Gott*, sie fühlte sich so verdammt gut an. Heiß und feucht und eng. Dass er sie hier vor all den Clubmitgliedern für sich beanspruchte, erregte ihn noch mehr. Er drückte ihr seinen Stempel auf.

Ein Verlangen, das ihm vollkommen neu war. Nichtsdestotrotz konnte er nicht abstreiten, wie erfüllend es war. „Ich will dich auch, Becca", sagte er heiser. „Ich will deinen heißen Körper für immer unter mir spüren."

Sie hatte sich ihm vollkommen geöffnet – Körper und Geist. Sie war bereit, ihm zuzuhören. Jetzt würde sie glauben, was er zu sagen hatte. Er bewegte sich in ihr. Langsam und gemächlich, da er sich nicht blamieren wollte. Mit der Zeit zog er das Tempo an, verlor sich hart und schnell in ihrer Hitze. „Ich will dein Lachen am Morgen hören." *Stoß.* „Ich will dich beim Malen beobachten." *Stoß.* „Ich will dir die Berge zeigen." *Stoß.* „Und ich will dich in jedes verfügbare Flanellhemd stecken, das ich besitze."

Er packte ihre weichen Hüften und stieß so tief in sie, wie er konnte. Ihr Geschlecht bebte noch immer von ihrem Höhepunkt. Er stöhnte. „Ich will dich trösten, wenn du Albträume hast. Ich will neben dir aufwachen, wenn ich Albträume habe. Nur von dir will ich getröstet werden."

Er knirschte mit den Zähnen. Seine Lust war überwältigend. Er hörte das Blut in seinen Ohren rauschen. Schließlich hielt er es nicht länger aus. Ein letztes Mal drang er tief in sie ein. Dann rauschte die Erlösung von seinen Zehenspitzen zu seinen Eiern und explodierte aus seinem Schwanz.

Schlaff, erschöpft und nachgiebig lag sie unter ihm. Ausgehend von den pulsierenden Zuckungen um seinen Schwanz hatte er sie in einen neuen Höhepunkt gerissen. Das schien fair. Immerhin hatte es ihn in Stücke gerissen, als er gemerkt hatte, dass sie geflüchtet war.

Er glitt aus ihr heraus und grinste bei ihrem Wimmern. Nachdem er seine Lederhose wieder zugeknöpft hatte, half er ihr auf die Füße und hob sie in seine Arme. Seine kurvige Rebellin, so wunderschön und anschmiegsam. Und sie gehörte ihm allein.

. . .

Sie wusste nicht, wo oben und unten war. Ihr Kopf drehte sich. Sie wusste nur eines mit absoluter Sicherheit: Sie befand sich in Logans Armen. Sein männlicher Geruch – nach Kiefern, vermischt mit Leder und Sex – umgab sie. Sein Herz schlug unter ihrem und klopfte im selben Rhythmus wie die Peitsche, mit der er auch die letzten Schutzmauern um ihr Herz niedergerissen hatte. Dann erinnerte sie sich an seine Worte: *„Ich will dich.“*

Er packte sie im Nacken und presste einen Kuss auf ihre Lippen, durch den die Welt erneut aus den Angeln gehoben wurde. Als er mit der anderen Hand eine Pobacke knete, reagierte ihr Geschlecht erneut. Seine Schwielen fühlten sich an wie ...

In dem Moment erkannte sie, dass ihr Hintern nackt war. Sie war nackt. Sie blinzelte. Sie hatte multiple Orgasmen erfahren. In einem Sexclub. Vor einer ganzen Ansammlung fremder Menschen. Und sie hatte geschrien. Laut.

Bei der Erkenntnis lehnte sie sich zurück und ließ ihren schockierten Blick über die Clubmitglieder schweifen, die sie noch immer anstarrten. Sie sog scharf den Atem ein und verbarg ihr Gesicht an seiner Schulter. *Oh Gott.*

Ein Lachen rumpelte durch seine Brust. „Ist meine schüchterne, kleine Rebellin zurück? Dafür ist es ein bisschen spät, meinst du nicht auch, Becca?“ Er schob zwei Finger unter ihr Kinn und zwang sie, ihn anzusehen. Seine Augen waren wieder stählern und sein Kiefer angespannt. „Jetzt ist dein Kopf wieder klar. Weshalb ich dich fragen muss: Erinnerst du dich noch daran, was du mir gesagt hast? Du meintest, dass du mit mir zusammen sein willst. Stehst du noch hinter deiner Aussage?“

Ihr Herz machte einen Salto und sie nickte.

Er legte beide Hände auf ihre Wangen. „Komm mit mir in die Berge, Becca. Bleibe für den Sommer. Arbeite als unsere Köchin. Male in deiner Freizeit. Im Winter könnten wir zusammen reisen und uns die Welt ansehen. Ich folge dir, wo auch immer du hinwillst." Er holte tief Luft und sein Blick wurde intensiver. „Sei meine Sub."

Sie krallte sich an seinen Schultern fest und nickte erneut.

„Ja zu allem, kleine Rebellin?"

„Ja zu allem." Sie lächelte. Sie war außer sich vor Freude und es fühlte sich an, als würde er ihr erneut ihre Selbstzweifel aus dem Leib peitschen. „Sir."

„Gut. In diesem Fall ..." – Logan zog etwas aus seiner Tasche und legte es ihr um den Hals – „beanspruche ich dich damit als mein Eigentum, damit ich mir keine Sorgen machen muss, dass du dir einen neuen Dom suchst. Das Accessoire besagt, dass du vergeben bist. Du gehörst mir. Du wirst es tragen, wenn wir in einen Club gehen." Er sah über ihre Schulter und warf Simon einen warnenden Blick zu.

Im nächsten Moment hörte sie ein leises Klicken. Sie hob die Finger zum Hals und ertastete ein dünnes Lederhalsband mit einem winzigen Vorhängeschloss.

Er hielt ihr den Schlüssel vor die Nase und gab ihr die Chance, sich dagegen aufzulehnen.

Sie nahm den Schlüssel und schob ihn in die Brusttasche seiner Lederweste. Dann zog sie ihn zu sich und küsste ihn leidenschaftlich, während der ganze Raum in Jubelstürme ausbrach.

- Ende -

Rezensionen:

Ich freue mich immer über Rezensionen. Es würde mir sehr viel bedeuten, wenn ihr euch die Zeit nehmt und ein paar Worte über eure Reise mit Logan und Becca verfasst.

LESEPROBE

MASTER SIMON (CALIFORNIA MASTERS-REIHE: BUCH 2)

Eine Bühne war leer. Auf der anderen hingegen ... Rona trat unwillkürlich einen Schritt zurück. Sie rannte in jemanden hinein und murmelte eine Entschuldigung, ohne den Blick von der Bühne zu nehmen: Ein Mann peitschte eine Frau aus, die an einen Pfosten gebunden war. *Das ist doch sicher illegal, oder?*

BDSM. *Du erinnerst dich, Rona? Sei nicht so naiv.* Sie hatte über Peitschen und Ketten und all dieses Zeug gelesen. Es dann aber mit eigenen Augen zu sehen? *Wow.*

Sie presste eine Hand auf ihr wild pochendes Herz und kämpfte gegen den Drang an, dem Kerl die Peitsche aus der Hand zu reißen. Zumal sie gegen ihn wahrscheinlich machtlos war: Er war mindestens einen Meter fünfundachtzig groß und muskulös. Sie bezweifelte, dass er überhaupt einen Schlag von ihr merken würde. Sie würde sich wie eine winzige Fliege fühlen, die um seinen Kopf schwirrte. Passend zum Thema des heutigen Abends trug er eine grüne Seidenweste über einem altmodischen weißen Hemd. Die hochgerollten Ärmel entblößten solide Unterarme.

Im Gegensatz dazu war sein Opfer komplett nackt. Ihre olivfarbene Haut glühte wegen der Peitschenschläge in einem gefährlichen Rot. Peitsche? Oder Flogger? Die vielen Lederriemen strichen in einem Rhythmus über ihren Rücken, so dass Rona ihre Atemzüge danach ausrichten konnte. Wie hypnotisiert trat sie näher. An Tischen und Stühlen schlängelte sie sich vorbei. Sie wählte einen Tisch direkt vor der Bühne und setzte sich.

Flogging. Das Wort klang brutal. An sich war es das auch, aber ... es war auch einfach so wunderschön. Der Mann schwang den Flogger in einem Muster, das an eine Acht erinnerte, traf erst die eine Seite der Frau und dann die andere. Rona lehnte sich vor und stützte sich mit den Ellbogen auf dem Tisch ab. Niemals schlug er gegen die Flanken oder die Wirbelsäule der Brünetten. Er schien die Nierengegend auf meisterliche Weise zu meiden. *Wirklich beeindruckend.*

Er drosselte das Tempo und pausierte einen Moment, bevor er mit den Riemen hauchzart über den Rücken und die Schenkel der Frau glitt. Die Frau war in die Richtung der Zuschauer ausgerichtet. Rona war von ihrem roten Gesicht und den glasigen Augen fasziniert. Die Frau keuchte vor Schmerz oder ... konnte es sein, dass sie erregt war? Ihr Hinterteil reckte sich nach hinten, dem Dom entgegen, und sie schwenkte ihren Po auf eine Weise, die auf Erregung schließen ließ.

Erregung.

Ein Grinsen zeigte sich auf dem gebräunten Gesicht des Mannes. Er strich mit den Lederriemen über die Schenkelinnenseiten der Frau, hoch und runter, und jedes Mal kam er dem Bereich zwischen ihren Beinen bedrohlich näher. Sie stöhnte und wand sich.

Rona atmete tief ein und versuchte, ihre eigene Erregung zurückzudrängen.

Der Mann begann wieder mit dem Flogging, abwärts über den Rücken, den Po und die Oberschenkel. Im nächsten Augenblick änderte er das Muster und die Riemen peitschten zwischen die Schenkel, genau auf ihre Pussy. Die Frau schnappte hörbar nach Luft.

Und Rona tat es ihr gleich. Sie war dermaßen von dem Schauspiel in den Bann gezogen, dass es sich anfühlte, als hätte sie den Schlag einstecken müssen. Ihr Geschlecht zuckte.

Ihr Innerstes verwandelte sich in eine Masse aus flüssiger Lava. Die Rezeptionistin behielt recht: Es handelte sich wahrhaftig um ein erotisches Flogging. *Wow.*

Die Musik veränderte sich. Der Höhepunkt des Stücks setzte ein. Alle Gespräche im Umkreis verebbten. Rona konnte die Erregung im Raum fast riechen. Sie krallte sich an ihrem Rock fest. *So gewalttätig ... so erregend.*

Inzwischen war er zum anderen Schenkel gewechselt. Er bewegte sich aufwärts und schlug härter zu. Dann holte er aus und die Striemen landeten wieder zwischen ihren Beinen. Das Quietschen der Frau verwandelte sich in ein tiefes Stöhnen. Weitere Schläge folgten. Erst erwischte es ihren Rücken, dann ihre Schenkel und von dort aus kehrte er wieder zurück. Als er das dritte Mal ihre Pussy traf, kam die Frau zu einem schreienden Höhepunkt und riss an ihren Fesseln.

Ein Rinnsal aus Schweiß lief Rona die Wirbelsäule herunter. Mit dem engen Korsett fiel es ihr schwer zu atmen. Auspeitschen erregte sie also? *Interessant.*

Während der Mann sein Opfer von ihren Fesseln befreite, tobte die Menge vor Begeisterung. Dem befriedigten Ausdruck auf ihrem Gesicht zu urteilen, schien ‚Opfer‘ das falsche Wort zu sein. Rona blinzelte überrascht, als ein junger Mann auf die Bühne sprang und die Frau in seine Arme nahm. Nach einem langen Kuss mit viel Zungeneinwirkung löste sich das Paar lange genug voneinander, so dass sich die Männer die Hände schütteln konnten. Danach gab die Frau dem Mann, der sie ausgepeitscht hatte, einen Handkuss.

Er hatte eine Frau ausgepeitscht, mit der er nicht zusammen war?

Rona schluckte. Ihre Fantasie, wie ein Liebhaber sie festband, ihr vielleicht auch ein bisschen den Po versohlte, erschien im Angesicht dessen, was sie gerade live erlebt hatte, zu verblassen.

Auf der anderen Bühne bewegte sich etwas. Ein Mann und eine Frau stellten Equipment auf die Bühne. Inzwischen wechselte die Musik zu Nine Inch Nails und die Zuschauer verliefen sich. Manche gingen zur Bühne gegenüber, andere zur Tanzfläche. Von allen verlassen, wischte der Mann den Pfosten ab und verstaute seinen Flogger in seiner Ledertasche. Er warf sich die Tasche über die Schulter, ging zu der Treppe seitlich an der Bühne und wurde dort von einer kleinen Gruppe angehalten. Groupies? Rona schnaubte. Gab es in diesem Lifestyle Groupies?

Sie schüttelte amüsiert den Kopf und sah sich nach einer Kellnerin um. Vielleicht sollte sie einen weiteren Punkt auf ihre Liste setzen: *Habe Spaß mit einem sexy Dom.* Sie grinste. Ihr Ex hatte immer über ihre Fünfjahrespläne gelacht, als wäre Desorganisation besser. Hätte er jemals einen Blick auf ihre Liste mit all ihren Fantasien geworfen, wäre er auf der Stelle tot umgefallen.

Keine Kellnerin in Sicht. Sie richtete ihre Aufmerksamkeit wieder auf die Bühne und seufzte enttäuscht. Leer, so wie die meisten Stühle rings um sie herum. Die Zuschauer hatten sich spannenderen Dingen zugewandt.

Ein dumpfer Aufprall erregte ihre Aufmerksamkeit. Direkt neben ihr stand der Mann von der Bühne, die Tasche zu seinen Füßen. Ihr fiel die Kinnlade herunter. Wahrscheinlich sah sie wie der letzte Idiot aus. Auf dem Tisch lagen ein schwarzer Frack und altmodische Manschettenknöpfe, die er vor Beginn der Demonstration abgelegt haben musste.

Sie sah zu, wie er die Ärmel seines Hemdes herunterkrempelte. Seine dunklen Augen wirkten beinahe schwarz und sein gebräuntes Gesicht ausdruckslos. Ausgehend von den Lachfältchen um seine Augen, dem unnachgiebigen Mund und dem leichten silberfarbenen Schimmer an seinen Schläfen schätzte sie ihn auf Anfang vierzig. Bei jeder Bewegung tanzten seine Muskeln unter dem weißen Hemd.

Er war nicht nur ein heißes Schnittchen, sondern auch älter als sie. Jedoch kam ihr nicht mal in den Sinn, mit ihm zu flirten. Nicht mit *ihm*. Er war zu ... zu ... einschüchternd. Nicht wie ein junges, auf Hochglanz poliertes Unterwäschemodel. Nein. Auf eine gefährliche Art einschüchternd.

Na klar ist er gefährlich – er hat einen Flogger und weiß, wie er damit umgehen muss.

Ihre gesamte Erfahrung mit BDSM rührte von Erotikromanen. *Lächerlich eigentlich.*

Sie hatte schon immer an diesem Lifestyle Interesse gehabt und auch Mark davon erzählt. Seine Reaktion? Er hatte sie ausgelacht und sich geweigert, dem Sexleben mehr Würze zu verleihen. Nicht, dass sie in den letzten Jahren überhaupt ein Sexleben zum Würzen hatten.

Seit ihrer Scheidung hatte sich ihr Horizont auf alle Fälle erweitert. Nur noch nicht weit genug. Sie bezweifelte, dass sie bereit dazu wäre, etwas zu testen. Für den Moment wollte sie zuschauen. Sie wollte sehen, was möglich war und was sie vielleicht zum Ausprobieren auf ihre Liste setzen sollte. Was sie nicht wollte? Einen erfahrenen, einschüchternden BDSM-Typen.

Egal, wie toll er aussah.

Bist du bereits am Sabbern, Rona? Sie versuchte, sich entspannt zurückzulehnen. Nicht gerade einfach, wenn man ein Korsett trug. Aus dem Grund wandte sie den Blick von dem Mann ab und schaute zu der gegenüberliegenden Bühne. Dort konnte sie beobachten, wie eine Frau in einem Schuldirektorinnen-Kostüm einem jungen Mann Fesseln anlegte. Er hingegen war nur in einer Unterhose gekleidet. Eine ganze Minute schaffte es Rona, bevor ihre Augen wieder zu dem Mann neben ihr wanderten.

Sie runzelte die Stirn. Er versuchte, einen Manschettenknopf an seinem Hemd zu befestigen. Aus irgendeinem Grund wollten sich die Finger seiner linken Hand einfach nicht beugen lassen. Sein frustriertes Knurren löste etwas in ihr aus. Plötzlich war er nicht länger ein furchteinflößender Dom. Er war lediglich ein Mann – ein Mensch, der ihre Hilfe brauchte.

Sie stand auf, lief zu ihm, schob seine Hand beiseite und befestigte den silbernen Manschettenknopf. „Na also." Mit einem Lächeln tätschelte sie ihm den Arm. „Das hätten wi –"

Sie hob den Blick zu seinem Gesicht und ihr stockte der Atem. Sie sah in ein durchdringendes Augenpaar. Der Ausdruck ließ sie dahinschmelzen. Er hielt sie mit diesen dunklen Augen gefangen und studierte sie. Es fühlte sich an, als würde er ihre Seele durchleuchten.

Er kam näher, weswegen sie den Kopf in den Nacken legen musste. Während sie vergessen zu haben schien, wie man atmete, verzogen sich seine Lippen zu einem Lächeln. „Du hast nicht nachgedacht. Du hast gesehen, dass ich Hilfe brauche und konntest einfach nicht anders, oder?", fragte er. Seine Stimme war so düster und geschmeidig wie alles andere an ihm.

Sie verspürte den Drang, sich zu entschuldigen. „I-ich –"

„Schweig."

Ihre Kehle schnürte sich bei seinem Tonfall zu und die Lachfältchen um seinen Mund vertieften sich. „Unterwürfig", murmelte er. „Keine Sub würde es wagen, die Hand eines Masters zu packen und die Kontrolle über eine Situation an sich zu reißen. Bist du neu hier?"

Ohne eine Antwort abzuwarten, strich er mit einem Finger über ihre Wange, ihren Hals und die hochgebundenen Brüste in ihrem Korsett.

Seine Berührung hinterließ ein brennendes Verlangen. Ihr Bauch flatterte und ihre Beine verwandelten sich zu Wackelpudding. „Bitte", flüsterte sie.

Er legte den Kopf auf die Seite. „Bitte was, Kleines?"

„Bitte, i-ich –" Sie fühlte sich wie eine Idiotin – eine sehr verwirrte, sehr erregte Idiotin. Sie senkte den Blick und versuchte, einen Schritt zurückzutreten.

Seine Hand schloss sich um ihren Oberarm. So fest, dass es kein Entkommen gab.

„Sieh mich an." Er schob einen Finger unter ihr Kinn. Sie gehorchte und fand wieder seinen Blick. Ein Lächeln huschte über seine Lippen. „Noch sehr neu, wie ich sehe. Das erste Mal?"

„Ja." Auch ihr zweiter Versuch, Abstand zwischen sich und diesen Mann zu bringen, scheiterte.

„Eine Sub muss einen fremden Dom nicht mit ‚Sir' anreden. Wenn sie sich allerdings von selbst einem Dom nähert" – sein Finger verließ ihr Kinn und streichelte über ihre bebenden Lippen – „dann wäre es ratsam, diesen Dom mit ‚Sir' anzusprechen."

ÜBER DEN AUTOR

Autoren sagen oft, dass ihre Protagonisten mit ihnen argumentieren.
Dummerweise sind Cherise Sinclairs Helden allesamt Doms. Was
bedeutet, dass sie keine Chance hat, jemals ein Argument für sich zu
entscheiden.

Als New York Times and USA-Today-Bestsellerautorin ist
Cherise dafür bekannt, herzzerreißende Liebesromane mit
hinreißenden Doms, amüsanten Dialogen und heißem Sex zu
schreiben. BDSM, Leute. BDSM! Wer kann dazu schon ‚Nein'
sagen?

Mit den Kindern aus dem Haus lebt Cherise mit ihrem
geliebten Ehemann und ihren Katzen am pazifischen Nordwes-
ten, wo nichts gemütlicher ist als ein regnerischer Tag, den sie
damit verbringt, neue Bücher zu schreiben.